Mühlenschweigen

Christiane Wünsche wurde 1966 in Lengerich in Westfalen geboren. Seit dem vierten Lebensjahr lebt sie in Kaarst am Niederrhein und ist dort in der Kinder- und Jugendarbeit tätig. Kreativität und Phantasie haben in ihrem Leben schon immer eine besondere Rolle gespielt. Als Kind erdachte sie Geschichten, um einschlafen zu können, schrieb Gedichte, malte und zeichnete. Ihren Schwestern tischte sie zum Beispiel überzeugend das Märchen vom »Tiger im Rhabarberfeld« auf. Heute bringt sie ihre Kreativität so oft es geht in die Arbeit mit ein und schreibt darüber hinaus täglich an Manuskripten oder Gedichten.
Christiane Wünsche hat eine fast erwachsene Tochter, zwei Hunde und einen Oldtimerwohnwagen, mit dem sie im Urlaub zusammen mit Freunden quer durch Europa reist.

Dieses Buch ist ein Roman. Handlung, Personen und manche Orte sind frei erfunden oder wurden für die Glaubwürdigkeit der Geschichte verändert. Ähnlichkeiten mit lebenden oder toten Personen sind rein zufällig.
Namen wurden ausgewählt, weil sie typisch für eine bestimmte Gegend oder ein Land sind. Der Büttger »Verein für Brauchtum und Tradition« existiert nicht und hat nie existiert.
An der Braunsmühle wurde meines Wissens nie ein Verbrechen verübt. Im Gegenteil: Die Mühle ist ein friedlicher, schöner, geschichtsträchtiger Ort, ein Denkmal und Museum, das es unbedingt zu besuchen lohnt.

CHRISTIANE WÜNSCHE

Mühlenschweigen

NIEDERRHEIN KRIMI

emons:

Bibliografische Information der Deutschen Bibliothek
Die Deutsche Bibliothek verzeichnet diese Publikation
in der Deutschen Nationalbibliografie; detaillierte bibliografische
Daten sind im Internet über http://dnb.d-nb.de abrufbar.

MIX
Papier aus verantwortungsvollen Quellen
FSC® C083411
FSC
www.fsc.org

Umschlagmotiv: © mauritius images/Loop Images
Umschlaggestaltung: Tobias Doetsch
Satz: César Satz & Grafik GmbH, Köln
Druck und Bindung: CPI – Clausen & Bosse, Leck
Printed in Germany 2013
ISBN 978-3-95451-200-3
Niederrhein Krimi
Originalausgabe

Die Last, die ich trug,
War tonnenschwer.
Jetzt bin ich leer.
Beschädigt.
Ein gesprungener Krug,
Mir selbst nicht genug.
Erledigt.

Hör auf, mich zu quälen
Und tröste mich nicht.
Spar dir die Phrasen.
Denn was einmal zerbricht,
Wird nie wieder dicht.
Weder Seelen
Noch Vasen.

Christiane Wünsche

EINS

Es war neblig. Wenige Meter entfernt stemmte sich die alte Windmühle trutzig aus dem Boden, um sich weiter oben in milchigen Schwaden zu verlieren. Einfach perfekt, die Atmosphäre. Perfekt, die Perspektive.

Ella setzte sich auf einen moosbewachsenen Mühlstein und zog den Zeichenblock aus der Tasche. Novemberfeuchtigkeit kroch durch ihre Jeans unter die Haut. Sie ignorierte das klamme Gefühl, denn das Einzige, was in diesem Moment zählte, war Schaffenskraft. Sie packte den Bleistift mit steifen Fingern. Um gerade mal halb neun war es empfindlich kalt. In den nächsten Tagen sollte es sogar Schnee geben. Schnee im November, völlig untypisch für das milde Klima am Niederrhein. Sie war froh, es zeitig aus dem Bett geschafft zu haben.

Vielleicht stellte dieser Dienstagvormittag die letzte Chance dar, die Mühle zu zeichnen, ohne vom Regen durchnässt zu werden oder im Schnee zu versinken. Bevor sie im Januar nach Münster umzog.

Die Braunsmühle … Wie gepflegt das alte Gemäuer inzwischen anmutete. Ella erinnerte sich an ihre Jugend, als die Windmühle bei Büttgen nicht mehr als eine Ruine gewesen war, mit zerbrochenen Flügeln, Löchern im Putz und zerschlagenen Fensterscheiben, das Grundstück verwildert und zugewachsen. Düster und verkommen. Kein Vergleich zu heute.

Die Mühle im holländischen Baustil strahlte nun wieder den altehrwürdigen Stolz aus, der ihr zustand. Das Holz der Flügel glänzte neu lackiert vor dem blendend weißen Fassadenanstrich. Saftiger Rasen umschmeichelte den verklinkerten Fuß. Das adrette Café im Hintergrund wartete auf die Gäste an den Sommerwochenenden, wenn man Leinensegel auf die Flügel spannte und die Mühle in Betrieb genommen wurde und wenn Führungen durch die verschiedenen Stockwerke bis hinauf auf den Mehlboden stattfanden.

Die Stimmung war eine völlig andere als vor dreißig Jahren. Keine Spur mehr von Tristesse, Melancholie oder Morbidität.

Ellas Finger flogen über den Block, während sie diese Vergleiche anstellte. Dann versickerten ihre Gedanken im Tun. Bald war sie nur noch Künstlerin, Interpretin und Überträgerin des Räumlichen auf die Zweidimensionalität des Papiers. Die Motorengeräusche der Autos auf der nahen Umgebungsstraße nach Neuss nahm sie nicht mehr wahr. In ihr und um sie herum wurde alles still.

Sie skizzierte den Mühlenturm von unten heraus in den trüben Himmel ragend. Den Nebel nahm sie als natürliche Begrenzung des Bildes. Die schwarze drehbare Haube und das Fenster darunter waren nur noch zu erahnen. Auch besser so.

Ella schluckte. Erinnerungen. Leid. *Aufhören.*

Sie holte tief Luft, sammelte sich und zog kühne horizontale Striche, die den Erdboden markieren sollten. Gut, das musste reichen. Gleich würde sie noch ein Foto machen, als Gedächtnisstütze für die Farbgebung des späteren Gemäldes.

Unvermittelt riss sie ein Brausen aus der Versunkenheit. Brüllend laut ratterte es heran. Ella fuhr zusammen; ihre Ohren klingelten, der Boden bebte. Schnell beruhigte sie sich wieder. Bloß die S-Bahn sauste hinter dem Grundstück entlang, von Neuss nach Mönchengladbach oder umgekehrt.

Der Lärm verging, aber mit Ellas Konzentration war es vorbei. Sie packte Block und Stift in die Umhängetasche und kramte stattdessen die Digitalkamera hervor. Dann ging sie über Gras und Matsch einige Meter rückwärts.

Doch die Mühle passte nicht ins Display. Was das Auge schafft, schafft die Technik lange nicht, dachte sie irgendwie befriedigt und machte ein paar weitere Schritte nach hinten, während sie den Blick auf den Bildausschnitt in der Kamera gerichtet hielt.

Da trat sie in etwas erst Weiches, Schwammiges, dann unnachgiebig Hartes. Es fühlte sich seltsam an, nicht wie ein Zweig, nicht wie ein Stein, nicht wie Erde. Fremd und doch sehr vertraut. Ella drehte sich um.

Kalli Schmittke zog die Gummistiefel aus. Die Schwere des Morgens machte ihm zu schaffen. Wie eigentlich jeden Tag. Aber heute war alles noch schlimmer. Er hatte Schneewittchen gesehen, tot.

Das verwirrte und ängstigte ihn. Geräuschvoll zog er die Nase hoch und strich sich mit steifen Fingern durch das schüttere graue Haar. Es war feucht vom Morgennebel.

Kallis Bewegungen waren schwerfällig, er fühlte sich unendlich müde. Er schob die Füße mit den löchrigen Socken in die Badelatschen und schlurfte zu der behelfsmäßigen Küchenzeile. Erst mal einen Grog trinken, dachte er. Der wärmt die alten Knochen wieder auf.

Ella war auf eine Hand getreten. Mit offenem Mund starrte sie erst auf den Arm, dann auf den toten Körper. Ja, kein Zweifel, der Junge war tot. Sein Gesicht war violett verfärbt, blaue Augen stierten sie anklagend und gleichzeitig blicklos an. Aus der zarten Nase verlief die Spur eines getrockneten Blutfadens. Das Kabel um den Hals quetschte diesen in zwei Teile.

Automatisch hob Ella den Fotoapparat. Es ist einfacher, etwas so Schreckliches durch eine Linse zu erfassen, ging ihr durch den Kopf, während sie immer wieder abdrückte. Der Junge war noch klein. Ella schätzte ihn auf höchstens zehn Jahre. Viel jünger, als Antonia gewesen war.

Stopp.

Erschreckt hielt sie inne. Sie versenkte die Kamera in der Tasche und stolperte zu dem alten Backsteinhaus hinüber, das direkt neben der Mühle lag.

»Zu vermieten«, verkündete ein vergilbtes Pappschild, das man in eines der blinden Fenster geklebt hatte. Hier wohnte offenbar schon länger keiner mehr. Ratlos schaute sie sich um und kramte schließlich ihr Handy hervor. Polizei, dachte sie. Du musst die Polizei verständigen. Dann brauste es in ihren Ohren, viel lauter als eben beim Vorbeirasen der S-Bahn.

Ella taumelte zurück zu dem Mühlstein und ließ sich darauf fallen. Jetzt bloß nicht ohnmächtig werden.

Auch zu Hause konnte sie nicht mit dem Weinen aufhören. Sie hatte gar nicht geglaubt, noch so viele Tränen zu haben. Das Bild des toten Jungen ließ sich nicht von der Netzhaut verbannen. Wieder und wieder tauchte es auf, ob sie vom Balkon herunter auf die Straße sah, ob sie Kaffeepulver in die Kaffeemaschine gab oder die Wäsche aus dem Trockner holte.

Immer war da das verfärbte Gesichtchen, das an gemeißelten Marmor erinnerte, die anklagenden Augen mit den geplatzten Äderchen, das fast schwarze Haar. Der Junge hatte einen langen, schorfigen Kratzer auf der Wange gehabt, und seine Nägel waren an den blau angelaufenen Fingern rissig und schmutzig gewesen. Was brauche ich Fotos?, fragte sie sich, während die Tränen ungehindert liefen und sich unter dem Kinn sammelten. Das Bild des toten Jungen hatte sich eingebrannt in ihr Gedächtnis und in ihr Herz.

»Danil Bodrow«, hatte der trockene Kommentar des Polizisten gelautet. Bestätigt wurde das durch den Schülerausweis in der Jackentasche des Jungen. »Kennen wir. Zwölf Jahre. Siebte Klasse Hauptschule Büttgen. Schulschwänzer. Alleinerziehende Mutter. Fünf Kinder. Hartz IV.«

Er rasselte die Fakten runter wie ein Mantra. Als ob sie alles erklärten. Dem Beamten war wohl gar nicht bewusst gewesen, dass Ella noch am Tatort war und zuhörte.

Fast beiläufig nahmen ihre Ohren auf, was der Mann von der Gerichtsmedizin in sein Diktiergerät sprach:

»Leichte Zyanose des Gesichts, wenig Dunsung, Blutaustritt aus den Atemöffnungen, Petechien an den Wangen, sieben Zentimeter langer, null Komma fünf Millimeter breiter Kratzer vom linken Augenwinkel bis zum Mundwinkel, Strangulationslinie unterhalb des Kehlkopfes …«

Das Bild des toten Jungen zog an ihr vorbei, während sie, mit der Kaffeetasse in der Hand, raus in den Regen auf die Kaarster Straße sah. So klein war er gewesen, so zart, und das mit zwölf Jahren. Ella schluchzte. Sie war auf seine Hand getreten, diese kleine Hand mit den schmutzigen Fingernägeln. Sie hatte ihm wehgetan.

Irgendwann rief sie Bine an. Auf dem Handy. Normale Menschen arbeiteten ja um die Zeit noch.

»Komm bitte vorbei«, bat sie, und ihre Stimme klang ein bisschen hysterisch. »Ich hab ein totes Kind gefunden, heute Morgen, an der Braunsmühle.«

Paul sorgte sich schon den ganzen Morgen lang. Danil war nicht zur Schule gekommen. Inzwischen hatten sie die sechste Stunde, Mathe bei Kleinmeyer, dem Klassenlehrer, und er war nicht aufgetaucht. Der Platz neben ihm blieb leer. Nicht, dass es ungewöhnlich gewesen wäre, dass Danil blaumachte. Aber dieses Mal hatte sein bester Freund nicht mal eine SMS geschickt. Und bei seinem Handy sprang sofort die Mailbox an. Paul knibbelte mit dem Zeigefinger an der Nagelhaut des Daumens herum. Der Schmerz an den entzündeten Stellen tat gut. Er bewies, dass er am Leben war.

Als der Bulle den Klassenraum betrat, vermutete Paul sofort, dass es mit Danils Fehlen zusammenhing. Wahrscheinlich hatte der mal wieder was angestellt und war dabei erwischt worden. Und jetzt wollte die Polizei mit dem Rest der Clique sprechen.

Aber so war es nicht. Denn der Polizist wandte sich direkt an Kleinmeyer und flüsterte ihm etwas zu. Der wurde weiß wie die Wand.

»Entschuldigt bitte, ich bin gleich wieder da«, sagte er, und beide gingen raus.

Sobald sie die Tür hinter sich geschlossen hatten, wurde es laut im Raum. Kaum einer blieb auf seinem Platz sitzen. Federmäppchen und Papierkügelchen flogen. Ein Stuhl kippte um. Mädchen kreischten. Zwei Jungen kritzelten Sprüche an die Tafel. Nur wenige Schüler schauten sich beunruhigt an. Darunter natürlich Kevin, Jacky und er.

Wo war Danil?

Bine hielt Ellas Hand.

»Trink noch einen Killepitsch«, drängte sie. »Du brauchst Alkohol, das ist doch klar.«

Ella musste lächeln, ihre geschwollenen Augen schmerzten bei der Grimasse. Typisch Bine. Saufen als Lösung für alles. Auch nach Ellas endgültiger Trennung von Max im Sommer hatte Bine ihr geraten, ihr Leid in Schnaps zu ertränken. Es grenzte an ein Wunder, dass sie nicht längst zur Alkoholikerin geworden war.

»Musste es denn ausgerechnet die Braunsmühle sein?«, schimpfte Bine jetzt, und ihr sorgfältig geglätteter blonder Pagenkopf wippte. »Wieso bist du eigentlich dort hingefahren? Die Mühle zeichnen, was für ein Blödsinn! Und überhaupt, die Sache damals mit Antonia … Da kriegen mich keine zehn Pferde mehr hin! Und du stolperst direkt über eine Leiche. Typisch!«

Ella zuckte zusammen. Über eine Leiche stolpern, auf eine kleine Hand treten …

Bine war noch nie die Feinfühligkeit in Person gewesen, machte sie sich bewusst. Auch damals nicht, als sie noch Sabine Vossen geheißen und mit ihr dieselbe Schulklasse besucht hatte. Aber immerhin war sie zuverlässig und ehrlich. Garantiert zur Stelle, wenn man sie brauchte, und garantiert, wenn man sie nicht brauchte. Und sie war Ellas beste Freundin.

»Ich hatte schon lange vor, die Mühle zu malen«, versuchte sie, Bine begreiflich zu machen, »gerade wegen der Sache mit Antonia. Damit ich ein Stück von ihr mitnehmen kann, wenn ich nach Münster ziehe. Kannst du das nicht verstehen?«

Bine zog bedauernd die Schultern hoch.

»Nöö, ehrlich gesagt nicht. Das alles ist schon so lange her, zwei Drittel unseres Lebens. Und die Sache mit Münster halte ich eh für eine Schnapsidee. Das weißt du genau. Apotheken gibt es auch hier wie Sand am Meer. Da muss es ja nicht gerade eine am Arsch der Welt sein.«

Ella schmunzelte. Das provinzielle Kaarst am Niederrhein, mehr Kaff als Stadt, eigentlich nur grob aus fünf Dörfern zusammengezimmert, stellte für Bine das Zentrum des Universums dar. Sie konnte sich überhaupt nicht vorstellen, irgendwo anders zu leben. Ella kannte keinen Menschen, der lokalpatriotischer als Bine war.

Jetzt kam diese, zielstrebig wie üblich, zum Ausgangspunkt des Gesprächs zurück.

»Der arme kleine Junge«, sagte sie leise, »es muss schrecklich gewesen sein, ihn dort liegen zu sehen. Erdrosselt …«

Ella schossen erneut die Tränen in die Augen.

»Ja, das war wirklich furchtbar. Ich seh das Bild unentwegt vor mir. Und ich muss immer an seine Mutter denken. Alleinerziehend ist sie, sagt die Polizei. Da bleibt ihr nichts anderes übrig, als allein damit fertig zu werden, dass ihr Sohn tot ist. Das ist doch gar nicht zu schaffen.«

»Gibt es noch Geschwister, um die sie sich kümmern muss?«

Bine ging die Sache pragmatisch an, so, wie es ihre Art war, aus der Perspektive der stets beschäftigten, umsorgenden Mutter.

Ella nickte nachdenklich. »Ja, vier. Hat der Polizist am Tatort gesagt, und dass sie alle von Hartz IV leben.«

Bine seufzte.

»Eine Problemfamilie, ja?« Bedauernd schüttelte sie den Kopf. Dann runzelte sie die Stirn und fragte: »Sag mal, was hatte dieser Junge überhaupt frühmorgens an der Braunsmühle verloren, mitten in der Woche? Der musste doch zur Schule.«

»Keine Ahnung.«

Mit einem Mal wurde es Ella zu viel, dieses nüchterne Gespräch über Danil. Noch kämpfte sie mit ihrem Schock. Detektivische Gedankengänge hatten da keinen Platz. Ein zwölfjähriger Junge war tot, brutal ausgelöscht. Nie mehr würden Danil Bodrows Augen jemanden anschauen, nie mehr würde er etwas mit seinen Fingern berühren, nie mehr würde sich jemand darum kümmern müssen, dass er regelmäßig die Schule besuchte.

»Ich werde zu seiner Beerdigung gehen«, sagte sie.

Das Ding zertrümmerte die Fensterscheibe, als Kalli gerade ein Butterbrot aß. Erschreckt zog er den Kopf ein.

»Komm raus, perverse Sau!«, brüllte es von draußen.

»Kinderschänder! Mörder!«, schrie eine andere, weibliche Stimme.

Dann flog ein zweiter Gegenstand, groß wie ein Kindskopf. Eine Futterrübe! Die schmissen tatsächlich Futterrüben. Die schmutzverkrustete, gelblich weiße Feldfrucht landete direkt auf dem Küchentisch. Der wackelte. Die Teetasse kippte um. Kalli glitt ungelenk zu Boden. Auf allen vieren kroch er durch die Glasscherben zum Telefon.

Hastig wählte er die Nummer, die er längst auswendig kannte.

»Helfen Sie mir«, flüsterte er in den Hörer, »die wollen mich lynchen. Bitte kommen Sie schnell. Gleich sind sie im Haus! Mühlenweg, Sie wissen ja, wo.«

In dem Moment krachte ein Schuss.

Vorsichtig spähte er durch die Scherben des zerschlagenen Fensters.

»Verschwindet von meinem Grund und Boden!«, hörte er Martha kommandieren.

Breitbeinig stand sie mitten in den dunklen Hof gepflanzt, das verwitterte Gesicht grimmig entschlossen. Bekräftigend wedelte sie mit dem Gewehr vor der aufgebrachten Meute herum. Einige Strähnen ihres mausgrauen Haares hatten sich aus dem Dutt gelöst.

»Lasst meinen Bruder in Ruhe. Er hat mit dem Tod des Jungen nichts zu tun!«

»Mach dir doch nichts vor, Martha!«, rief eine junge Frau zurück. Hinter ihr war schemenhaft der Rübenberg zu erkennen, den Martha und er im Oktober aufgeschichtet hatten. »Einmal Kinderschänder, immer Kinderschänder!«

»Haut ab hier! Sonst kriegt ihr eine Ladung Schrot in den Balg!« Martha Schmittke ließ nicht mit sich reden. »Kalli hat heute nicht den Hof verlassen! Er war's nicht. Basta!«

In dem Moment ertönte schrill ein Martinshorn. Ein blausilberner Streifenwagen schlingerte in hohem Tempo und mit quietschenden Reifen auf den pfützenübersäten Hof. Dreck spritzte. Die Leute sprangen aufgeschreckt zur Seite. Einige ließen die dicken Rüben fallen, die sie eben noch umklammert hatten.

Kalli Schmittke traute sich erst aus dem Anbau des Bauernhofes, nachdem beide Polizisten aus dem Auto gesprungen waren und den Mob in Schach hielten. Hemdsärmelig und nur mit den Schlappen an den Füßen schlurfte er über den rissigen Beton.

»Nehmen Sie mich mit«, flehte er, »die bringen mich sonst um.«

Ängstlich linste er in Richtung der geifernden Menge, die sich dort aus Rechtschaffenheit und Hass zusammengeballt hatte.

Einer der Bullen seufzte genervt. Kein Wunder, Kalli Schmittke hatte ihnen wahrscheinlich schon mehr Ärger verursacht als jeder andere Kaarster Einwohner. Seit er vor einem Dreivierteljahr mit dreiundsiebzig Jahren aus der Sicherungsverwahrung entlassen worden und im heruntergekommenen Hof seiner Schwester bei Büttgen untergeschlüpft war, hagelte es Beschwerden und Anzeigen bei der Kaarster Polizei. Besorgte Bürger hielten wochenlang Wache vor dem Schmittke-Hof. Anwohner meldeten, Kalli dabei beobachtet zu haben, wie er im Dorf kleinen Kindern nachstieg. Andere wiederum wollten ihn im Gebüsch an der Grundschule gesichtet haben. Der Mord heute Morgen hatte die Lage zum Eskalieren gebracht.

»Ich möchte, dass Sie alle nach Hause gehen. Sofort!«, rief einer der Polizisten in den trüben, kalten Abend hinein. Der Überdruss war seiner Stimme deutlich anzuhören. »Herr Schmittke hat ein Alibi für die Tatzeit. Das ist längst geklärt. Wir haben keine Verdachtsmomente gegen ihn.«

Jetzt mischte sich sein Kollege ein. Sein Bierbauch, den nur die Uniform einigermaßen in Schach hielt, wackelte bedrohlich, während er auf die Leute zustapfte.

»Was Sie hier tun, ist Hausfriedensbruch, Sachbeschädigung und versuchte Körperverletzung. Und Selbstjustiz ist noch nie eine Lösung gewesen«, schimpfte er.

»Dann sperren Sie den Pädophilen doch endlich wieder hinter Schloss und Riegel, da, wo er hingehört!«, konterte Markus Peschrath, seines Zeichens Vorsitzender des Büttger Fördervereins für Brauchtum und Tradition.

Mit seinem schicken Anzug, den teuren Schuhen und dem gestriegelten grauen Kurzhaarschnitt wirkte er völlig fehl am Platz hier auf Marthas dreckigem Hof. Hinter ihm machte Kalli eine blonde Frau in weißem tailliertem Regenmantel und hohen, hellen Stiefeln aus. Ihre Frisur saß wie ein Brett, die Schminke in ihrem Gesicht ließ es wie eine glatte, steinerne Büste aussehen.

Vanessa Peschrath. Auch die noch! Kalli erinnerte sich an ihr Foto und den Artikel im Kaarster Käseblatt, in dem sie gefordert hatte, dass »der Kinderschänder und abartige Mörder« sofort aus der Gegend wegziehen solle. Andernfalls müsse man ihn rund um die Uhr polizeilich bewachen lassen. Mindestens eine elektronische Fußfessel sei dringend nötig. Obwohl die Sicherungsverwahrung bis zum Tode natürlich das geeignetste Mittel wäre, die Bevölkerung vor einem solchen Monster zu beschützen.

Dem dünneren Bullen wurde es jetzt zu bunt.

»Kommen Sie, Herr Schmittke. Wir nehmen Sie erst einmal in Gewahrsam. Zu Ihrem eigenen Schutz.«

Er legte Kalli einen Arm um die schmalen Schultern.

Es war ein reiner Reflex, dass er furchtsam zurückwich. Dann, als er merkte, dass der Bulle ihm nicht wehtun wollte, ging er mit und ließ sich schließlich erleichtert auf den Rücksitz des Streifenwagens plumpsen. Müde rieb er seinen Unterarm, dort, wo ihm die Zellengenossen vor Urzeiten das Wort »Kinderficker« in ungelenken Lettern hintätowiert hatten.

Bloß weg von dem Hass der Leute, dachte er. Bloß weg von den misstrauischen Blicken der Schwester.

»Wo bist du gewesen, heute Morgen vor sieben?«, hatte sie ihn panisch angeherrscht, um nach seinem Schulterzucken in stumpfe Hilflosigkeit zu verfallen. »Ich weiß, dass du draußen warst, obwohl ich der Polizei was anderes gesagt habe.«

Max rief an.

»Ella, es tut mir so leid«, sagte er sehr sanft. Seine Stimme legte sich heilend auf den Schmerz. »Bine hat gerade angerufen und es mir erzählt. Es muss schrecklich für dich sein. Soll ich kommen?«

Ella nickte nur, dann fiel ihr ein, dass Max das am anderen Ende der Leitung wohl kaum sehen konnte, und sie hauchte:

»Nur, wenn du willst.«

Dabei konnte sie die wilde Freude, die in ihr hochstieg, kaum bändigen.

Sich dann in seine Arme zu kuscheln und Schutz zwischen den breiten Schultern zu suchen, tat gut. Ella sog genüsslich seinen vertrauten Geruch ein. Große Hände strichen sanft über ihren Rücken.

»Ist ja schon gut«, murmelte Max beruhigend. »Ich bin ja da.«

Das grelle Flurlicht bestrahlte sie wie ein Bühnenscheinwerfer. Ella fühlte sich wie auf dem Präsentierteller. Es ist verboten, Max zu umarmen, mahnte sie sich. Du hast Schluss gemacht, weil du es nicht mehr ausgehalten hast. Weil es einfach nicht richtig ist. Und jetzt stehst du hier und tust, als wäre alles wie eh und je.

»Komm bitte mit ins Wohnzimmer«, bat sie leise.

Natürlich tat er, was sie sagte. Das war schon immer so gewesen. Nur nicht das, was wirklich für sie zählte. Das Einzige, was wichtig gewesen wäre. Da hatte er sich gesperrt, war unnachgiebig geblieben. Trenn dich von deiner Frau. Endlich. Nein. Heftiges Kopfschütteln. Du weißt doch, dass das unmöglich ist …

Im indirekten Schummerlicht aus Kerzen und kleinen Tischlampen kam Ella ihr Tun weniger verwerflich vor. Wie mit dem Weichzeichner verwischt. Hier auf dem kuscheligen Sofa in sanften Erdtönen zwischen den bauschigen Kissen konnte man sich einigeln und den Rest der Welt vergessen.

Danil, fuhr es ihr auf einmal durch den Kopf. Danil Bodrow, nein, dich vergesse ich nicht.

»Erzähl mir von dem kleinen Jungen«, bat Max, als hätte er Ellas Gedanken gelesen.

»So klein war er gar nicht mehr«, schränkte sie zögernd ein, und es kam ihr wie Verrat vor, so, als spiele sie die Grausamkeit des Mordes damit irgendwie herunter. »Schon zwölf. Aber er sah aus wie höchstens zehn. Sehr zart, sehr … zerbrochen.«

»Zwölf Jahre …«

Max schaute nachdenklich drein. Sein Blick wanderte in die Ferne, geradewegs durch die Ritzen des Fensterrollos hindurch, in eine vergangene Welt.

Ella betrachtete fasziniert seine Gesichtszüge. Sie sah die ihren in ihnen widergespiegelt: im Abstand der Augen, in der geraden Linie der Nase mit den ausgeprägten Nasenflügeln, wie sie sich in typischer Weise blähten, in den markanten Wangenknochen, in der hohen Stirn. Max war ihr Ebenbild, ihr männliches Pendant. Bloß war Ellas störrisches Haar kastanienrot, seines eher rotblond, ihre Haut blasser und sommersprossiger. Aber das waren Farben, nicht Formen. Wenn man malt, entwickelt man einen Sinn für Proportionen. Man erkennt Entsprechungen.

Warum konnte Max die nicht sehen? Warum beharrte er darauf, bei einer Frau zu bleiben, die so gar nicht zu ihm passte? Optisch wie charakterlich? Ella merkte zu spät, wie sich das alte Gedankenkarussell zu drehen begann. Achtung, du fällst in die üblichen Muster.

»Zwölf Jahre wäre heute auch unser Kind.«

Mit Erstaunen nahm sie das Bedauern in seinen Worten wahr. Unser Kind. Der Schmerz flammte auf, brennend, quälend, eine entzündete, eitrige Wunde.

»Ja«, sagte sie leise, »so alt wie Danil. Und ich wäre eine Mutter, die trauert, oder eine, die sich jetzt ganz besonders um ihr Kind ängstigt. Weil da draußen ein Mörder herumläuft.«

»Ist der Junge sexuell missbraucht worden?«, erkundigte sich Max behutsam. Es schien, als wollte er sie vorsichtig von dem sensiblen Thema ablenken, das er selbst angestoßen hatte.

»Keine Ahnung.«

Ella hielt verwirrt inne. Darüber hatte sie noch gar nicht nachgedacht. Danil war vollständig bekleidet gewesen, als sie ihn fand. Zwar viel zu dünn für die Jahreszeit, aber komplett mit Jacke, Jeans und Schuhen. Er war erwürgt worden, mit einem Kabel. Mehr wusste sie nicht.

Zog ein Vergewaltiger sein Opfer nach der Tat wieder an? Sie konnte sich das irgendwie nicht vorstellen. Dann fiel ihr plötzlich dieser entlassene Sexualstraftäter ein, Schmittke hieß der, der seit ein paar Monaten auf einem Bauernhof zwischen Holzbüttgen und Büttgen wohnte. Sie erinnerte sich an den Wirbel, den die Bevölkerung um den alten Mann gemacht hatte. War der etwa der Täter?

Vielleicht, dachte sie. Oh Gott, der arme Junge.

Paul, Kevin und Jacky rauchten schweigend. Der Qualm sammelte sich in dichtem, trägem Nebel unter der Holzdecke des Spielhauses.

»Treffen auf dem Spielplatz, 20 Uhr«, hatte Paul den anderen gesimst, und sie waren gekommen. Pünktlich.

Jackys Augen sahen verquollen aus im Licht der Taschenlampe, die er zwischen sie in den Sand gelegt hatte. Jacky war verknallt gewesen in Danil, das wussten alle. Dabei hatte er sie meistens wie ein Stück Scheiße behandelt. Grob, überheblich. Wie alle Mädchen. Danil hatte keinen Bock auf Mädchen gehabt. Die sind alle gleich, hatte er gesagt. Bitches, Fotzen. Als ob er etwas davon verstanden hätte.

Paul wurde traurig, als er Danils Stimme in seinem Kopf hörte. Diese leise, sanfte Stimme, die oft so brutale, krasse Dinge gesagt hatte. Danil war eben kein Opfer gewesen, sondern einer, der den Ton angab. Ein echter Bestimmer. Einer, der sich nichts gefallen ließ. Wie konnte ihn jemand umgebracht haben? Dass sich jemand das getraut hatte.

»Dieser Perverse hat ihn gekillt«, behauptete Jacky nun. Es klang fassungslos. Sie nickte und strich sich mit den Fingern durch das lange strähnige Haar. »Der Kinderficker hat Danil abgeschlachtet. Sagen meine Eltern.«

»Der alte Opa?« Kevin schüttelte heftig den Kopf. »Glaub ich nicht. Danil war doch tausendmal schneller als der. Das hätte der nicht geschafft. Niemals. *Never.*«

Paul holte drei Flaschen Bier aus seinem Rucksack.

»Kommt, lasst uns erst mal einen trinken.«

Er merkte, dass seine Stimme bebte, und ärgerte sich gleichzeitig darüber. Stark sein, mahnte er sich. Cool bleiben. Es hilft Danil nicht, wenn wir abkacken.

Kevin öffnete die Flaschen mit dem Feuerzeug. Es ploppte dreimal.

»Wir müssen rausfinden, wer Danil umgebracht hat«, sagte er. Es klang wie ein grimmiges Knurren. »Das sind wir ihm schuldig. Wie gesagt, der Kinderficker war es garantiert nicht.«

»Aber wer dann?«, fragte Jacky piepsig. Es hörte sich an, als würde sie schon wieder heulen. »Und warum?«

Paul lachte rau auf.

»Da würden mir tausend Gründe einfallen.«

»Echt mal.« Die Pickel auf Kevins Stirn leuchteten im Licht der Taschenlampe rot wie Laserpointer. »So wie Danil drauf war, auf jeden Fall.«

»Stimmt.« Jacky nickte ernst. »Aber was ist dann mit uns? Ich mein ja nur. Was wäre, wenn die Sache mit Danil nur der Anfang war? Wenn … wenn … es jemand genauso auf uns abgesehen hat?« Sie schniefte; ihre speckigen Schultern zuckten.

»Dann stecken wir voll in der Scheiße.« Das kam von Kevin.

Paul fröstelte und nahm einen tiefen Schluck Pils. Es lief eiskalt seine Kehle hinunter. Er räusperte sich und sagte:

»Wir müssen eben schneller sein als dieses Arschloch.«

Es klirrte laut durch die kalte Novembernacht, als die Freunde die Flaschen aneinanderstießen und sich verschwörerisch zuprosteten.

Max blieb bis nach zweiundzwanzig Uhr. Natürlich hatten sie Sex gehabt. Auf dem Sofa, zwischen den cremefarbenen Kissen.

Vertrauten, rhythmischen, eingespielten Sex. Sex, wie er sein sollte.

»Ich muss wirklich los«, sagte Max jetzt und strich Ella sanft über die Wange, »du weißt ja …«

Sie drehte den Kopf weg. Ärgerte sich über ihn, ärgerte sich über sich selbst. Ärgerte sich über Bine, die Max mit ihrem Anruf auf den Plan gerufen hatte.

»Und du weißt ja, wo die Tür ist«, grollte sie.

Dann war er weg.

Unter der Dusche kam die Trauer zurück. Wieder flimmerte Danils Gesicht vor ihr auf. Es durfte nicht wahr sein, dass dieser kleine Junge tot war. Zu jung zum Sterben. Viel zu jung zum Sterben.

Später holte sie sich die Bilder auf den Monitor.

Der Computer befand sich im Atelier auf dem Dachboden, in dem Raum ihrer Wohnung, den sie am allerliebsten mochte. Den man über eine Leiter erklimmen musste. In beide Seiten der Dachschräge waren je drei Veluxfenster eingelassen, die das Atelier tagsüber verschwenderisch mit Licht versorgten. Genau richtig zum Malen. Absolut perfekt.

Nur wegen dieses Zimmers hatte Ella die Wohnung auf der stark befahrenen Kaarster Straße überhaupt genommen. Ansonsten hätten sie der Verkehrslärm und die fehlenden Parkmöglichkeiten davon abgehalten. Aber so … Es war keine Frage der Entscheidung gewesen. Sie hatte einfach keine andere Wahl gehabt. Malen, direkt im Himmel. Mein Gott, etwas Besseres gab es gar nicht.

Jetzt, am späten Abend, war der Himmel vor den Fenstern tiefschwarz. Allein der Bildschirm versorgte den Schreibtisch mit verhaltener Helligkeit. Es war sehr still. Wie hypnotisiert betrachtete Ella Danils Gesicht auf dem Desktop.

Er musste ein hübscher Junge gewesen sein. Im Leben. Ohne die lila verfärbte Haut und die geröteten Augen. Ohne das Kabel um den Hals. Sie ertappte sich dabei, wie sie mit dem Zeigefinger über den Bildschirm strich. Da, wo sich unter dem Glas seine Wange befand, die mit dem langen Kratzer. Sie klickte weiter. Das nächste Bild zeigte Danils ganzen Körper. Er lag da wie weggeworfen. Erschreckend schmal und klein. Und viel zu dünn angezogen.

Zorn schwemmte Ellas Traurigkeit weg. Danil musste gefroren

haben in diesen dürftigen, ärmlichen Klamotten. Nur eine dünne Windjacke hatte er angehabt. Unter dem halb geöffneten Reißverschluss lediglich ein labbriges T-Shirt! Stoffschuhe! Warum hatte seine Mutter nicht für warme Kleidung gesorgt? Und wie hatte sie ihn unbeaufsichtigt lassen können? Nicht sichergestellt, dass er wohlbehalten in der Schule ankam? Wer Kinder hat, muss sie hegen und pflegen. Aufpassen, dass sie geschützt heranwachsen. Egal, wie viel Kraft und Mühe das abverlangt.

Hätte sie selbst ein Kind …

Wütend klickte sie weiter. Eine Nahaufnahme. Danils weit geöffnetes, strahlend blaues Auge, sein Ohr. Ella erkannte einen winzigen Ohrstecker darin. Sie zoomte das Bild näher. Der Stecker war silbern und stellte ein Marihuanablatt dar. Zweifellos.

Mein Gott, der Junge war erst zwölf gewesen. Ob er gewusst hatte, dass er sich mit einem Kiffersymbol schmückte? Ob er gar schon Gras geraucht hatte? So klein noch. So alleingelassen.

Sie scrollte weiter runter, bis zu Danils Kehle, die brutal eingeschnürt und stellenweise zerfetzt von diesem weißen Kabel war. Die Gewalttätigkeit, die sich an dem schmalen nackten Hals offenbarte, schockierte sie.

Wie kann man nur?, fragte sie sich entsetzt. Der Todeskampf des Jungen musste entsetzlich gewesen sein. Wieso hatte der Täter nicht aufgehört, bevor Panik und Schmerzen für sein Opfer unerträglich geworden waren? Wer tat so etwas? Wer schaffte es, eine solche Tat bis zum Ende durchzuführen?

Jemand mit großem Hass oder in großer Angst oder jemand, der besonders kaltblütig war?

Ein Triebtäter vielleicht. Einer, der perverse Befriedigung beim Töten eines Kindes empfand. Dieser Schmittke womöglich.

Die arme Mutter, dachte sie. Wie schrecklich, mit der Schuld leben zu müssen, durch Unachtsamkeit ein Kind verloren zu haben. An ein Monster. Wie schrecklich.

Gedankenverloren schaute sie auf das dünne Kabel, verfolgte seine Windungen mit dem Cursor, nahm die beiden münzgroßen Ausbuchtungen am Ende wahr. Kopfhörer, merkte sie erstaunt auf, ganz winzig kleine, vielleicht von einem MP3-Player. Vermutlich Danils eigenes Gerät.

Und mit einem Mal kam ihr der Verdacht, der Mord könne spontan geschehen sein, in heftiger Wut, mit einer Tatwaffe, die rein zufällig da gewesen war. Kein Sexualverbrechen, nichts perfide Geplantes, stattdessen ein Mord aus einem Impuls heraus. Eine Entladung. Als Konsequenz einer Vorgeschichte.

Und wenn später jemand fragte, Max oder Bine etwa, ab wann sie denn – um Gottes willen – beschlossen habe, auf eigene Faust Ermittlungen anzustellen, dann antwortete sie: als ich gesehen habe, dass Danil mit seinem eigenen Kopfhörerkabel erwürgt worden ist. Als ich ahnte, dass er kein beliebiges Opfer war, sondern im Zentrum einer Geschichte stand, die ich nicht kannte.

Noch nicht.

ZWEI

Die Beerdigung fand eine Woche später statt. An einem tristen grauen Mittwochvormittag. Ella hatte sich in Schwarz gehüllt, was ihr nicht weiter schwerfiel. Ihre Garderobe bestand sowieso zu achtzig Prozent aus dunklen Klamotten. Also trug sie eine schwarze, dick gefütterte Winterjacke, einen schwarzen Schal, schwarze Handschuhe, schwarze Jeans und schwarze Lederstiefel. Außerdem hatte sie einen schwarzen Regenschirm dabei, denn es schüttete. Schon den ganzen Morgen.

In der Kapelle auf dem Büttger Friedhof drängten sich die Leute. Die Sitzplätze reichten bei Weitem nicht aus. Auch die Medien waren zahlreich vertreten. Ella entdeckte einen Kameramann und mehrere Fotografen in den Winkeln des schlichten, kargen Raumes. Ella stand ganz hinten. Auf keinen Fall wollte sie sich aufdrängen. Wegen ihrer Größe, einsfünfundsiebzig immerhin, und den hohen Hacken konnte sie trotzdem ungehindert bis ganz nach vorn sehen. So hatte sie freie Sicht auf den hellen Sarg, der unter verschwenderischen Blumenbuketts in allen Farben fast verschwand.

Ella war vor ein paar Tagen zu Ohren gekommen, dass die Nachbarschaft von Danils Familie zu einer Spendenaktion für eine würdevolle Beerdigung aufgerufen hatte. Denn Galina Bodrow verfügte über kein Geld für Sarg oder Blumenschmuck, geschweige denn für eine Grabstelle oder für die Dienstleistungen des Bestatters.

Es war einiges zusammengekommen, das konnte man sehen. Auch Ella hatte gespendet. Natürlich.

Jetzt betrachtete sie die Menschen in der ersten Reihe, Danils Familie. Die hagere dunkelblonde Frau in der Mitte musste seine Mutter sein. Ella sah nur ihren durchgedrückten Rücken und die spitz vorstechenden Schulterknochen. Ihre Finger spielten nervös mit den Falten des zerknitterten Rocks. Rechts neben ihr erkannte Ella einen jungen Mann, vielleicht achtzehn Jahre alt, der nervös nach allen Seiten blickte. Als er sich einmal ganz herumdrehte, um die Menge hinter sich in Augenschein zu nehmen, erfasste sie die Ähnlichkeit mit Danil.

Vielleicht hätte er so einmal ausgesehen, wenn es ihm erlaubt gewesen wäre, erwachsen zu werden. Groß, schlank, symmetrische Gesichtszüge, in denen die Augen alles beherrschend waren: prüfend, abgeklärt und von großer Schönheit. Nur hatte dieser Bruder helles, nicht dunkles Haar.

Neben ihm befand sich eine mollige Jugendliche mit dickem hellbraunem Zopf. Ella schätzte sie auf vierzehn oder fünfzehn. Sie wirkte viel ruhiger als ihr Bruder, schaute nur gelegentlich zur Mutter hoch. Ella betrachtete den Schwung ihrer vollen Lippen und die Linie der geraden, kleinen Nase. Ein hübsches Mädchen, dachte sie. Stark und weich zugleich.

Wie so oft erlag sie der Versuchung, aus den Proportionen eines Gesichts auf den Charakter zu schließen. Typische Unart einer Künstlerin. Interpretation des Gesehenen. Immer wieder. Ein Zwang geradezu.

Ellas Blick irrte nach links. Zwei noch sehr kleine Jungen, der eine vielleicht fünf, der andere sieben, standen dort kerzengerade neben ihrer Mutter. Kleine, verletzliche, dünne Körper, zarte Gesichter, große, ungläubige Augen, weizenfarbenes Haar. Unter dem Ansturm von Anteilnahme und Sensationslust schwankten sie wie Grashalme im Wind. Trotzdem hielten sie sich weder aneinander noch an der Mutter fest. Ihre Verlorenheit erinnerte an die von Danil. Ella kamen die Tränen.

In dem Moment setzte Musik aus den Lautsprechern ein, knarzend, knackend. All jene, die einen Stuhl ergattert hatten, nahmen Platz. Die anderen, viele, die die Wände dicht an dicht flankierten, mussten stehen bleiben. Sphärische Keyboardklänge hallten durch den Raum, von einer einzigartigen, unverkennbaren Stimme begleitet. »Who wants to live forever« von Queen. Ausgerechnet! Was für eine seltsame, absurde Wahl.

Ein junges Leben war ausgelöscht worden. Von Unendlichkeit konnte keine Rede sein. Und überhaupt. Ob ein Zwölfjähriger wie Danil die Band und das Lied gekannt, geschweige denn gemocht hatte? Ella bezweifelte es stark.

Paul konnte die Tränen nicht länger zurückhalten. Freddy Mercury, dachte er. Ausgerechnet. Der Tipp war bestimmt von Kleinmeyer gekommen. Paul war froh, hier zwischen Jacky und Kevin eingeklemmt in der vierten Reihe zu sitzen, ein ganzes Stück entfernt vom Klassenlehrer und den Mitschülern. Heuchler, hatte er vorhin noch abfällig gedacht. Keiner von euch hat Danil gemocht. Gehasst habt ihr ihn. Euch vor Schiss fast in die Hosen gemacht. Und jetzt seid ihr froh, dass er tot ist. Was habt ihr bei seiner Beerdigung zu suchen?

»Who wants to live forever«, sang Mercury, und Paul schluchzte auf. Natürlich musste er an die Klassenfahrt im September denken. Jugendherberge Mönchengladbach-Hardt. Für mehr hatte das Geld der Eltern nicht gereicht.

Am Nachmittag des zweiten Tages war es gewesen. Er und Danil hatten gelangweilt im Partyraum herumgehangen, sich die Musikanlage angeschaut und an den Drehknöpfen des uralten Mischpults gespielt. Fahles Licht war durch speckige Fensterscheiben auf die staubigen Flächen und den schmutzigen Boden gefallen. Eine andere Schulklasse hatte gestern Abend hier gefeiert, und es war noch nicht geputzt worden.

Auf dem DJ-Pult hatten einige alte CDs gelegen, und Danil interessierte sich dafür. Kleinmeyer war reingekommen und sofort darauf angesprungen. Der hatte sich echt Mühe gegeben mit Danil. Richtig eingeschleimt hatte er sich bei ihm. Und Paul ahnte auch, warum: Danil war der Anführer in der Klasse gewesen. Der, der das Sagen hatte. Die anderen machten, was er befahl. Und wenn Danil jemanden auf dem Kieker hatte, zum Beispiel den fetten Robin, dann gab es keine Gnade. Danil brachte jeden zum Heulen, und alle machten mit.

»Der Fetti ist ein Opfer«, behauptete er. »Macht ihn fertig.«

Was er sagte, war Gesetz. Klar, dass Kleinmeyer versucht hatte, sich an Danil ranzumachen.

»Der will mich knacken«, hatte Danil irgendwann zu Kevin und Paul gesagt, als sie sich am Rand des Schulhofs im Gebüsch einen Joint teilten, »der denkt, wenn ich ihm vertrau, hör ich auf mit Scheißebauen. Aber das kann er vergessen.«

Na ja, in der Jugendherberge kam es Paul schon so vor, als hätte es Kleinmeyer irgendwie geschafft, Danil zu »knacken«. Und zwar über die Musik.

»Freddy Mercury war ein überragender Sänger. Genial«, erklärte er Danil, der sich aufs Pult gesetzt hatte und eine CD-Hülle nachdenklich hin- und herwendete. Die Musik von Queen waberte durch den Raum. »Außerdem lebte er so, wie es ihm passte. Sex, Drugs und Rock 'n' Roll.«

»Er war 'ne Schwuchtel, oder?«, sagte Danil abfällig. »Ist an Aids krepiert.«

»Stimmt«, bestätigte Kleinmeyer geduldig, »er war homosexuell. Aber er stand dazu. Ohne Wenn und Aber. War mutig und cool. Selbst als die Krankheit ihn fest im Griff hatte – damals gab es noch nicht die Medikamente wie heute –, ist er weiterhin aufgetreten. ›Who wants to live forever‹ hat er noch gesungen, da ging es ihm schon sehr schlecht. Aber er hat dem Tod ins Gesicht gespuckt. Hat weitergemacht bis zum Schluss.«

In dem Moment merkte Paul, dass sich Danils Verhalten Kleinmeyer gegenüber änderte. Dass er jetzt wirklich zuhörte.

»Ich will auch nicht ewig leben.«

Seine Stimme war voller Trauer. Paul kriegte es mit der Angst zu tun. Was sollte das Gerede vom Sterben?

»Du bist sehr jung«, lautete Kleinmeyers ruhige und sanfte Antwort. Paul würde es nie vergessen. »Du hast noch viel vor dir. Und wenn du willst, auch viel Schönes. Du musst nur genug Mut haben, dich darauf einzulassen. Nicht nur auf das, was du kennst.«

Paul erkannte das Flackern in Danils Augen. Die Gefahr, den Freund zu verlieren. Auch Kevin, der plötzlich im Türrahmen stand, hatte sofort gecheckt, was Sache war.

»Komm, Danil«, rief er mit einem alarmierten Seitenblick zu Paul, »wir wollten doch noch in den Ort. Die anderen warten.«

Und es klappte. Der Bann war gebrochen. Danil schaute auf, grinste und drückte Kleinmeyer achtlos die CD-Hülle in die Hand.

»Ich komm schon. Ich hol eben nur meine Jacke.« Kein Blick mehr hin zu dem Lehrer.

Und dann deckten sie sich in dem Geschäft im Ort mit Alkohol und Zigaretten ein. Danil klaute sogar noch eine Flasche Wodka. Hammerhart wie immer.

Und jetzt war er tot.

»Who wants to live forever …«

Paul stöhnte auf.

Ella hörte kaum, was der Pfarrer sagte. Es waren sowieso nur Plattitüden, nichts Persönliches, auf den Toten Abgestimmtes, das wurde ihr schon nach den ersten Worten klar. Stattdessen beobachtete sie den weinenden Jungen in der vierten Reihe. Ella sah ihn im Halbprofil.

Das Elend schien ihn förmlich wegzuschwemmen. Seit dem Queen-Song schluchzte er ununterbrochen. Lang und schlaksig war er, mit dichtem braunen Haar, einer überlangen Höckernase und zartem Flaum über der Oberlippe. Er schien älter als Danil zu sein, zumindest zeigte er schon die typischen Anzeichen der Pubertät. Aber das musste nichts heißen. Kinder reiften schließlich unterschiedlich schnell heran. Danil war zum Beispiel sehr klein für sein Alter gewesen.

Links neben dem großen Jungen hockte ein unförmiges Mädchen mit fettigen Haaren. Es hatte einen Arm um seine knochigen Schultern gelegt. Dem bulligen, pickeligen Jungen auf der anderen Seite schien das Gebaren seines Nachbarn eher peinlich zu sein. Trotzdem musterte er ihn ab und zu besorgt.

Die drei mussten Schulfreunde von Danil sein. Vielleicht sollte sie sich mal mit denen unterhalten.

Und dann ging es zur Grabstelle. Ella folgte dem Sarg ganz am Ende der Schlange. Es regnete stetig, und der Weg durch die Grabreihen war schlammig und rutschig. Ella spannte ihren Schirm auf.

Kalli Schmittke lebte seit letztem Dienstag in ununterbrochener Todesangst. Zwar hatte ihm Martha ein Alibi gegeben, aber vor dem Hass und der Verachtung der Leute schützte es nicht. Und auch die Nacht in Polizeigewahrsam schob die Sache nur auf. Irgendwann würden sie ihn erwischen und kaltmachen.

Ein Vierteljahrhundert hatte Kalli in den verschiedensten

Haftanstalten Nordrhein-Westfalens eingesessen, und das war kein Zuckerschlecken gewesen. Pädophile standen in der Rangordnung der Gefangenen ganz unten. Kalli war oft verprügelt und einige Male vergewaltigt worden, bis er aufgrund seines Alters und des körperlichen Verfalls uninteressant für seine Peiniger wurde. Die letzten Jahre hatte man ihn in Ruhe gelassen.

Manchmal wünschte Kalli sich wieder in den Bau zurück. Vor allem in den letzten Tagen. Ans Telefon ging er inzwischen gar nicht mehr. Die täglichen Droh- und Schmähanrufe hielten ihn davon ab. Auch zu seinem Therapeuten traute er sich nicht. Dazu müsste er über die Feldwege zum Büttger Bahnhof laufen, um mit der S-Bahn nach Neuss zu fahren. Und überall würde er Menschen begegnen.

Martha und er hatten das kaputte Fenster mit Brettern zugenagelt. Zwar war es nun dunkel in seiner Wohnung, dafür aber halbwegs sicher.

Gewissenhaft nahm Kalli Tag für Tag die Pillen, die die gefährlichen Phantasien unterdrückten. Die Angst konnten sie ihm nicht nehmen. Dafür trank er Schnaps, manchmal bis zur Besinnungslosigkeit.

Auch jetzt, gegen Mittag, genehmigte er sich mit zitternden Fingern den ersten Korn des Tages. Frühstückskorn, wie passend.

Heute war die Beerdigung des Jungen. Schneewittchen. Kalli traten Tränen in die Augen, als er an den kleinen, toten Körper dachte, wie er am Fuß der Mühle gelegen hatte. Früh am Morgen.

War er etwa schuld? Unmöglich zu sagen. Er hatte nur den Schmerz gefühlt, als er den Jungen dort liegen sah. Abgrundtiefen Schmerz, vermischt mit einem Hauch von Erleichterung. Weit weg von jeder Befriedigung.

Ella erwischte Galina Bodrow kurz vor dem Friedhofsausgang an der Driescher Straße. Der Regen war heftiger geworden, der Wind ebenfalls. Ella klappte den Schirm ein, um sich schneller durch den Pulk der Anteilnehmenden winden zu können. Binnen Sekunden klebte ihr das Haar nass am Kopf. Rücksichtslos drängte sie sich an Schülern und Erwachsenen vorbei und tippte Danils Mutter auf die Schulter.

Die drehte sich auf den Hacken um. Wie elektrisiert, gespannt wie ein Flitzebogen, und Ella sah sich Danils Augen gegenüber, in einem verhärmten Gesicht, bar jeder Weichheit. Tiefe Falten schnitten in die Mundwinkel der Frau, die vor ein paar Tagen ein Kind verloren hatte. Ihre Augenringe waren bläulich verfärbt und erinnerten an Danils Gesichtshaut nach der Strangulation. Ihr Blick war kalt.

»Was soll das?«, spuckte sie aus. »Warum fassen Sie mich an?«

Ella erschrak, zog die Hand zurück, bis dicht an den Körper. Die Aggressivität der Frau schüchterte sie ein.

»Entschuldigung«, formulierte sie sorgsam, »ich bin diejenige, die Danil gefunden hat. Dienstagmorgen, an der Braunsmühle. Ich wollte Ihnen nur mein Beileid aussprechen …«

Verlegen mied sie Galina Bodrows Blick und streifte stattdessen die unbewegte Miene von Danils großem Bruder. Der starrte sie schweigend an. Direkt in sie hinein. Bis ins Herz. Unheimlich.

»*Spasibo.* Danke.«

Ein Ruck ging durch die Frau. Die Härte wich und machte etwas anderem Platz. Verletzlichkeit, Erschöpfung, von beidem etwas.

»Tut mir leid, dass ich … unhöflich war.« Galina Bodrows Stimme klang brüchig, wie dünnes Eis auf einer Pfütze, das unter den Füßen zerspringt. »Ich dachte, Sie sind von der Presse. Haben mich schon vorhin so … gemustert. Das kann ich nicht gebrauchen, wissen Sie.« Sie rollte das »R«. Es verlieh ihren Worten Nachdruck.

Hinter ihnen bildete sich eine Menschenschlange, die nicht an ihnen vorbei und daher nicht vom Friedhof hinunterkonnte. Ella machte das nervös.

»Verstehe ich«, flüsterte sie, »aber ich bin nicht von der Zeitung. Vielleicht könnte ich Sie ja mal besuchen, wenn … wenn dieser ganze Rummel hier vorbei ist. Ich denke oft an Danil, wissen Sie …«

»Mami, komm jetzt«, rief nun das kleinste der Bodrow-Kinder und riss der Mutter am Arm, »du hast mir versprochen, ich krieg Kuchen …«

»*Ladoschki.* Okay«, sagte Frau Bodrow, sowohl zu dem kleinen Jungen als auch zu Ella, »machen wir. Auf jeden Fall.«

Und weg war sie, verschwunden hinter Regenschleiern und drängelnden Leibern. Das Letzte, was Ella von der Familie sah, war der bohrende Blick des ältesten Sohnes, bis schwarze Schirme ihn verdeckten.

Paul war froh, vom Friedhof wegzukommen. Zusammen mit Jacky und Kevin strebte er der Skate-Area hinter dem Sportplatz zu. Dort konnten sie sich wenigstens in Ruhe unterhalten und eine rauchen. Der Regen, der ihn bis auf die Knochen durchnässte, war ihm im Moment scheißegal.

Kevin schimpfte, während sie über den Zebrastreifen bei der Feuerwache gingen: »Voll daneben, die Show gerade. Passte überhaupt nicht zu Danil, die Blumen, die Laberei und die ganze andere Kacke. Was hatte das mit ihm zu tun?, frag ich euch.«

»Außer der Queen-Song«, wandte Jacky ein. »Seit der Klassenfahrt stand er auf den Sound. Das war schon okay.«

Paul wollte von Queen oder Freddy Mercury nichts hören. Es verursachte ihm ein mulmiges Gefühl im Magen.

»Who wants to live forever …« Und Danils Kommentar: »Ich will auch nicht ewig leben.« Gruselig.

»Habt ihr die lange Rothaarige gesehen, die, die mit Danils *Mum* geredet hat?«, lenkte er ab. »Wer war das? Die hat mich dauernd so komisch angeglotzt.«

»Du meinst die Apothekentussi?«, fragte Jacky. »Die arbeitet doch in Holzbüttgen am Lindenplatz. Da hab ich sie schon ein paarmal gesehen.«

Typisch Jacky. Die kannte einfach jeden.

»Das war doch die Frau, die Danil tot an der Mühle gefunden hat. War immer noch ganz schön fertig, was?« Das kam von Kevin.

Beinahe wäre Paul mitten auf dem Zebrastreifen stehen geblieben.

»Echt? Die ist das gewesen?«, fragte er. »Weißt du auch, wie sie heißt?«

Kevins Antwort klang sehr gleichgültig.

»Klar, Elisabeth Berger. Hat mir meine Alte erzählt. Wohnt auf der Kaarster Straße in Holzbüttgen, fast an der Regiobahn.«

»Aber dann können wir sie doch mal kontakten. Vielleicht weiß sie was, was uns weiterhilft.«

Kevin beäugte den Freund skeptisch von der Seite.

»Was soll so eine schon wissen? Die hat doch keine Ahnung von Danil und seinem Leben.«

»Na ja, versuchen können wir es ja mal«, mischte Jacky mit. »Wenn sie an der Mühle war, kurz nach seinem Tod, dann könnte sie doch irgendwas gesehen oder gehört haben. Da hat Paul recht.«

»Okay, schon gut, wir checken das«, knurrte Kevin widerstrebend, »kann ja nicht schaden.«

Und dann gingen sie einträchtig schweigend quer über den Fußballplatz zur Skate-Area rüber.

DREI

Das Mehrfamilienhaus, in dem die Bodrows im dritten Stock eine Wohnung angemietet hatten, befand sich am Postweg im Ortsteil Büttgen. Es lag direkt an der Bahnlinie.

»Wie kommt es, dass Sie nicht arbeiten?«

Galina Bodrows Frage klang wie ein Vorwurf. Der Qualm in der vollgestopften, unordentlichen Küche schwelte in der Luft und machte Ella das Atmen schwer. Danils Mutter drückte ihre Zigarette im überquellenden Aschenbecher aus.

»Ich habe meinen Job aufgegeben, weil ich im Januar eine Apotheke in Münster übernehme. Zurzeit habe ich frei und bereite alles vor. Den Umzug, die Neueröffnung«, erklärte Ella.

Sie nahm einen kleinen Schluck von dem Kaffee, der ihr angeboten worden war. Er schmeckte bitter und war fast kalt.

Galina Bodrow nickte ernst und zündete sich die nächste Zigarette an. In ihren Wangen bildeten sich tiefe Höhlen, als sie das Nikotin einsog. Dann meinte sie nachdenklich:

»Nun, das erklärt, warum Sie letzten Dienstagmorgen bei der Mühle sein konnten. Wenn normale Menschen arbeiten …«

Normale Menschen …

Wann hatte Ella aufgehört, sich zu den normalen Menschen zu zählen? Zu Beginn der Affäre mit Max oder am Ende? Vielleicht ja schon nach Antonias Tod. Sie lächelte zögernd. Aus irgendeinem Grund mochte sie die Frau, die ihr gegenübersaß. Ihre Verbitterung war echt, unverstellt und frei von jedem Pathos. Ella war sich sicher, dass auch sie sich nicht zu den »normalen Menschen« zählte.

»Genau. Ich war da, um die Mühle zu malen. Und dann fand ich Ihren Sohn.«

Galina Bodrow starrte sie unverwandt an. »Danilka. Erzählen Sie es mir. Wie er dalag, wie er aussah. Die Umgebung. Alles.«

Ella verstand. Jedes Detail über den toten Sohn zu erfahren, war wichtig, vielleicht sogar unumgänglich. Als Mutter musste Galina Bodrow sein Leid, seine Qualen nachempfinden können, um den Weg ihres Kindes bis zum Ende mitzugehen.

Stockend umschrieb Ella den schlimmen Morgen an der Braunsmühle. Die Stille, den Nebel, die dünne kleine Leiche, die aufgerissenen Augen, den Kratzer auf der Wange, das Kabel. Nur, dass sie auf Danils Hand getreten war, ließ sie weg. Das konnte sie einfach nicht erzählen.

Am Ende schwiegen beide. Ella schaute auf die Wanduhr über der Türzarge. Halb zwölf Mittag. Um kurz nach elf war sie gekommen. Das Ticken des Sekundenzeigers teilte die Zeit in winzig kleine Ewigkeiten.

»Danke. Vielen Dank«, sagte Danils Mutter schließlich rau. Mit zitternden Fingern griff sie zur Zigarettenschachtel. Ella meinte, es nass in ihren Augenwinkeln glitzern zu sehen, während sie sich eine weitere Filterlose anzündete. »Es ist gut, dass Sie so offen mit mir sprechen. Alles beschrieben haben, damit ich es mir vorstellen kann. Die Polizei tut das ja nicht. Die stellen nur Fragen. Quälen mich mit Fragen. Fragen. Fragen. Als hätte ich eigenhändig meinen Sohn umgebracht. Ich, seine Mama. Die ihn geboren hat. Wann ging er aus dem Haus, fragen sie. Warum kam er nicht in der Schule an? Was haben Sie getan in der Zeit?«

Jetzt liefen Tränen über Galina Bodrows Wangen. Fahrig wischte sie sie weg. Auch Ella war kurz davor zu weinen. Aber sie versuchte, sich zu beherrschen. Es gehörte sich nicht, ihre Trauer in dem Maße zu zeigen wie diese Mutter, die ihr Kind auf solch grausame Weise verloren hatte. Es stand ihr nicht zu. Schließlich war sie bloß eine Fremde, noch dazu eine, die nie ein Kind geboren hatte. Behutsam legte sie ihre rechte Hand über die schmale, sehnige der anderen Frau.

»Es tut mir so leid«, flüsterte Ella, »vielleicht, wenn ich früher bei der Mühle angekommen wäre. Dann hätte ich es irgendwie verhindern können. Den Täter erschrecken … verscheuchen.«

»Nein!« Danils Mutter sprach sehr bestimmt. »Nichts hätten Sie verhindern können. Nichts. Nur ich. Ich weiß das.«

Ella schüttelte vehement den Kopf. »So etwas dürfen Sie nicht denken. Sie tragen keine Schuld …«

»Was wissen Sie denn?«, keifte die hagere Frau. Spucke flog. Grob riss sie ihre Hand von Ellas fort.

»Danil ist Montagabend nicht nach Hause gekommen! Die

ganze Nacht war er weg und am Morgen tot! Und ich, ich hab das niemandem gesagt. Hab ihn nicht vermisst gemeldet. Wer ist also schuld? Wer? Wenn nicht ich?«

Diese Neuigkeit musste Ella erst mal verdauen. »Haben Sie das der Polizei erzählt?«, fragte sie. Ihr Hals war trocken, und der Kaffee hatte einen sauren Nachgeschmack hinterlassen.

»*Njet!* Niemals.«

Ella schrak zusammen. Die Stimme war von der Tür hergekommen, wo plötzlich der älteste der Bodrow-Brüder stand, bekleidet mit löchriger Trainingshose und Unterhemd, barfüßig, das Haar ungekämmt. Sie hatte nicht gewusst, dass er zu Hause war. Sie wähnte alle Kinder in der Schule, im Kindergarten oder sonst wo.

Jetzt trat der junge Mann näher. Ella betrachtete fasziniert das Muskelspiel seiner Oberarme und der Schulterpartie. Sein schmaler Körper wirkte gestählt und bretthart. So wie sein Blick. Der sie festhielt.

»Denis«, bat Galina Bodrow leise, »halt dich raus, ja?«

»*Njet.* Einer muss hier doch sagen, wo es langgeht.« Er lehnte sich an die Küchenzeile und verschränkte die nackten Arme vor der Brust. Dabei ließ er sie nicht aus den Augen. »Die Bullen wissen nicht, dass Danil über Nacht weg war. Und das sollen sie auch nicht. Wer weiß, was die meiner Mama sonst anhängen. Verstehen Sie?«

Ella nickte langsam. Vernachlässigung der Aufsichtspflicht, mangelnde Fürsorge, Kindeswohlgefährdung, Verschleierung einer Straftat. All das würde man der Mutter vorwerfen. Womöglich verdächtigte man sie sogar, selbst etwas mit dem Tod ihres Sohnes zu tun zu haben. Ja, Ella begriff. Trotzdem begehrte sie auf.

»Ich verstehe, aber … Dass er schon Montagnacht fort war, ist eine sehr, sehr wichtige Information, um den Täter ausfindig zu machen. Und das willst du doch sicher auch, dass man den Mörder deines Bruders kriegt, oder etwa nicht?«

»Klar.« Denis straffte sich. »Aber jeder weiß doch, wer es war. Dieser Perverse, dieser Kinderficker, oder? Versteh echt nicht, warum die den noch nicht verhaftet haben.«

»Weil ihr ihm mit eurer Falschaussage womöglich ein Alibi verschafft habt«, versetzte Ella wütend, »soviel ich weiß, sagt seine Schwester, er sei Dienstagvormittag auf keinen Fall vom Hof weggegangen. Sie hätten ganz früh schon zusammen die Hühner gefüttert und den Stall ausgemistet. Nur deshalb ist Schmittke noch auf freiem Fuß.«

Ella hatte diese Umstände bei »Kaiser's« in Büttgen erfahren. Einige Frauen hatten sich in der Schlange an der Kasse darüber ausgelassen. »Wenn Danil bereits Montagabend verschwunden ist, zählt dieses Alibi nicht mehr. Dann kann er sich deinen Bruder schon vorher geschnappt haben.«

»Aber gestorben ist Danil am Dienstagmorgen, zwischen sechs und acht Uhr. Das steht fest. Sagt der Pattaloge, oder wie der heißt.« Galina Bodrow erläuterte das müde und frustriert. »Hilft also alles nichts.«

Und Denis ergänzte trocken: »Wenn die Bullen nichts unternehmen, müssen wir selbst handeln. Meine Kumpels und ich, wir greifen uns die Schwuchtel und schneiden ihm die Eier ab!«

»Nichts tut ihr!«

Das kam von seiner Mutter. Zur Bekräftigung knallte sie die flache Hand auf den Küchentisch. Die Kaffeetassen und der Aschenbecher schepperten.

»Danilka wurde nicht vergewaltigt, hat mir die Kommissarin versichert! Dieser Perverse hat nichts mit seinem Tod zu tun.«

»Das sagen die Bullen nur, um dich zu trösten«, spuckte Denis verächtlich aus, »und du fällst noch drauf rein!«

Ella schaute ratlos von einem zum anderen.

»Ich denke nicht, dass die Leute von der Kripo lügen«, versuchte sie, den aufgebrachten Jungen zu beschwichtigen. Gleichzeitig wirbelten die Gedanken in ihrem Kopf herum und machten sie ganz schwindelig. »So was können die sich gar nicht erlauben. Hast du denn eine Idee, wer etwas gegen deinen Bruder gehabt haben könnte?«

Denis schnaubte, schien aber zu überlegen.

»Weiß nicht«, begann er unsicher, »vielleicht Typen aus der Schule. Keine Ahnung. Die, die er fertiggemacht hat, weil die *Loser* sind. Oder die, von denen er Geld erpresst hat.«

Galina Bodrow stöhnte auf. »Sprich nicht schlecht von meinem kleinen Danilka«, jammerte sie.

VIER

Manchmal war Kalli in den letzten Monaten samstags in aller Frühe nach Büttgen auf den Markt gegangen. Über die Felder, an der Braunsmühle vorbei, durch die Fußgängerunterführung, die Umgehungsstraße entlang, dann rechts ab bis zum Rathausplatz. Dort, nahe der Aldegundiskirche, auf dem Kopfsteinpflaster zwischen dem klotzigen Rathaus aus den Siebzigern und der Ladenzeile, hatte er an den Marktständen für seine Schwester und sich Käse, Fleisch und Brot gekauft. Das ging nun nicht mehr.

Kalli fühlte sich wie eingesperrt und abgeschnitten von der Umwelt. Schlimmer als im Bau. Das Telefonkabel hatte er aus der Buchse gezogen. Radio und Fernsehen blieben ausgeschaltet, weil er nichts über den Mord an Schneewittchen und die Ermittlungen mitbekommen wollte. Ihm fiel die Decke auf den Kopf.

Martha war vorhin in ihrem klapprigen Kombi zum Einkaufen gefahren. Sie hatte ihm eingeschärft, den Hof nicht zu verlassen.

»Ich bin nicht da, um dich zu beschützen. Bleib in deiner Wohnung. In spätestens zwei Stunden bin ich zurück.«

Seine große Schwester. Schon immer hatte sie versucht, ihn vor Schlimmem zu bewahren. Auch, als er noch ein kleiner Junge gewesen war. Kalli schüttelte traurig den Kopf, während er sich im Halbdunkel des Zimmers den Frühstückskorn in ein Wasserglas schüttete. Schon damals war es ihr selten geglückt.

Kalli dachte ungern an die vielen Gelegenheiten zurück, wenn der Vater ihn doch erwischt und in den Keller geschleift hatte. Er presste gequält die Augen zusammen, als er sich an den fauligen Mundgeruch des Vaters erinnerte und an sein Stöhnen, wenn er sich von hinten an Kalli drückte. Die Schläge danach – mit dem Ochsenziemer auf den nackten Po – waren schmerzhaft gewesen, aber er hatte sie auch immer als gerechte Strafe empfunden. Weil er es war, der den Vater verführt hatte, diese Dinge mit ihm zu tun.

Diese Dinge. Kalli spürte, wie sein Glied steif wurde. Da fiel ihm ein, dass er heute noch nicht seine Medikamente genommen hatte. Er schlurfte zur Küchenzeile, nahm die Pillen und spülte mit Korn nach.

Plötzlich hielt er es nicht mehr in der Enge seiner Wohnung aus. Nur ein bisschen spazieren gehen, überlegte er. Sich vom Wind durchpusten lassen. Sich frei fühlen. Jetzt am Samstag um zehn am Morgen und bei dem Nieselregen würde bestimmt niemand auf den schlammigen Feldwegen unterwegs sein, oder? Da konnte er es doch bestimmt wagen.

Kaum hatte er in Regenjacke und Gummistiefeln den Hof verlassen und war auf den matschigen Feldweg abgebogen, bereute Kalli sein Tun schon. Sein Herz schlug ihm vor Angst bis zum Hals.

Gleichzeitig empfand er den kalten Wind und die Nadelstiche der Regentropfen auf den Wangen als wohltuend. Sie rüttelten ihn wach und gaben ihm das Gefühl, lebendig zu sein. Nur deshalb stapfte er weiter durch den trüben Tag.

Die Felder lagen schwarz und brach unter dem schnurgeraden Horizont da. Die Erde roch nach Verwesung. Der Himmel war bedeckt mit schweren Wolkenpaketen, die sich wie Schichten in Abstufungen aus Grau und Anthrazit übereinanderstapelten. Den silbernen Pkw, der ihm in einigem Abstand folgte, bemerkte Kalli nicht.

Ella hatte zu Ende gefrühstückt und saß jetzt versonnen mit der leeren Tasse in der Hand am Esstisch. Draußen auf der Kaarster Straße zischten die Autos durch die Pfützen. Es regnete Bindfäden.

Zum wiederholten Mal musste Ella an ihren gestrigen Besuch bei den Bodrows denken. Was sie über Danils Charakter und sein Leben erfahren hatte, beunruhigte sie sehr. Aus einem kleinen unschuldigen Jungen, viel zu früh brutal und heimtückisch aus dem Leben gerissen, war ein gemeiner Erpresser geworden, der die Mitschüler gemobbt und drangsaliert hatte. Der von zu Hause abgehauen war und seinen Tod irgendwie selbst verschuldet hatte. Es widerstrebte Ella, so zu denken, aber sie konnte nicht anders.

Eigentlich hätte sie sich an den Computer setzen, Kalkulationen und Listen erstellen sollen. Die Neueröffnung der Schwanen-apotheke musste weiter vorbereitet werden. Auch hatte sie noch einige E-Mails zu schreiben, an ihre neue Apothekenhelferin zum Beispiel und an die Vorbesitzer des Hauses in Münster. Aber sie konnte sich nicht dazu aufraffen.

Danils großer Bruder spukte ihr im Kopf herum. Als sie gestern Mittag die Wohnung am Postweg in Büttgen verlassen hatte, war Denis ihr noch bis in den Hausflur gefolgt.

»Mama will nichts davon wissen, wie Danil drauf war«, hatte er in verschwörerischem Tonfall geraunt, »aber er war nicht ohne, echt nicht. Wo er konnte, hat er blaugemacht, aber wenn er mal in der Schule war, hat er da den Boss rausgehängt. Es gab ein paar Typen in seiner Klasse, die haben nach seiner Pfeife getanzt. War eine richtige Gang, mit Danil als Anführer. Er hat mir einmal das Geld gezeigt, dass sie irgendwelchen Weicheiern abgenommen haben. Schutzgeld, hat er es genannt. Waren mindestens ein paar hundert Euro. Wofür brauchst du das?, hab ich ihn gefragt. Geht dich nichts an, hat er gesagt und so komisch geguckt. Manchmal war er mir echt ein Rätsel, mein kleiner Bruder. Krass. Ganz ehrlich.«

Dabei hatte Denis Ella hilfesuchend angeschaut. Erklären Sie mir, was mit ihm los war, schien sein Blick zu fragen. Sagen Sie mir, wer ihn erwürgt hat und warum.

»Machte er einen zufriedenen Eindruck auf dich?«, tastete sie sich behutsam vor, immer die halb offene Wohnungstür im Blick, hinter der jederzeit Galina Bodrow erscheinen konnte.

Denis starrte sie verblüfft an.

»Nein! Voll nicht!«, brauste er auf, so als sei Ella schwer von Begriff. Dann aber besann er sich und fuhr leiser fort: »Im Gegenteil. Danil hatte einen Hass auf alle und jeden. Voll aggro, wenn Sie wissen, was ich meine …«

»Manchmal auch traurig?«

Denis nickte langsam.

»Mmm. Sogar oft. Dann hat er durch alle durchgeguckt, wollte nicht reden. Ja, ich denke, er war ziemlich mies drauf, echt unglücklich …«

Denis stockte und betrachtete Ella halb nachdenklich, halb beeindruckt.

»Das wussten Sie schon, bevor sie es mich gefragt haben«, stellte er fest. »Woher? Sie kannten ihn doch gar nicht, oder etwa doch?« Jetzt wurde sein Blick misstrauisch. Wachsam.

Ella schüttelte den Kopf.

»Nein, ich habe ihn nie lebend gesehen«, versicherte sie eilig, »aber ich hab es in seinem Gesicht gelesen. Ich male, weißt du? Ich glaube, dass ich es deshalb erkannt habe. Die Einsamkeit, die Verlorenheit, das Sensible. Er strahlte es aus. Und das hatte nichts mit seinem schrecklichen Tod zu tun. Danils Wesen hat mich berührt. Ich muss einfach rauskriegen, wer ihm das angetan hat.«

Mit diesem Bekenntnis hatte sie den jungen Mann auf ihre Seite gebracht. Der Ausdruck seiner Augen war ganz weich geworden. Von Skepsis keine Spur mehr. Und bevor Ella gegangen war, hatten sie noch Handynummern ausgetauscht.

Ich darf die Dinge, die ich gestern noch im Brustton der Überzeugung zu Denis Bodrow gesagt habe, heute nicht selbst über den Haufen werfen, ermahnte Ella sich nun und machte sich daran, Aufschnitt und Margarine in den Kühlschrank zu packen. Ich darf den Jungen nicht bloß als brutalen Mobber abtun.

Danils Grausamkeiten waren lediglich Ausdruck seines Zorns gewesen, Zeichen von Leid, Einsamkeit und Versehrtheit. Dieser Gedanke half ihr, sich erneut in den Jungen einzufühlen.

Wozu benötigte er all das Geld?, fragte sie sich. Er scheint es ja gespart zu haben für einen speziellen Zweck. Sie seufzte und beschloss, es gut sein zu lassen. Vorerst.

Dann schnappte sie sich Jacke, Schirm und Autoschlüssel und verließ die Wohnung. Sie brauchte vor dem Wochenende noch ein paar Lebensmittel und eine Kiste Mineralwasser.

Schon vor elf am Samstagmorgen stand Jacky vor der Tür, klitschnass.

Paul hatte noch im Bett gelegen, während seine kleinen Halbgeschwister sich lautstark im Kinderzimmer nebenan zankten. Mama war längst unterwegs, bei einem ihrer Putzjobs. Jürgen, sein Stiefvater, der wohl wie immer vor der Play Station gehockt hatte, riss ihn grob aus den Träumereien.

»Paul! Besuch!«

Nur in Boxershorts und T-Shirt war Paul durch den Flur getappt. Und da stand Jacky, ein Häufchen Elend, das lange Haar tropfend vor Nässe.

»Kann ich reinkommen?«, bat sie. »Ich muss dringend mit dir sprechen.«

»Klar, was ist denn los?«

Wortlos reichte sie ihm einen zerknitterten weißen Umschlag. Beide gingen in Pauls Kinderzimmer und setzten sich auf die Bettkante.

»Ist ja der Hammer«, murmelte Paul, nachdem er den kurzen Text durchgelesen hatte. Er starrte auf das Stück Papier in seiner Hand. Also doch, dachte er. Es stimmte also wirklich. »Wann hat Danil dir das gegeben?«

»Ungefähr zwei Wochen vor seinem Tod. Aber der Umschlag war zugeklebt. Ich durfte ihn nicht aufmachen.« Sie zog geräuschvoll die Nase hoch. »Er sagte: Jacky, dir vertrau ich mehr als den anderen. Heb das für mich auf. Zu Hause darf es keiner finden. Und red mit niemandem.«

Unsicher beäugte sie Paul von der Seite.

»Ich hab erst gestern wieder an den Brief gedacht. Kevin war noch mit bei mir, da fiel mir das Teil wieder ein. Ich hatte es unter meiner Matratze versteckt. Als ich Kevin davon erzählt hab, war der ganz heiß darauf. Zusammen haben wir den Umschlag aufgerissen. Geile Sache, hat Kevin gemeint. Jetzt werden wir reich.«

Paul runzelte die Stirn.

»Das hat er gesagt? Krass!«

»Mmm.« Jacky nickte und linste besorgte zu Paul rüber. »Ich war auch geschockt. Ich meine, Danil ist tot. Und jetzt das. Nicht, dass ihn jemand wegen dem Brief da gekillt hat? Ich meine, dann wissen wir ja, wer es war. Müssen wir damit nicht zur Polizei gehen? Haben wir uns nicht letztens auf dem Spielplatz geschworen, seinen Mörder zu finden?«

Paul zögerte. Nervös knibbelte er an der Nagelhaut des linken Daumens. Er erwischte einen kleinen Hautfetzen und zog daran. Es schmerzte. Das tat gut.

»Auf jeden Fall ist jetzt klar, warum Danil die Kids vom Gymmi dauernd fertigmachen wollte. Die zwei aus der Sechsten mit den

Zahnspangen«, murmelte er. Er kam sich ziemlich verlogen vor. »Weiß nicht, ob es gut ist, mit dem Wisch da zu den Bullen zu gehen. Dann kommt doch raus, dass wir dabei mitgemacht haben.«

Jacky nahm eine Haarsträhne in den Mund und knabberte darauf herum.

»Da hast du recht. Nicht, dass wir wegen den Tonis, die wir in den Nordkanal geschmissen haben, oder den zerstochenen Fahrradreifen eine Anzeige kriegen. Das war doch Sachbeschädigung, oder? Oder unsere Eltern, weil wir noch nicht strafmündig sind. Meine Alte würde ausrasten.«

»Körperverletzung war auch dabei, Jacky. Das macht es noch schlimmer. Und als Kevin und ich den Zwillingen von hinten die Kapuzen über die Köpfe gezogen und sie festgehalten haben, damit Danil sie anpisst … Wie nennt man so was? Nötigung? Da hängen wir alle mit drin, nicht bloß Danil. Nein, mit dem Papier hier können wir auf keinen Fall zu den Bullen gehen.«

Paul schüttelte heftig den Kopf und faltete das Schreiben wieder zusammen.

»Und Kevin will Geld aus der Sache schlagen?« Er fasste es noch immer nicht.

»Klar. Kennst ihn ja. Der will einen Erpresserbrief schreiben …«

»Glaubst du echt, der Typ hat Danil auf dem Gewissen?«

»Weiß nicht.« Jacky hievte ihren massigen Körper auf Pauls ungemachtem Bett so weit nach hinten, dass sie ihren Rücken an die schmuddelige Raufasertapete lehnen konnte. Sie verschränkte die Arme vor der Brust. »Zuzutrauen wäre es dem, oder? Auf der anderen Seite … Macht sich so einer die Finger schmutzig?«

»Keine Ahnung.«

Paul führte den Daumen an den Mund und riss das lose geknibbelte Hautstückchen mit den Zähnen ab. Gierig lutschte er sich das Blut vom Finger.

Kalli kapierte zu spät, dass es der Fahrer des silbergrauen Wagens auf ihn abgesehen hatte. In einem Abstand von ungefähr fünfzig Metern tuckerte er hinter ihm her über den schmalen, kerzengeraden Feldweg. Es gab kein Entrinnen. Kalli beschleunigte seinen Schritt; bald war er völlig außer Atem. Gehetzt schaute er sich immer wieder um, aber hinter den Regenschnüren und den hin- und herschwingenden Scheibenwischern konnte er niemanden erkennen. Kalli zog die Schultern hoch und lief weiter. Rechts lag jetzt eine eingezäunte Pferdekoppel, links war hinter einem tiefen Graben die aufgewühlte Erde eines abgeernteten Rübenackers auszumachen. Der nächste Hof befand sich kilometerweit weg.

Kallis Brust schmerzte bei jedem Atemzug, ihm schwanden die Kräfte, es flimmerte vor seinen Augen. Ein paarmal rutschte er mit den Gummistiefeln im Schlamm aus, konnte sich gerade noch fangen.

Irgendwann wurde aus der Panik Resignation. Mutterseelenallein war er, keiner konnte ihm helfen. Martha, dachte er noch. Wieder kannst du mich nicht beschützen.

Als der Motor des Wagens hinter ihm aufheulte, blieb er einfach stehen. Hatte ja doch keinen Sinn abzuhauen. Die Motorhaube knallte mit voller Wucht gegen seine Oberschenkel, und er wurde durch die Luft geschleudert.

Jetzt hab ich es endlich hinter mir, war sein letzter Gedanke.

Später erinnerte Ella sich daran, gegen Mittag das laute Heulen eines Martinshorns gehört zu haben. Zu der Zeit war sie mit dem Golf über die Landstraße von Büttgen nach Holzbüttgen gefahren, auf dem Rückweg vom Getränkemarkt. Kurz nachdem sie Max' Anrufe auf ihrem Handy weggedrückt hatte.

Zunächst aber schenkte sie dem keine Beachtung, sondern war bloß froh, zu Hause zu sein; denn die Sonne brach gerade durch die Wolken.

Malwetter! Eilig kletterte sie auf den Dachboden und triumphierte, während sie in das gleißende, kalte Winterlicht blinzelte. Absolut perfekt.

Sie würde an dem Mühlenbild weiterarbeiten. Die E-Mails konnten warten.

Bald war sie vertieft in das Anmischen der Farben und in die mal fließenden, mal tänzelnden Pinselstriche auf der Leinwand. Beiläufig verglich sie ihre Interpretation der Mühle mit den Schnappschüssen auf dem Computermonitor. Vor ihrem inneren Auge war alles noch präziser als auf den Fotos. Sie lächelte.

Niemandem auf der Welt, nicht einmal Max, hatte sie je begreiflich machen können, was das Malen für sie bedeutete. Welche Lust, welche Befriedigung es ihr gab. Kreativität braucht kein Gegenüber. Für Ella war es eine vollkommen einsame Tätigkeit, bei der sie das Alleinsein als lustvoll, Gesellschaft dagegen als störend empfand. Ganz im Gegensatz zum sonstigen Leben.

Ella hielt inne. Hatte es geklingelt?

Vor der Tür stand die Kommissarin, die an jenem schrecklichen Dienstagmorgen im Präsidium die Befragung geleitet hatte. Kriminalhauptkommissarin Britta Küppers war schätzungsweise Anfang fünfzig, klein und kräftig, hatte kurzes dunkelblondes Haar, eine Stupsnase und helle, durchdringende Augen unter buschigen Brauen. Sie war Ella freundlich, direkt und kompetent erschienen, als eine burschikose Person mit festem Händedruck und geballter Konzentration. Dass sie jetzt hier samt einem jungen blassen Kollegen in ihrem Wohnzimmer herumstand, verwirrte Ella.

»Entschuldigen Sie bitte. Ich muss mir noch die Hände waschen. Sie sind voller Farbe«, rief sie durch das Rauschen des Wasserhahns hindurch. »Bitte nehmen Sie Platz!«

»Es ist Ihnen doch recht, wenn wir Ihnen noch einige Fragen zu dem Fall stellen?«, fragte Frau Küppers. Der Kollege hatte bereits diensteifrig Schreibblock und Kugelschreiber gezückt. Wie im »Tatort«. »Durch den Anschlag auf Herrn Schmittke ergibt sich eine ganz neue Sachlage.«

Mit knappen Worten berichtete die Kommissarin, was am Morgen passiert war.

Ein unbekannter Autofahrer hatte auf einem Feldweg zwischen der Braunsmühle und dem Holzbüttger Gewerbegebiet Ost den alten Mann kaltblütig über den Haufen gefahren. Seine ältere Schwester, Martha Schmittke, fand ihn erst gegen Mittag schwer verletzt auf dem Acker. Sie verständigte umgehend Notarzt und Polizei. Herr Schmittke lag nun mit schweren Rückgrat- und Kopfverletzungen bewusstlos auf der Intensivstation des Neusser Lukaskrankenhauses. Dass er den Anschlag überleben würde, durfte bezweifelt werden.

Unbezweifelbar war aber das, was man in Kalli Schmittkes Jackentasche gefunden hatte: Danil Bodrows iPod, gut erkennbar anhand der Initialen, die in das Metall des Gehäuses geritzt waren.

»Aber dann ist doch klar, dass dieser Schmittke den Jungen ermordet hat«, sagte Ella. Sie trocknete sich die Hände an einem Geschirrtuch und setzte sich mit an den Esstisch. »Welche neue Sachlage meinen Sie denn?«

Hauptkommissarin Küppers seufzte.

»Wir sind mehr denn je davon überzeugt, dass Schmittke nicht der Täter sein kann«, erklärte sie geduldig. »Das Opfer wurde in keiner Weise penetriert, wenn Sie verstehen, was ich meine. Auch sonst passt nichts an dem Mord zu Schmittkes Modus Operandi, beginnend mit dem Alter des Opfers und der Tötungsart. Und noch eins: Schmittke wurde aus der Sicherungsverwahrung entlassen, weil er als erfolgreich therapiert gilt. Er besucht regelmäßig einen Psychotherapeuten und nimmt gewissenhaft seine Medikamente. Die dämmen alle pädophilen und sadistischen Phantasien ein, machen antriebslos und lethargisch. Regelmäßige Blutproben, die uns von ärztlicher Seite vorliegen, untermauern das. Von Schmittkes allgemeiner körperlichen Konstitution, bedingt durch den fortgeschrittenen biologischen Verfall, ganz zu schweigen. Und die Verbrechen, wegen denen er in den Achtzigern verurteilt wurde, waren durchgehend sexuell gesteuert. Er ist als Kind selbst lange Zeit Missbrauchsopfer gewesen. Später hat er den Spieß umgedreht. Typisches Muster.«

Ella nickte beklommen.

»Aber wie ist dann Danils iPod in seine Tasche geraten?«

Frau Küppers lächelte. »Genau das gilt es herauszufinden. Bitte überlegen Sie noch einmal, ob Sie etwas Verdächtiges an der Braunsmühle gesehen oder gehört haben, ein wegfahrendes Auto, ein Fahrrad oder Stimmen beispielsweise.«

Leider hatte Ella den Beamten nicht weiterhelfen können.

Den Samstagabend verbrachte sie vor dem Computer, aber nicht etwa, um endlich all die nötigen Dinge für ihre berufliche Zukunft in Angriff zu nehmen, nein, sie informierte sich über Kalli Schmittkes Modus Operandi.

Die Sache ließ ihr keine Ruhe.

Danils Tod und der Anschlag auf den alten Mann hingen irgendwie zusammen. Aber wie?

Was sie mit vielen Klicks in Erfahrung brachte, wühlte sie sehr auf.

Karl Friedrich Schmittke, geboren 1938 in Büttgen, war mit Mitte vierzig in die Nähe von Heinsberg gezogen, weil er dort Arbeit bei einem Schweinebauern gefunden hatte. Der Landwirt schätzte den Mann wegen seiner schlichten, wortkargen und zupackenden Art. Ihm war es egal, dass er keine abgeschlossene Berufsausbildung vorweisen konnte. Wichtig waren andere Dinge: Von klein auf hatte Kalli in landwirtschaftlichen Betrieben gearbeitet, erst auf dem elterlichen Hof, später bei Krefeld und Willich. Er lebte allein, war jederzeit bereit, sich die Finger schmutzig zu machen, spurte, ohne aufzumucken, und beanspruchte kaum Freizeit für sich selbst. Bis auf vereinzelte Spaziergänge verließ er den Hof nicht. Freunde hatte er keine. Ideal für die Beschäftigung auf dem Viehhof.

Der Bauer war zufrieden mit Kalli.

Dann wurde der erste kleine Junge gefesselt und vergewaltigt in einem nahen Waldstück aufgefunden. Das Kind war gerade sechs Jahre alt und von der Grundschule nicht nach Hause gekommen. Den Täter fand man nicht. Der schwer traumatisierte Junge konnte keine Beschreibung geben. Er war von hinten gegriffen und betäubt worden, später hatte man ihm die Augen verbunden.

Ein halbes Jahr war Ruhe, dann verschwand das nächste Kind. Auch dieses, ein Junge kurz vor seinem sechsten Geburtstag, wurde lebendig im selben Waldstück gefunden, ebenfalls missbraucht.

Die Bevölkerung geriet in Panik. Ein Kinderschänder machte die Gegend unsicher. Akribisch passte man auf den Nachwuchs auf, überwachte Schulen, Kindergärten sowie besagtes Waldstück. Trotzdem gelang es dem Täter nach drei Monaten erneut, ein Opfer in seine Fänge zu bekommen. Und diesmal gab es ein Todesopfer. Es war im Januar 1985 und bitterkalt. Der kleine Junge erfror schwer verletzt und gefesselt in einem alten Holzschuppen mitten auf einem brachliegenden Feld. Die Suche nach dem Täter war fieberhaft, blieb aber erfolglos.

Ein Jahr lang geschah nichts. Bis zum März 86. Ein Sechsjähriger wurde entführt, als er sich gegen Abend allein auf einem Spielplatz aufhielt. Polizei und Nachbarschaft konnten ihn tagelang nicht aufspüren. Dann der Schock: Eine Mutter, die mit ihrem Baby im Kinderwagen auf einem Feldweg unterwegs war, entdeckte den Jungen zusammengeschnürt wie ein Paket und mit verbundenen Augen neben einem Marienhäuschen. Er lebte. Gerade noch.

Anders als bei den anderen Fällen konnte der Junge anhand von akustischen, taktilen und olfaktorischen Eindrücken den Ort beschreiben, an den er zum Zweck der Vergewaltigung gebracht worden war: ein kleiner Raum am Ende einer Halle. Es hatte nach Mist gestunken. Der Boden war aus Beton gewesen. Auch meinte der Junge, draußen Traktorengeräusche gehört zu haben. Von seinem Peiniger war ihm in Erinnerung geblieben, dass dieser sehr große, raue Hände gehabt hatte, die ihn überall gestreichelt hatten. Der Atem des Mannes hatte penetrant nach Pfefferminz gerochen.

»Halt still«, hatte er dem Kind ins Ohr geflüstert, während er ihm sein Glied in den After zwang. »Keine Angst, ich tu dir nix.«

Bald darauf fasste man Karl Friedrich Schmittke. In der Kammer auf Kallis Hof, in der er sich an den kleinen Jungen vergangen hatte, fand man persönliche Gegenstände der Opfer: eine Kinderunterhose mit Kallis Spermaspuren daran, ein Kuscheltier und eine Zahnspange. Ein weiteres Indiz stellten die Pfefferminzpastillen dar, die Kalli ständig lutschte. Die Beweislage war eindeutig.

Vor dem Landgericht Aachen wurde ihm der Prozess gemacht. Kalli gestand.

Im Laufe des Prozesses meldeten sich die Eltern eines inzwischen sechzehnjährigen Jungen aus Willich, den Kalli offenbar vor über zehn Jahren entführt und missbraucht hatte. Man hatte das Verbrechen damals nicht an die große Glocke hängen wollen, um die Privatsphäre des psychisch labilen Jungen zu schützen. Jetzt kam auch diese Tat ans Tageslicht.

Außerdem brachte die Staatsanwaltschaft den aktuellen Freitod eines Krefelder Abiturienten mit Schmittkes Machenschaften in Verbindung. In seinem Abschiedsbrief benannte der junge Mann den Angeklagten als den Täter, der ihn im Alter von knapp sieben Jahren mehrfach vergewaltigt habe. Aus Scham habe er nichts seinen Eltern gesagt, aber seitdem unter massiven Ängsten und Depressionen gelitten.

Kalli Schmittke wurde wegen sexuellen Missbrauchs und gefährlicher Körperverletzung in fünf Fällen und Mordes in einem Fall zu einer lebenslangen Freiheitsstrafe mit anschließender Sicherungsverwahrung verurteilt.

Sein Vater sagte sich in aller Öffentlichkeit von seinem Sohn, dem Monster, los.

»Es ist schlimm, dass es in Deutschland keine Todesstrafe mehr gibt«, erklärte er einem Zeitungsreporter gegenüber. »Die Drecksau hat den Tod verdient. Ich hätte ihn mehr prügeln sollen, vielleicht hätte ihm das die schmutzigen Gedanken ausgetrieben. Aber wenn einer von Grund auf schlecht ist, hilft das wohl auch nichts.«

Ella dachte an diese Worte, als sie auf einen psychiatrischen Artikel stieß, in dem es um Kalli Schmittkes eigene Missbrauchserfahrungen ging.

Einem Gefängnispsychologen in der JVA Werl hatte er 1992 gestanden, vom Vater – der inzwischen längst unter der Erde lag – von klein an regelmäßig geprügelt und vergewaltigt worden zu sein.

»Aber ich hatte es verdient. Ich war ein böser Junge.«

Opfer und Täter. Täter und Opfer. Ursache und Wirkung. Ella wurde ganz mutlos. Gewalt erzeugt Gewalt. Wie durchbrach man die Spirale?

Kalli Schmittke war zum Triebtäter geworden, weil er als Kind systematisch missbraucht worden war. Auch genetische Anlagen, die eine Paraphilie begünstigen, spielten vielleicht eine Rolle. Doch bevor er eigenhändig quälte, war er viele Jahre selbst gequält worden.

Seine furchtbaren Verbrechen hatte er mit lebenslanger Haft und Sicherungsverwahrung gesühnt. Aber das Leid, das er verursacht hatte, war nicht wiedergutzumachen. Genau wie das Leid, das ihn selbst beschädigt hatte.

Letztendlich, nach fast einem Vierteljahrhundert hinter Gittern, entließ man ihn doch noch in die Freiheit. Fachärzte bescheinigten ihm, erfolgreich therapiert zu sein. Denn offensichtlich hatte er Jahrzehnte lang hart an seiner Heilung gearbeitet.

Aber seine Taten hatten unauslöschliche Spuren hinterlassen: bei den Opfern, den Angehörigen und bei der Bevölkerung, die sich um ihre Kinder sorgte.

Heute war Kalli Schmittke erneut Gewalt angetan worden. Nein, nicht erst heute. Ella dachte an den Aufruhr, den seine Entlassung bei den Kaarster Einwohnern hervorgerufen hatte. Mahnwachen waren vor seiner Haustür abgehalten worden; beschimpft hatte man ihn, verfolgt, bedroht und denunziert. Die letzten Monate mussten die Hölle gewesen sein. Und jetzt das. Irgendjemandem reichte dies alles nicht aus: Er hatte die unsichtbare Grenze überschritten und einen Mordversuch begangen. War selbst zum Täter geworden.

Aber wer?

Eines von Kallis Opfern, längst erwachsen, aber immer noch traumatisiert von den schrecklichen Erfahrungen, die es als Kind machen musste?

Jemand von den Angehörigen, der Kallis Strafmaß nicht ausreichend fand?

Ein Bürger oder eine Bürgerin, der oder die nicht an Kallis Heilung glaubte und Schlimmeres zu verhindern suchte?

Der Mörder Danils, der die Schuld dem ehemaligen Sexualstraftäter in die Schuhe schieben wollte?

Jemand, der Kalli für Danils Mörder hielt und die Strafe selbst in die Hand genommen hatte?

Das plötzliche Schrillen der Türklingel scheuchte sie auf und unterbrach die Grübelei.

Es war fast dreiundzwanzig Uhr. Wer kam denn jetzt noch?

Vor der Tür stand Max. Er war reichlich angetrunken und lächelte verwischt.

»Darf ich reinkommen?«

Ella seufzte.

»Was soll das, Max?«

»War im Frankenheim. Mit den Parteifreunden einen trinken«, nuschelte er, sein Blick war flehentlich, »dachte, ich komm noch kurz vorbei. Hast mir so gefehlt in den letzten Tagen.«

Er tappte ein paar Schritte näher, und Ella konnte nicht anders: Sie hielt ihm die Tür auf. Sekunden später lagen sie sich in den Armen. Seine Zunge schmeckte nach Bier, seine Haut roch verführerisch nach Max. Herb und süß zugleich. Resolut schloss sie die Wohnungstür und führte ihn ins Wohnzimmer.

»Haste 'n Kaffee?«, fragte er und ließ sich auf die Couch plumpsen.

»Klar.«

Ella fragte sich, wie er es immer wieder schaffte, ihre mühsam errichtete Schutzmauer zu durchbrechen und all ihre Vorsätze über den Haufen zu werfen. Sie füllte Wasser in den Tank der Kaffeemaschine.

»Weil ihr zusammengehört, du und Max«, hörte sie Bines Stimme im Geiste. Die Freundin, ansonsten Moral und Anstand in Person, hatte, was Ellas langjährigen Geliebten anbetraf, ihre ganz eigene, unumstößliche Meinung. »Schon als Teenies wart ihr verschossen ineinander. Dann kam Antonias Tod. Okay, dass wir danach alle erst mal Abstand brauchten, war nur natürlich. Aber später, nach dem Studium, wart ihr wieder zusammen, oder? Und es ging auch gut, bis … ja, bis du das Baby verloren hast.« Immer wenn Bine zu dieser Stelle ihrer Predigt kam, schaute sie Ella vorwurfsvoll und mitleidig zugleich an. »Du hat dich benommen wie ein Elefant im Porzellanladen. Kein Wunder, dass Max sich in die Arme dieser weichgespülten Kuh geflüchtet hat. Ausgerechnet die Tochter vom alten Bürgermeister! Und jetzt habt ihr den Salat! Ehe, Kinder, Pipapo. Aber anstatt endlich zueinander zu stehen und reinen Tisch zu machen, gibst du klein bei und haust ab nach Münster in die Pampa!«

Ella schüttelte den Kopf, gab Kaffeepulver in den Filter und schaltete die Maschine an.

Pipapo, dachte sie. Bine, du hast ja keine Ahnung, welches Gewicht dieses »Pipapo« hat. Wie entwürdigend es ist, wenn der Geliebte zwar immer wieder in dein Bett kommt, aber nicht bleiben will. Weil er sich in der Pflicht fühlt und seinen Nachwuchs vergöttert. Wenn das schlechte Gewissen dich aufzufressen droht, sobald man besagte »weichgespülte Kuh« am Samstag auf dem Markt am Biostand trifft, oder wenn man anfängt, kleine Kinder zu hassen, weil man selbst nie welche haben wird.

Ella liebte Max, und Max liebte Ella. Ja, das war tatsächlich immer schon so gewesen. Versonnen kehrte sie ins Wohnzimmer zurück und musste unwillkürlich lächeln.

Max war auf ihrem Sofa eingeschlafen, mit diesem typisch kindlichen verträumten Gesichtsausdruck, bar jeder Schuld. Sie erlaubte es sich, ihn ausgiebiger zu betrachten. Immer noch fand sie ihn schön, liebte den Schwung seiner Oberlippe, die langen Wimpern, die gezackten störrischen Augenbrauen und das rotblonde dichte Haar. Für sie verkörperte Max den Idealtyp Mann. Männlich und jungenhaft zugleich. Groß, ohne schlaksig zu wirken, bodenständig, und doch ein bisschen verrückt. Gerade richtig. Bloß, dass er sich für eine andere Frau und ein anderes Leben entschieden hatte.

Sowohl als Bauingenieur als auch als Lokalpolitiker hatte Max Püllen sich in Kaarst schon lange einen Namen gemacht. Sein Ruf war untadelig, sein Auftreten authentisch. Die ansässigen Firmen schätzten ihn ebenso wie die Wähler der konservativen Partei, die in der Region das Sagen hatte. Dass Max vor über zehn Jahren Claudia Schüller, die einzige Tochter des damaligen Bürgermeisters, geheiratet und mit ihr zwei Töchter und einen Sohn gezeugt hatte, gereichte ihm zusätzlich zur Ehre.

Max Püllen war ein allseits beliebter Mann. Dass er seit fast zehn Jahren eine Affäre unterhielt, durfte unter keinen Umständen an die Öffentlichkeit dringen. Sein Ruf und seine politische Karriere wären unwiederbringlich dahin.

Ella hatte das theoretisch immer eingesehen, und dennoch sehnte sie sich weiterhin danach, ihn ganz für sich zu haben. Ihr war schmählich bewusst, dass sie ihre Chance gehabt und vergeigt hatte … Trotzdem: Max war und blieb die Liebe ihres Lebens. Da half nur eins: die Schotten dicht machen und das Weite suchen.

Warum nur fläzte sich Max dann hier auf ihrem Sofa?

Ella runzelte die Stirn, setzte sich neben ihn und schürzte missbilligend die Lippen.

»Ich liebe es, wenn du mich so streng anschaust«, säuselte Max, der in ebendiesem Moment die Augen aufgeschlagen hatte, »ich liebe diesen feurigen Blick, das zerstrubbelte fusse Haar, die Sommersprossen … all das. Bitte geh nicht nach Münster!«

Der letzte Satz war ein einziges Flehen gewesen.

Ella schnaubte wütend. Max schmunzelte.

»Auch wenn du die Nüstern blähst, als wolltest du Rauch ausstoßen, ist das sooo süß ...«

Sie schoss von der Couch hoch.

»Hör auf damit. Komm, jetzt kriegst du erst mal geballtes Koffein. Damit du wieder zu dir kommst.«

Max maulte: »Wenn du meinst ... Aber erinner mich dran, dass ich dir gleich noch was gaaanz Wichtiges erzählen muss ...« Er gähnte und hievte den langen Körper in eine annähernd vertikale Sitzposition. »Außerdem will ich knutschen ...«

Der Kaffee brachte Max tatsächlich wieder einigermaßen in Form. Es schien sogar so, als ob er ein schlechtes Gewissen hätte, Ella so spät noch gestört zu haben.

»Aber du hast mich heute Mittag auf dem Handy weggedrückt, gleich zweimal«, beschwerte er sich, »das konnte ich nicht auf mir sitzen lassen.« Heftig knetete er ihre Hand. »Ich liebe dich, das weißt du.«

»Max, das bringt doch nichts!« Ella brachte ihre Finger in Sicherheit. Dann rückte sie ein paar Zentimeter von ihm weg, stopfte ein Kissen zwischen sie beide. »Ich ... ich fand es toll, dass du für mich da warst, letzten Dienstag. Das hat mir sehr geholfen, aber geändert hat dieser eine Abend nichts daran, dass es aus ist.« Jetzt kamen ihr doch tatsächlich wieder die Tränen. »Es ist nicht fair, wie du mich seit Jahren hinhältst, nicht mir und nicht Claudia gegenüber. Du hast dich für deine Familie und deine Karriere entschieden und damit gegen mich. Sei vernünftig und lass es endlich gut sein. An meinem Entschluss von September hat sich nichts geändert. Basta!« Sie holte tief Luft und setzte neu an: »Und jetzt sag mir, was du mir Wichtiges erzählen wolltest.«

Max gab sich geschlagen, mit zerknirschter Miene und Bedauern in den Augen. Er nahm noch einen Schluck Kaffee, blickte kurz in die Dunkelheit hinter dem Wohnzimmerfenster und räusperte sich.

»Okay, wie du meinst. Natürlich hast du recht. Also, ich hab ein bisschen auf dem Amt über den toten Jungen recherchiert, weil ich doch weiß, wie sehr dir die ganze Geschichte zusetzt. Diesen Bodrow ...«

»Danil«, ergänzte Ella automatisch.

»Ja, genau. Danil Bodrow. Hab meine Connections spielen lassen.« Er grinste flegelhaft. »Die Susi vom Jugendamt tut mir so ziemlich jeden Gefallen, wie du weißt.«

Ella seufzte. Besagte Sachbearbeiterin himmelte Max geradezu an. Mit seinem Charme und seinem guten Aussehen hatte er sie, wie so viele Angehörige weiblichen Geschlechts, gehörig um den Finger gewickelt. Es wunderte sie nicht! Wenn sich einer mit Max Püllens Anziehungskraft auskannte, dann wohl sie selbst.

»Okay. Susi also. Die hat mir so einiges über die Familie erzählt. Die Bodrows sind quasi ein rotes Tuch für die Sozis beim Jugendamt.«

Er pausierte kurz und schaute Ella gespannt an. Hatte er ihre Neugier geweckt, spannte er sie auf die Folter?, schien er sich zu fragen.

»Jetzt mach's nicht so spannend. Spuck aus, was du weißt.«

Max feixte.

»Ist ja schon gut, Schatzi. Also ... Wo fang ich an?«

Ella atmete tief durch. Nur die Ruhe bewahren.

»Gut, am besten so vor dreizehn, vierzehn Jahren. Da zog die Familie aus Russland direkt in unser schönes, kuscheliges Kaarst. Damals waren sie nur zu viert: Igor, der Vater, Galina, die Mutter, Denis und die kleine Nadja. Kaum waren sie in ihre Sozialwohnung im Kaarster Osten eingezogen, gab es Ärger. Der Vater, ein Säufer, prügelte Frau und Kinder, demolierte die Wohnungseinrichtung, legte sich mit der Polizei an. Arbeiten ging er nicht. Die Mutter, damals wohl ein ziemlich hübsches Ding, vernachlässigte die Kids und trieb sich rum. Die Sozis hatten jede Menge zu tun. Die Familie bekam eine Familienhilfe zur Unterstützung. Dann wurde Frau Bodrow schwanger. Kriegte Danil. Wurde häuslicher. Aber Igor besserte sich nicht. Im Gegenteil. Es wurde immer schlimmer mit ihm. Sobald der Kleine laufen konnte, prügelte er auch ihn. Auf Anraten des Jugendamtes warf Frau Bodrow ihren Mann dann raus. Aber ein halbes Jahr später zog er wieder ein, zerknirscht und voller Reue. Suchte sich einen Job. Eine Zeit lang ging alles gut. Dann legte Igor wieder los mit der Sauferei, wurde arbeitslos. Alles von vorn. Die beiden jüngeren Brüder, Roman und Konstantin, wurden geboren. Nichts änderte sich. Besonders Danils Werdegang geriet in den Fokus vom Jugendamt. Die Probleme, die er in der Schule machte, gingen über das übliche Maß hinaus. Nicht, dass er zu dumm gewesen wäre. Nein, der war pfiffig und hätte den Stoff spielend geschafft, aber er verweigerte sich. Blieb der Lehrerin und den Mitschülern gegenüber misstrauisch. Bis er ein paar Verbündete fand, um Schwächere zu piesacken …«

»Schon in der Grundschule?«, hakte Ella ungläubig ein.

Max nickte.

»So hat die Susi es mir erzählt. Danil entwickelte sich zum echten Tyrannen. Prügelte und unterdrückte die Mitschüler. Es hagelte Beschwerden vonseiten der Eltern und Lehrer. Schließlich kam er in eine Pflegefamilie. Da blieb er zwar verschlossen, aber die Probleme in der Schule wurden weniger. Nach einem Jahr ging es zurück zu den Bodrows. Danils Schulleistungen nahmen rapide ab. Wechsel auf die Hauptschule. Zu dem Zeitpunkt trennte sich Galina Bodrow endgültig von ihrem Mann, zog nach Büttgen. Trotzdem kam es immer wieder zu Konflikten mit Igor, der seine Ex einfach nicht in Ruhe ließ. Bis oben hin mit Wodka abgefüllt, klingelte er regelmäßig bei ihr an. Galina ließ ihn entweder rein, und die zwei schoben ein Nümmerchen, oder sie weigerte sich, dann demolierte er die Wohnungstür. Manchmal lauerte er auch den Kindern an der Schule oder vor dem Kindergarten auf, schleimte sich ein oder rastete aus, je nach Lust und Laune.«

An dieser Stelle klappte Max den Mund zu. Ella wusste, er wollte es spannend machen. Klar, als Lokalpolitiker versteht man sich auf Rhetorik und Spannungsbögen. Sie stupste ihn an.

»Komm, mach weiter. Das ist doch nicht alles, oder?«

»Nee. Der Hammer kommt noch.« Max beäugte sie scheel von der Seite. »Vor einem Jahr war nämlich plötzlich Schluss mit Igors Auftritten am Postweg.«

»Ach ja? Wieso denn auf einmal?«

»Er konnte nicht mehr kommen.«

»Aha. Und warum nicht?«

»Die S-Bahn war schuld.«

»Was?« Was hatte sich Max denn nun ausgedacht? Dann machte

es »Klick« in ihrem Kopf. Konnte das sein? Ungläubig stierte sie ihn an.

»Der Typ, der vom Zug überfahren wurde?«

»Genau, der Besoffene, der nachts über die Gleise gestolpert ist und von der Lok in tausend Teile zerrissen wurde. Das war Igor Bodrow. Der Unfall geschah in unmittelbarer Nähe vom Mietshaus der Familie. Wahrscheinlich war er mal wieder auf Randale aus. Tja, hat wohl nicht geklappt. Pech für ihn, Glück für die Ex und die Kids.«

»Nur, dass es jetzt einen zweiten Toten in der Familie gibt«, fasste Ella erschüttert zusammen, »wie schrecklich.«

»Genau.« Max nickte. Schlagartig nahm sein Gesicht einen ernsten und sehr entschlossenen Ausdruck an. »Zwei Tote, asoziale Verhältnisse. Absolut nicht das Milieu, in dem du dich auskennst, geschweige denn aufhalten solltest. Ella, ich bitte dich. Sieh ein, das alles ist eine Nummer zu groß für dich. Lass die Kripo ihre Arbeit tun und halt dich raus, ja? Du kannst den Bodrows nicht helfen. Leuten wie denen ist nicht zu helfen. Versprich es mir, Schatz … bitte …«

In dem Moment klingelte das Telefon.

FÜNF

Kalli Schmittke schwebte. Zuvor hatte er nicht einmal geahnt, was für ein Gefühl das sein würde. Jetzt erlebte er es am eigenen Leib. Weit weg von Schmerzen dümpelte er schwerelos im Nichts. Dass man so eine Leichtigkeit überhaupt empfinden konnte! Das Leben hatte ihn immer wie ein Betonklotz an den Füßen nach unten gezogen. Das war nun anders. Kalli lächelte. Er war glücklich. Glücklich wie noch nie.

Doch halt. Was war das? Plötzlich nahm er vor sich den Kopf seiner älteren Schwester wahr. Martha. Der Knoten ihres grauen Haares war halb aufgelöst; die grauen Flusen hingen ihr ins Gesicht. Ihre Hände flatterten wie Krähen auf einem frisch bestellten Acker. Er spürte, dass sie sich Sorgen machte. Und nicht nur das. Er fühlte ihre Traurigkeit wie einen eigenen körperlichen Schmerz.

Und das schleuderte ihn geradewegs heraus aus seiner unbekümmerten Schwebe. Wie konnte er glücklich sein, während seine Schwester litt? Um ihn bangte. Weil sie ihn liebte.

Später würde er sagen, dass genau das ihn ins Leben zurückgebracht hatte: die bedingungslose Liebe Marthas. Wie hätte er gehen können, wenn sie traurig und einsam zurückblieb? Dabei hatte er ihr so viel Kummer und vor allem Schande gemacht. Seit seiner Geburt eigentlich. Der Schandfleck der Familie war er gewesen. Die Drecksau. Der Kinderschänder. Der *diese* Dinge getan hatte. Trotzdem liebte sie ihn.

Kalli Schmittke öffnete blinzelnd die Augen.

Ella war allein im Bett am Sonntagvormittag. Mal wieder. Sie wälzte sich vom Bauch auf den Rücken und betrachtete die weiße Decke über sich. Die Stellen, an denen zwei Bohrlöcher gestopft und mit Farbe überstrichen worden waren, und die leichte Kratzspur darunter – da war sie mit der Leiter entlanggeratscht – lächelten sie wie immer schelmisch an wie ein Smiley. Guten Morgen, schien er sie zu begrüßen.

Es war okay, das Alleinsein. Ja, absolut okay. Ella schmunzelte.

Sie war froh, Max gestern Nacht noch weggeschickt zu haben. Richtig stolz war sie auf sich. Dann erinnerte sie sich an den Anruf. Mit einem Mal pochte ihr das Herz in der Brust. Die Ruhe war dahin. Und während vor dem Fenster lautlos die Schneeflocken vorbeisegelten, kroch eine Kälte in ihr hoch, die nichts mit den winterlichen Temperaturen draußen zu tun hatte.

»Ist da Frau Elisabeth Berger?«, hatte eine junge, zögernde Stimme gestern gegen Mitternacht gefragt.

»Ja, genau«, hatte Ella reserviert geantwortet. Wenn jemand dreisterweise zu nachtschlafender Zeit fremde Leute belästigt, ist Reserviertheit noch die sanfteste aller Reaktionen, fand sie. »Wer ist da?«

Ein Hüsteln am anderen Ende der Leitung.

»Paul.«

Verstohlen linste Ella auf das Display des Telefonhörers. Eine Handynummer. Aha. Max hockte währenddessen mit fragender Miene neben ihr auf der Couch.

»Wer ist Paul?«, fragte sie und kam sich vor wie die Frau aus der »Du darfst«-Werbung.

»Ist doch egal, oder?«

Der Junge klang zutiefst verunsichert. Ella hatte Mitleid mit ihm.

»Okay«, sagte sie, »wie kann ich dir helfen?«

»Waren Sie das, die Danil gefunden hat?«

»Mmm.«

Würde sie nun auf ewig die Frau sein, die fast über einen toten Jungen gestolpert war? Würde man so über sie in Kaarst sprechen? »Schauen mal, da geht Frau Berger. Du weißt doch, das ist die, die damals an der Braunsmühle diese Kinderleiche gefunden hat. Seitdem ist sie nicht mehr dieselbe.«

Ella schreckte auf, weil der verstörte Junge in der Leitung einfach drauflosgeredet hatte.

»... dringend mit jemandem quatschen. Aber nicht mit den Bullen. Hab da was rausgefunden über ihn. Das hab ich vorher nicht gecheckt. Sie haben mich so krass angeguckt in der Kapelle. Später haben Sie noch mit Danils Mum geredet. Würden Sie sich vielleicht mal mit mir treffen? Ich mein ja nur, ganz ehrlich, Sie kommen über die Sache auch nicht weg, oder?«

Ella zögerte.

»Nein, da hast du recht. Danils Tod nimmt mich immer noch schrecklich mit. Bist du der große dünne Junge, der während des Gottesdienstes so furchtbar geweint hat?«

»Kann sein ...«

Diesem Paul schien seine Tränenflut bei der Beerdigung peinlich gewesen zu sein, deshalb druckste er so herum. Ella merkte, wie sie ungeduldig wurde. Meine Güte, der Junge war offensichtlich ein enger Freund Danils gewesen. Er hatte alles Recht der Welt, sich die Seele aus dem Leib zu heulen!

»Gut. Wir können uns gern treffen. Sind die beiden anderen, der Junge und das Mädchen aus der Kapelle, auch dabei?«

»Kevin und Jacky? Nee, lieber nicht«, wehrte der Anrufer eilig ab, »wäre mir lieber, erst mal unter vier Augen mit Ihnen zu labern. Ich könnte Sie ja mal besuchen kommen. Montagabend vielleicht? So um sechs? Wär das okay?«

Und sie hatte eingewilligt. Mulmig war ihr erst zumute geworden, als Paul ihr das Versprechen abgerungen hatte, »ja nix den Bullen zu verraten«. Und jetzt, am Sonntagmorgen, mit dem allwissenden Smiley über sich, wurde ihr klar, dass es absolut nicht rechtens war, was sie tat. Angehörige und Freunde zu befragen, sich in die Mordermittlungen einzumischen und, noch viel schlimmer: entscheidende Informationen vor der Kripo zurückzuhalten. Andererseits ... die Beschäftigung mit Danils Tod und den Umständen, die dazu geführt hatten, war schon so etwas wie ein Zwang geworden. Ein Zwang, der sie ganz nebenbei davon abhielt, einen Rückfall in Sachen Max zu erleiden.

Und das war etwas, was ihr entscheidend guttat. Auch wenn er sie nach dem Telefonat geradezu bekniet hatte, die Finger von der Geschichte zu lassen. Richtig sauer war er geworden. Phh, jetzt erst recht nicht. Max hatte ihr gar nichts mehr zu sagen. Ihr wurde etwas leichter ums Herz. Zum Teufel mit Max. Zum Teufel mit der Kripo, dachte sie. Die werden schon ihre Strippen ziehen. Die wissen, bei wem sie ihre Informationen zu sammeln haben. Das sind Fachleute. Professionelle Ermittler. Wie sollte eine Apothekerin in mittleren Jahren mit chronisch gebrochenem Herzen deren Arbeit behindern können?

Ella schlüpfte aus dem Bett und verschwand erst mal unter der Dusche.

Paul zerbrach sich seit dem Aufwachen den Kopf, wie er Kevin davon abhalten konnte, diesen Erpresserbrief zu schreiben. Gegen Kevin kam er einfach nicht an, das wusste er. Der war ein ganz anderes Kaliber als er, viel härter, viel cooler. Fast so, wie Danil gewesen war.

Paul wälzte sich im Bett hin und her. Nebenan stritten mal wieder die Kleinen. Genervt zog er sich das Plumeau über den Kopf. Und hier, in stiller Dunkelheit, rief er sich das Gespräch mit der Apothekentussi in Erinnerung. Richtig nett hatte die am Telefon geklungen. Und als sie über Danil gesprochen hatte, war es Paul vorgekommen, als ob sie selbst heulen musste.

Es war okay, dass er sie angerufen hatte, egal, wie spät es gewesen war, fand er. Es war eine gute Idee gewesen. Auch die Verabredung. Nur, dass er es jetzt schaffen musste, Kevin hinzuhalten. Na ja, heute Nachmittag trafen sie sich auf dem Spielplatz: Kevin, Jacky und er. Mal sehen, was sich machen ließ.

Er drehte sich zur Seite, immer noch mit dem Gesicht unter der Bettdecke, und versuchte, noch ein bisschen zu schlafen.

Kalli kam langsam zu sich. Wärme übergoss sein Gesicht. Hinter den Lidern flimmerten gelbe, orange und rote Pünktchen. Ganz vorsichtig öffnete er die Augen. Tatsächlich, es war taghell im Zimmer. Durch die Fenster strahlte eine helle Wintersonne. Kallis Blick schwenkte hin zu dem Besucherstuhl neben dem Bett. Er war leer. Seine Schwester war nicht mehr da. Wie lange hatte er geschlafen?

Immer noch fühlte er sich körperlos. Aber es war ein angenehmes Gefühl, so dazuliegen. Nichts tun zu müssen und keine Angst zu haben. Hier im Krankenhaus war er sicher, oder?

Plötzlich wurde er unruhig. Was, wenn der Attentäter ihn hierher verfolgte? Was, wenn der vorhatte, im Krankenzimmer zu vollenden, was er auf dem Feldweg begonnen hatte? Erschreckt versuchte Kalli sich aufzurichten. Aber es ging nicht. Hände, Arme und Beine weigerten sich, blieben schlapp liegen. Er probierte es noch mal. Einfach bloß die Finger bewegen, befahl er sich selbst.

Keine Chance. Nichts regte sich.

Verzweiflung überkam ihn. Man würde ihn lynchen, ging ihm auf. Während er hilflos ans Bett gefesselt war, würde man ihn töten. Vielleicht erdrosseln wie Danil. Oder mit einem Kissen ersticken. Man würde ihn endgültig abstrafen für das, was er früher getan hatte, nein, für das, was er war: ein Perverser, ein Mörder, ein Kinderficker. Lautlos liefen Kalli die Tränen über die faltigen Wangen.

Er dachte daran zurück, wie Danil sich das erste Mal an ihn rangemacht hatte. Auf dem ansonsten menschenleeren Bahnsteig des Büttger S-Bahnhofs. Als Kalli dort auf die S8 nach Neuss wartete.

»Hi, Alter, Bock auf Poppen?«, fragte der Junge, und in seinem Engelsgesicht lag ein falsches Grinsen.

Kalli konnte nicht antworten. Zu geschockt war er von dem Verhalten dieses Kindes, das er bisher nur vom Sehen kannte. Angst kroch in ihm hoch. Warum war der Junge darauf aus, ihn zu provozieren? Lauerten hinter den Heckenrosen am Bahndamm etwa seine Freunde, um ihn zu demütigen oder zu verprügeln?

Kallis Blicke flogen furchtsam hin und her. Aber er konnte niemanden entdecken.

»Ich mein's ernst«, sagte der Junge und kam ein paar Schritte näher. Kalli wich in Richtung der Gleise zurück. »Du bist doch dieser Kinderficker, den sie freigelassen haben, oder? Hab deine Fresse im Internet gesehen.«

Kalli nickte stumm. Der Büttger Verein für Brauchtum und Tradition hatte schon vor Wochen sein Konterfei auf die Homepage gesetzt, gespickt mit einer Warnung an alle Kaarster Eltern und Kinder, auf der Hut vor ihm zu sein. Die Frau von diesem Peschrath hatte das Foto von Kalli geschossen, als er eines Morgens den Hof verließ, um spazieren zu gehen.

»Was willst du von mir?«, fragte Kalli bang.

Der Junge mit dem Engelsgesicht taxierte ihn nachdenklich. Kalli starrte zurück. Der Kleine war wirklich wunderschön. Blasse, sehr reine Haut hatte er, strahlend blaue Augen, kirschrote, weiche Lippen und dunkles, festes Haar. Wimpern und Augenbrauen glänzten tiefschwarz, seine Figur war zart und schmal. Verführerisch. Der Junge sah aus wie ein männliches Schneewittchen. Kalli schätzte ihn auf allerhöchstens zehn Jahre.

Wenn da nicht seine Art, sich zu geben, gewesen wäre. Die hatte so gar nichts Kindliches an sich. Schneewittchen war ihm unheimlich.

»Du kannst mich haben. Für ein bisschen Knete«, sagte der Junge. Dann lächelte er wieder. Herausfordernd. Lockend.

In dem Moment fuhr gottlob die S8 auf dem Bahnsteig ein. Mit viel Getöse und Fahrtwind. Kalli drehte sich um, drückte den Türknopf und floh in die Bahn.

»Danil«, rief Schneewittchen ihm nach, »Danil Bodrow. Merk dir diesen Namen, Alter. Du hörst von mir!«

Kalli schlug das Herz bis zum Hals, und er zitterte am ganzen Leib, während er sich einen Platz im Abteil suchte. Möglichst weit weg von den anderen Fahrgästen.

Schon Viertel vor drei. Ella ordnete ihr kastanienrotes schulterlanges Haar. Am Ansatz sah sie es weiß aufblitzen. Mist, eine neue Färbung war fällig. Dringend musste sie einen Friseurtermin vereinbaren. Morgen. Ganz bestimmt. Ella schlüpfte in die Jacke, schnappte sich ihre Handtasche und klapperte in hohen Hacken über die schwarzweiß gesprenkelten Steinstufen den Hausflur hinunter.

Draußen blieb sie verblüfft stehen. Der Schnee lag mindestens zehn Zentimeter dick. Und es schneite stetig weiter. Hoffentlich waren die Schlösser am Golf nicht zugefroren; denn Enteiser hatte sie noch nicht besorgt. Kein Wunder, es war erst November. Was sollten diese Schneemengen? Ella wischte mit dem Ärmel die Scheiben frei. Das Fahrerschloss ließ sich problemlos öffnen, gut. Erleichtert fuhr Ella los in Richtung Büttgen, immer den Schneeflocken entgegen.

Bei den Wimmers machte niemand auf. Stattdessen bellte sich die Familienhündin Sheila, ein in die Jahre gekommener Golden Retriever, die Kehle heiser.

Endlich wurde die schwere Holztür der Doppelhaushälfte von innen aufgezogen. Enervierend langsam. Vorsichtig lugten der Blondschopf und die Himmelfahrtsnase der sechsjährigen Marie durch den Türspalt.

»Mami!« Die Kleine drehte sich weg und brüllte in den ersten Stock hoch. »Tante Ella ist da! Komm schnell!«

Als sei eine Katastrophe passiert. Dann knallte das Kind die Tür wieder zu und ließ Ella einfach in der Kälte stehen. Sie schmunzelte. Gleichzeitig befürchtete sie, ihre sorgsam geföhnte Frisur könne sich in Luft auflösen, wenn man sie nicht umgehend aus dem Schneetreiben ins Trockene bat. Jetzt hörte sie drinnen das Klack-klack-klack energischer Stakkatoschrittchen.

Die Tür wurde weit aufgerissen, und Bine strahlte ihr entgegen.

»Ella, schön, dass du da bist!«, rief sie enthusiastisch. »Komm rein! Der Kaffee ist fertig! Hab nur gerade noch mit Lena telefoniert. Sie will über Nacht bei einer Freundin bleiben, schreibt aber morgen eine Matheklausur. Also erwarte ich, dass sie heute Abend nach Hause kommt. Ein harter Kampf, das sag ich dir. Pubertät kontra elterliche Autorität. Rate mal, wer gewonnen hat?«

»Na, du natürlich.« Ella grinste, während sie der Freundin ins Wohnzimmer folgte.

»Klar, wer sonst?«

Drinnen war die Kaffeetafel einladend gedeckt. Für vier Personen. An zwei Plätzen standen statt Kaffeetassen bunte Kunststoffbecher.

»Ist Thomas nicht da?«, fragte Ella erstaunt.

Bine schüttelte den Kopf. Ihr helles Haar, das sich wie immer wie ein strahlender, makelloser Helm um ihren Kopf schmiegte, schimmerte wie reines Gold.

»Nöö, ist seit gestern auf 'ner Fortbildung im Sauerland. Mit Markus. Kommt erst übermorgen wieder. Macht ja nix, so können wir wenigstens in Ruhe quatschen, sobald die Kids abgefüttert sind. Setz dich. Es gibt selbst gebackene Schwarzwälder Kirsch, Kaffee und später Prosecco für uns Frauen.«

Sie reckte den Schwanenhals und rief in den Hausflur: »Kinder! Zu Tisch!«

Lautes Getrappel auf der Treppe war die Antwort. Sekunden später polterten Marie und ihr zwei Jahre älterer Bruder Felix herein und erklommen ihre Stühle.

»Hallo, Tante Ella«, rief Felix hoffnungsvoll, »hast du uns was mitgebracht?«

»Felix, wie oft hab ich dir ges–«, rügte Bine automatisch, wurde aber flugs von Ella unterbrochen.

»Natürlich«, versicherte sie, »ich geb es euch nach dem Essen, okay?«

»Au ja.« Zwei blonde Schöpfe nickten eifrig.

Später, in je einen Ohrensessel gekuschelt, vor ihnen das prasselnde Kaminfeuer, die halb leere Proseccoflasche in Reichweite, kamen die beiden Frauen auf den Mordfall zu sprechen.

»Ich fass es nicht«, schimpfte Bine, während sie Sheila streichelte, die wie tot zu ihren Füßen lag, »wie kommst du dazu, diese Leute zu besuchen? Und Max füttert dich noch mit Informationen! Was hast du davon, bis ins kleinste Detail über die Familienprobleme dieser Russen Bescheid zu wissen? Wenn du mich fragst: Du hast da eine Manie entwickelt, die dir absolut nicht guttut.«

Empört leerte sie ihr Glas und füllte Ella und sich großzügig nach. Ella musste ihr recht geben. Eigentlich.

»Aber der Junge geht mir einfach nicht aus dem Kopf«, begehrte sie auf, »hinter dem Mord steckt mehr, als die Polizei vermutet. Dieser Schmittke hat Danil auf keinen Fall getötet, das steht schon mal fest. Und Paul, der mich gestern Nacht angerufen hat, weiß auch Dinge, die …«

»… die er umgehend der Kripo mitzuteilen hat!«, polterte Bine. »Es kann nicht angehen, dass du zum Sorgentelefon für sämtliche verkrachten Existenzen wirst und damit die polizeilichen Ermittlungen behinderst.«

Ella nickte betroffen.

»Das stimmt natürlich«, murmelte sie.

Dann schwieg sie. Es hatte keinen Zweck, weiterzudiskutieren. Die Freundin würde keinen Millimeter von ihrer Meinung abrücken. Aber Bine war noch nicht fertig.

»Außerdem bin ich trotzdem fest davon überzeugt, dass dieser Triebtäter hinter der Geschichte steckt, so oder so. Dass er den MP3-Player von dem toten Jungen bei sich trug, sagt schon alles. Solche Perversen sammeln doch oft Trophäen von ihren Opfern, oder?«

Ella weigerte sich, darauf eine Antwort zu geben. Sie drehte ihr Sektglas hin und her. Dann schaute sie auf, der Freundin direkt in die Augen, und sagte: »Und wer hat versucht, Schmittke umzubringen?«

Bine zuckte desinteressiert mit den Achseln.

»Keine Ahnung. Irgendein besorgter Bürger. Was weiß ich? Verdient hat es der Typ jedenfalls. Und wir Eltern müssen uns nicht mehr um unsere Kinder ängstigen. Thomas sagt auch, diese Perversen werden immer wieder rückfällig. Wenn du einen Jungen in Felix' Alter hättest, würdest du genauso denken.«

Ella starrte Bine ungläubig an.

»Aber das rechtfertigt doch keinen Mordversuch!«, stieß sie aus. »Bine, da hat jemand einen alten, gebrechlichen Mann kaltblütig über den Haufen gefahren. Der ist über siebzig, weißt du das eigentlich? Er hat vermutlich eine Schädelfraktur, und die Wirbelsäule wurde auch verletzt. Man weiß nicht, ob er überhaupt aus dem Koma erwachen wird. Stell dir vor, man würde deinen Vater …«

»Du willst ja wohl nicht meinen Vater mit diesem Kinderschänder vergleichen! Papa hat in seinem ganzen Leben keiner Menschenseele etwas zuleide getan!«

Jetzt wurde es Ella zu bunt.

»Und was ist mit Antonia?«, fragte sie eisig.

Ungemütliches Schweigen machte sich in dem heimeligen Wohnzimmer breit. Stille legte sich wie eine eiskalte, dicke Schneeschicht über den Kamin, die Möbel, den Hund, das Parkett und über die beiden Frauen in ihren Sesseln.

Ella fröstelte. Sie wusste, sie hatte sich zu weit vorgewagt.

Bines Stimme klang belegt, als sie nach einer Weile ungläubig fragte: »Willst du damit etwa andeuten, dass Papa an Antonias Tod schuld war?«

Es war ein Segen, dass in diesem Moment die Kinder hereinstürmten.

»Mami!«, schrie Marie. »Felix ist gemein! Er sagt, die kleine Hexe, die ich von Tante Ella gekriegt hab, sieht aus wie Oma Frieda. Genauso schrumpelig und mit der gleichen krummen Nase.«

Felix' Gesichtsausdruck war eine Mischung aus Trotz und Triumph.

»Aber es stimmt doch«, rief er. »Guckt doch mal hin!«

Ella und Bine betrachteten die kleine Kunststofffigur in Maries vor Empörung zitternder Hand und mussten unwillkürlich grinsen. Dann schauten sie sich an und prusteten los. Die winzige Hexe sah wirklich haargenau so aus wie Bines verhasste Schwiegermutter.

Sie konnten gar nicht mehr aufhören zu lachen. Ella hätte nie gedacht, dass Elfriede Wimmer, diese furchtbare, engstirnige Frau, jemals ihrer beider Freundschaft retten würde.

Auf dem Heimweg durch das Schneegestöber irrten Ellas Gedanken zu ihrem Fauxpas von vorhin zurück. Dabei hatte sie lediglich das ausgesprochen, wovon sie schon seit vielen Jahren fest überzeugt war: Bines Vater trug die Hauptverantwortung an Antonias Suizid. Aber es der Freundin gegenüber zu äußern, war natürlich unverzeihlich gewesen.

Ella umklammerte das Lenkrad und dachte zurück an den Tag, an dem Sabine Vossen das erste Mal gemeinsam mit Antonia das Klassenzimmer betreten hatte. In der neunten Klasse war das gewesen, mitten im zweiten Halbjahr.

»Hört mal alle her«, hatte Bine laut gerufen. Das helle Haar umschmeichelte wie Sonnenstrahlen Kopf und Schultern. »Das ist meine Cousine Antonia. Sie wohnt ab sofort bei uns und geht jetzt auch in unsere Klasse!«

Alle Blicke hingen an dem neuen Mädchen. Antonia war klein und schlank, geradezu zierlich. Im Gegensatz zu ihrer Cousine hatte sie dunkle gelockte, fast hüftlange Haare und braune Augen, die sie weit aufriss. Sie war wunderschön. Ella hatte noch nie ein schöneres Mädchen gesehen. Aber auch noch nie eines, das verletzlicher wirkte. Antonias Aura war voller Tragik, was einer Jugendlichen mit fünfzehn Jahren eigentlich noch nicht zustand.

Während Ella jetzt darüber nachdachte, fiel ihr erneut Danil Bodrow ein. Dieselbe Verlorenheit, dieselbe Tragik. Bine konnte sagen, was sie wollte. Sie würde sich morgen Abend mit diesem Paul treffen. Und sie würde weiterrecherchieren.

Kevin ließ nicht mit sich reden.

»Danil wollte selber Geld aus der Sache schlagen«, verteidigte er sich. »Warum sollen wir es jetzt nicht an seiner Stelle tun? Er fänd es garantiert cool.«

Paul starrte genervt an ihm vorbei auf das verschneite Spielhäuschen und die Rutsche dahinter. Zwischen ihnen auf der Parkbank, die sie erst mühselig vom Schnee hatten befreien müssen, saß Jacky und malte mit dem Fuß ein Herz auf den weißen Boden. Dicke Flocken schwebten durch die Luft, hingen in Kleidung und Haaren.

»Weil … weil es gefährlich ist«, antwortete er lahm.

Kevin lachte trocken. Er nestelte die Zigaretten aus der Jackentasche und zündete sich eine an.

»Was bist du bloß für'n *Loser*«, spuckte er verächtlich aus und zog heftig an seiner Kippe. »Danil würde sich schämen, könnte er dich hören.«

Jetzt schaltete Jacky sich ein:

»Schwachsinn! Ich glaub nicht, dass Danil den Wisch benutzen wollte, um an Kohle zu kommen. Es ging es um was anderes: Denen zu zeigen, wer er war.«

Paul nickte heftig.

»Glaub ich auch. Aber das passte dem Typen nicht. Und darum hat er Danil gekillt.«

»Und darum müssen wir vorsichtig sein«, warnte Jacky. »Der Mann schreckt vor nichts zurück. Der würde auch dich um die Ecke bringen, wenn's sein muss.«

»Phh«, lautete Kevins einziger Kommentar.

Aber er guckte nachdenklich. Immerhin. Knibbelte an dem dicken Eiterpickel auf seiner Stirn herum. Plötzlich stand er auf, drückte die Kippe auf der Lehne der Bank aus, bückte sich und raffte eine Handvoll Schnee zusammen. Und ehe Paul es sich versah, hatte er die Ladung im Gesicht.

»Ey, du Penner«, schrie er, schüttelte sich und sprang auf.

Jacky lachte vergnügt, rannte zur Rutsche und wischte den Schnee von der Bahn zu einem großen Haufen zusammen. Formte einen Ball. Paul tat es ihr nach. Kevin versteckte sich lachend hinter der Bank. Und bald war die schönste Schneeballschlacht im Gange.

SECHS

Kalli hatte nicht gewusst, dass schon Montag war, bis die Bullen es ihm sagten. Er fürchtete sich vor der Polizistin. Die hatte so einen stechenden Blick.

»So, Herr Schmittke«, begann Kriminalhauptkommissarin Küppers forsch, »wie ich sehe, geht es Ihnen etwas besser. Wir werden Ihnen einige kurze Fragen stellen, mein Kollege und ich. Es dauert nicht lang.«

Kalli nickte eingeschüchtert.

Sie löcherten ihn zu Samstagvormittag. Er schilderte alles, woran er sich erinnerte.

»Den Fahrer oder die Fahrerin des Wagens konnten Sie nicht erkennen?«, bohrte die Kommissarin nach.

Er schüttelte den Kopf.

»Welches Fabrikat war der Pkw?«

»Weiß nicht. Kenn ich mich nicht mit aus«, gestand Kalli leise, »war auf jeden Fall silbern.«

»Wie achtzig Prozent aller Personenwagen«, kommentierte der männliche Polizist trocken. Ihm war die Verachtung für Kalli ins Gesicht geschrieben. »Kombi, Limousine, Minivan, Van, Zweitürer, Viertürer, neueres oder älteres Modell?«

Kalli antwortete zögernd: »Eher neu, würde ich sagen. Kein Kombi, wie Martha einen hat. Ein ganz normales Auto.«

Der Bulle seufzte und verdrehte die Augen.

»Wie kam Danil Bodrows iPod in Ihre Jackentasche, Herr Schmittke?«, fragte die Frau unvermittelt.

Kalli zuckte zusammen.

»In meine Jackentasche?«, stotterte er verwirrt. »Etwas von Danil? Was ist das: ein Eipott?«

Der Blick der Polizistin bohrte sich tief in seinen Schädel.

»Ein MP3-Player. Ein kleines flaches Gerät, etwa so groß wie ein Handy, mit dem man heutzutage mobil Musik hört«, erläuterte sie, während sie ihn keine Sekunde aus den Augen ließ.

»Ein Walkman?«

»Stellen Sie sich doch nicht dümmer, als Sie sind«, herrschte ihn der andere Bulle an, »auch im Knast kennt man die heutige Technik!«

Kalli hätte am liebsten schützend die Hände vors Gesicht geworfen. Aber das ging nicht. Zwar konnte er die Finger inzwischen leicht bewegen, keineswegs aber den ganzen Arm.

»Das wird wieder«, hatte ihn der Doktor beruhigt, »ob allerdings die volle Funktion Ihrer Beine wiederhergestellt werden wird, ist noch nicht absehbar.«

Eine einzelne Träne löste sich aus Kallis Augenwinkel und verirrte sich in den Bartstoppeln am Kinn. Es kribbelte.

»Ich kenn mich da echt nicht aus«, jammerte er, »ich guck immer nur Fernsehen oder hör Radio. Mehr nicht. Hab auch kein Handy oder so.«

»Ist ja schon gut, Herr Schmittke«, beschwichtigte ihn die Frau, funkelte strafend ihren Kollegen an und nahm dann ein Tempo vom Tisch. Unwirsch wischte sie Kallis Gesicht trocken und wiederholte beharrlich: »Wie also kam das Gerät in Ihren Besitz?«

»Weiß ich nicht! Ehrlich nicht. Da wollte mich jemand umbringen und mir gleichzeitig den Mord an Danil in die Schuhe schieben, denk ich.«

Kalli schniefte. Warum war Martha nicht hier? Wann kam sie, um ihn endlich vor diesen schlimmen Leuten zu retten?

»Sie reden sehr vertraut von dem toten Jungen.« Die Stimme der Kommissarin klang kalt. »Bei unserer ersten Begegnung haben Sie noch behauptet, ihm nie begegnet zu sein. Das kommt mir nun doch sehr unglaubwürdig vor.«

Kalli fuhr zusammen. Er traute sich nicht mehr, ihr in die Augen zu schauen. Panik schnürte ihm die Kehle zu. Und da sagte er den einzigen Satz, von dem er wusste, dass er wie eine Zauberformel wirkte. Er hatte ihn vor vielen Jahren einige Male sprechen müssen:

»Ohne meinen Anwalt sage ich nichts mehr.«

Danach schloss er demonstrativ die Augen und bettete seinen Kopf fest auf das Kissen.

Ella war fleißig gewesen. Den Montagvormittag hatte sie für Telefonate, E-Mails und Bestellungen im Internet genutzt. Alles für den Aufbau der neuen Apotheke. Nachmittags hatte sie weiter an dem Mühlenbild gemalt.

Als es auf achtzehn Uhr zuging, wurde sie von einer schrecklichen Nervosität gepackt. Allerdings völlig umsonst, denn Paul kam nicht. Ella wartete bis nach sieben – längst hatte sie die Malutensilien weggeräumt und sich die Hände gesäubert –, dann wählte sie die Handynummer, die Samstagnacht im Display ihres Telefons zu lesen gewesen war. Niemand ging dran. Das Handy war ausgeschaltet. Seltsam.

Irritiert schmierte Ella sich ein Butterbrot, kochte Tee, hockte sich in Habachtstellung vor den Fernseher und wartete. Doch Türklingel und Telefon blieben stumm. Den ganzen Abend lang.

SIEBEN

Am nächsten Morgen erwachte sie früh mit einem mulmigen Gefühl im Bauch. Warum war Paul nicht gekommen? Warum hatte er sich nicht wenigstens gemeldet?

»Hab da was rausgefunden über Danil. Das hab ich vorher nicht gecheckt«, hatte er Samstagnacht zu Ella gesagt.

Was, wenn diese Information gefährlich war? Was, wenn ...?

Ella setzte Kaffee auf, dann kleidete sie sich hastig an. Wann war die erste große Pause in der Schule? Halb zehn? Ja, das war zu schaffen.

Die Schülerinnen und Schüler der Hauptschule Büttgen tollten wie ausgelassene junge Hunde im frischen Weiß herum. Die einen stopften sich gegenseitig Schnee in den Ausschnitt, andere waren mitten in einer Schneeballschlacht; und ganz am Rand des Schulhofs baute eine Gruppe mit ernsten, fachmännischen Mienen einen großen Schneemann.

Ella musste lächeln. Der verfrühte Wintereinbruch sorgte zwar für Chaos auf den Straßen und demzufolge für Ärger bei der arbeitenden Bevölkerung, stellte aber für die Kinder eine ganz besondere Freude dar. Langsam schlenderte sie über den Schulhof, immer in sicherem Abstand von den Schneeballwerfern. Wie sollte sie in der Menge der Schüler bloß diesen Paul finden? Oder seine Freunde, den pickeligen Jungen und das mollige Mädchen? Kevin und Jacky, ja, so hatte Paul die beiden genannt. Wahrscheinlich blieb ihr nichts anderes übrig, als jemanden zu fragen. Aber wen? Ratlos schaute sie sich um, drehte sich dabei um die eigene Achse.

»Hallo«, hörte sie plötzlich eine männliche Stimme in ihrem Rücken. Erschrocken fuhr sie herum und fand sich Auge in Auge mit dem attraktivsten Mann, den sie – außer Max – seit Jahren gesehen hatte. »Kann ich Ihnen weiterhelfen?«

Natürlich wurde sie rot wie eine Tomate. Die bernsteinfarbenen Augen des Mannes begutachteten sie neugierig. In seinen dunkelblonden Haarspitzen hingen Schneeflocken wie weißes Konfetti. Er war ungefähr eins fünfundachtzig groß, hatte breite

Schultern und schmale Hüften. Sein Aussehen erinnerte sie vage an Brad Pitt. Ella schätzte ihn auf circa fünf Jahre jünger als sich selbst. Demnach müsste er Ende dreißig sein.

Sie lächelte entschuldigend.

»Tut mir leid, aber ich suche einen Schüler …«

»Moment mal. Hab ich Sie nicht auf Danils Beerdigung gesehen? Sind Sie etwa von der Presse?«

Die Bernsteine verengten sich zu schmalen Schlitzen.

»Nein … ich …«

»Natürlich waren Sie in der Kapelle! Ich erkenne Sie doch! Die roten Haare …« Die Stimme des Mannes wurde lauter, aggressiver.

»Ja … ich …«

»Was denn nun?«

Plötzlich wurde es Ella zu bunt. Sie tat doch nichts Verbotenes.

»Wenn Sie wissen wollen, wer ich bin, müssen Sie schon zuhören!«, zischte sie.

Das brachte den Mann zum Schweigen. Er klappte den Mund zu, schob das Kinn vor und nickte auffordernd.

»Mein Name ist Ella Berger. Ich bin diejenige, die Danil tot an der Braunsmühle gefunden hat. Das war kein Spaß, das sage ich Ihnen! Und wer sind Sie?«

Der Mann wirkte betroffen.

»Entschuldigung«, murmelte er, »Walter Kleinmeyer mein Name. Ich war sein Klassenlehrer. Ich wollte Sie nicht anfahren. Aber wissen Sie, die Lage hier ist etwas angespannt, seit …«

Ella nickte verlegen. Sie fragte sich, wie es möglich sein konnte, dermaßen unverschämt gut auszusehen und gleichzeitig einen dermaßen hässlichen Namen zu tragen. Walter Kleinmeyer. Meine Güte. Spießiger ging's doch gar nicht.

»Kommen Sie«, forderte der Lehrer sie nun freundlich auf, »gehen wir zur Pausenhalle. Dort können wir uns besser unterhalten.«

Er begleitete Ella über den Schulhof.

»Sie machen sich also Sorgen um Paul.«

Ella nickte.

»Ja, wir waren gestern um sechs verabredet. Aber er ist weder gekommen noch telefonisch erreichbar. Deshalb dachte ich, ich fahr einfach her und …«

Der Lehrer unterbrach sie: »Tja, daraus wird leider nichts, Frau Berger. Paul ist heute nicht zum Unterricht erschienen, genauso wenig wie Jacqueline Jablonski und Kevin Bayer. Das kommt allerdings öfter mal vor, nur nicht – sagen wir mal – in so geballter Form. Früher war es eher Danils Ding zu schwänzen, und einer von seinen Freunden mischte mit. Aber gleich drei auf einmal?«

Kleinmeyer lehnte sich mit nachdenklicher Miene an eine der verkratzten Eisenstangen, die die Halle stützten.

»Vielleicht ist ihnen etwas passiert?«, spekulierte Ella aufs Geratewohl. »Paul hatte eine wichtige Info über Danil; er tat ganz geheimnisvoll damit. Was, wenn der Mörder …«

Gleichzeitig kam sie sich sehr albern vor. Nur in Kriminalromanen oder im »Tatort« geschah so etwas, oder? Nicht im wirklichen Leben.

Der Lehrer starrte ins Nichts, mit der rechten Hand strich er über seinen Dreitagebart. Ella registrierte, dass sein Ringfinger leer war. Der Typ war nicht verheiratet. Unglaublich.

»Ich weiß nicht«, sagte er, »schon komisch, dass die *Gang* komplett fehlt.«

»Die *Gang*?«

»Ja, Danils Lakaien«, ergänzte Kleinmeyer wie nebenbei, als wäre ihm gar nicht bewusst, welche Details er gerade einer völlig Fremden über seinen ermordeten Schüler verriet. »Die haben alles gemacht, was er sagte. Alles! Es war zum Kotzen.«

Ella spürte seinen Frust.

»Haben Sie schon einmal jemanden erlebt, der sehenden Auges in sein Unglück rennt?«, fragte er.

Sie wusste nicht, ob er Danil oder seine Freunde meinte.

Kleinmeyer redete einfach weiter: »Der alles um sich herum systematisch kaputt macht und sich selbst in das schlechteste Licht rückt, das möglich ist? Sie glauben gar nicht, wie zornig mich das gemacht hat. Da war dieser kluge und sensible Junge, und der nutzte seine vielfältigen Gaben bloß, um sämtliche Versager um sich zu scharen und andere fertigzumachen! Ich hab's nicht kapiert, Frau Berger. Ich konnte das einfach nicht kapieren.«

»Sie sprechen von Danil?«

»Natürlich von Danil. Von wem sonst?«

Sie fühlte sich dem fremden Mann auf einmal ganz nahe. »Sie haben ihn sehr gemocht?«

Kleinmeyer nickte nur.

»Er strahlte so etwas Verlorenes aus. Ich sah ihn dort im Dreck liegen, tot, und trotzdem war da noch eine Ahnung seiner Persönlichkeit: einsam, trotzig, sehr verletzlich …«

Der Lehrer wirkte erstaunt. »Das konnten Sie sehen? An einer … Leiche?«, fragte er.

»Ich male«, antwortete sie schlicht. »Ich lese in den Dingen und in Gesichtern.«

In dem Moment gongte es. Die große Pause war zu Ende.

Kleinmeyer löste sich von der Säule.

»Ich muss«, sagte er. Es klang bedauernd.

»Okay. Danke für das Gespräch, Herr Kleinmeyer.«

Ella verabschiedete sich nur ungern.

»Walter«, korrigierte der Lehrer sie, »sagen Sie einfach Walter.«

Er ging ein paar Schritte rückwärts, unschlüssig, wie ihr schien. Hinter ihm strömten die Schüler ins Gebäude.

»Nennen Sie mich Ella«, bat sie im Gegenzug und fügte, bevor sie es sich anders überlegen konnte, hinzu: »Können wir dieses Gespräch vielleicht ein andermal fortführen? Ich meine, wenn Sie mehr Zeit haben?«

Kleinmeyer lächelte breit.

»Gern! Morgen Abend gegen zwanzig Uhr im Frankenheim am Kaarster Rathaus?«

Ella zögerte nur den Bruchteil einer Sekunde.

»Ja, das passt«, sagte sie erfreut, »bis morgen dann …«

Paul hatte Angst. Er wusste einfach nicht weiter. Der reinste Horror! Außerdem war ihm saukalt, und er hatte Hunger. Er fragte sich, wo Jacky blieb.

Kevin war tot. Diese Wahrheit war hammerharte Realität und gleichzeitig nicht zu glauben. Sein Freund lag mit zerfetztem Schädel mitten in der Baumschule. Ohne Gesicht. Das war das Allerschlimmste irgendwie. Kevin, ohne Augen, Nase, Mund und ohne Pickel. Stattdessen ein blutiger, schleimiger Brei. Der Kobold hatte ihm mitten ins Gesicht geschossen.

Und das nur, weil Kevin diese Scheiße gebaut hatte.

Unmittelbar nach der Schneeballschlacht am Sonntag war er damit rausgerückt, dass er den Erpresserbrief längst in den Briefkasten geworfen hatte.

»Direkt in den Briefschlitz an der Villa im Vorster Wald«, hatte er lässig verkündet und herausfordernd in die Runde gegrinst. »Ein krasses Haus, sag ich euch. Der Typ muss Geld wie Heu haben. Natürlich hatte ich Handschuhe an, wegen der Fingerabdrücke. Leute, bald sind wir reich«, hatte er noch frohlockt.

Paul war es ganz kalt ums Herz geworden.

»Wann?«, hatte er gefragt.

»Morgen Abend um halb sieben in der Baumschule zwischen Holzbüttgen und Büttgen. Bei den ganz hohen Lebensbäumen, dritte Reihe. Eine viertel Million hab ich verlangt. Erst mal. Kommt ihr mit, zur Verstärkung?«

Es war ihnen gar nichts anderes übrig geblieben.

»Was hast du denn geschrieben?«, wollte Jacky noch wissen. Auch sie war völlig neben der Kappe. Paul erkannte das daran, dass sie pausenlos an einer Haarsträhne saugte.

»Na, dass ich weiß, wer er ist, und dass Danil … ihr wisst schon. Und dass ich die Beweise dafür habe. Die würde ich an die Bullen schicken, wenn er nicht zahlt. Und so weiter … Ist echt cool geworden, der Brief. Da kann er nicht anders: Er muss löhnen. Und wenn wir die Kohle haben, können wir ihn immer noch an die Bullen verpfeifen. Ich mein, um Danil zu rächen.«

Paul hatte unwillkürlich aufgestöhnt. Kevin stellte sich die Geschichte allzu einfach vor, fand er. Er selbst glaubte nicht, dass das Arschloch anstandslos zahlen würde.

Und genauso war es gekommen.

Während Jacky und Paul sich hinter den schneebestäubten säulenförmigen, turmhohen Lebensbäumen versteckten, trat Kevin dem Typen ganz allein entgegen. Es war schon ziemlich dunkel und die Tujas, in Reih und Glied gepflanzt wie überdimensionale Grabsteine, bildeten eine düstere, schweigende Schlucht auf hellem, hartem Weiß. Mittendrin stand Kevin, total klein und ziemlich mickrig. Nervös trat er von einem Bein auf das andere, rauchte hektisch.

Paul sah die Glut seiner Zigarette wie ein oranges Schlangenauge aufleuchten. Dann meinte er, am Ende der Baumschule, da, wo der Feldweg entlangführte, eine Gestalt ausmachen zu können. Obwohl sie seltsam zwergenhaft wirkte und wie ein schmaler, nebelhafter Schatten aussah, ging von ihr eine massive Bedrohung aus. Paul fühlte sich an die Szene aus »Harry Potter« erinnert, in der Lord Voldemort Cedric tötet. Er fröstelte und griff Jackys Hand. Die war klamm und zitterig. Spendete überhaupt keinen Trost.

Und dann ging alles ganz schnell. Die schattenhafte Gestalt kam näher. Jetzt war sie bei Kevin angelangt. Plötzlich krachte es ohrenbetäubend laut. Es zerriss ihm fast das Trommelfell. Kevin, der gerade noch unmittelbar vor ihm in ungefähr zehn Meter Abstand gestanden hatte, war auf einmal weg. Das Wesen bückte sich, dann sprang es fort. Im Nu wurde es von der Dunkelheit verschluckt.

Paul hatte ein Dröhnen in den Ohren, das alle anderen Geräusche verdrängte. Sein Körper wurde taub. Er konnte sich nicht mehr bewegen. Bis irgendetwas heftig an seinem Arm zerrte und rüttelte.

»Paul«, Jackys Stimme drang schrill und panisch in sein Bewusstsein, »Paul! Der Typ hat auf Kevin geschossen! Wir müssen zu ihm!«

»Ach du Scheiße«, war alles, was Jacky kurz darauf flüsterte, »ach du verfickte Scheiße.«

Paul hatte gar nichts sagen können. Nachdem er mit der Taschenlampe das beleuchtet hatte, was einmal Kevins Gesicht gewesen war, hatte er sich bloß umgedreht und in den Schnee gekotzt.

Und jetzt hockte er hier, hungrig, verängstigt, verfroren und mutterseelenallein, in einem dieser Bauwagen, die im Frühsommer als Verkaufsstand für die Erdbeeren der Felder von gegenüber genutzt wurden, und wartete auf Jacky. Inzwischen war es heller Tag.

»Ich besorg was zu essen und ruf von der Telefonzelle am Lindenplatz die Bullen an. Anonym«, hatte sie entschlossen verkündet. Es war kurz nach Sonnenaufgang gewesen. »Irgendjemand muss denen verklickern, dass da eine Leiche in der Baumschule liegt. Die müssen doch was unternehmen.«

Paul hatte nur nicken können. Eine Leiche, hatte er nur gedacht. Kevin, Danil, alles Leichen, alle tot. Ein Totenreich an Freunden.

Die Meldung in der Tagesschau erwischte Ella kalt, als sie es sich gerade mit Tomatenbrot und Kräutertee auf dem Sofa gemütlich gemacht hatte.

»Weiteres Mordopfer in Kaarst bei Neuss«, berichtete der Nachrichtensprecher in nüchternem Tonfall. »Wieder handelt es sich bei dem Toten um ein Kind, offenbar einen Mitschüler des vor zwei Wochen an einem Baudenkmal erdrosselten Danil Bodrow. Der dreizehnjährige Kevin B. wurde mit einem Kopfschuss aus nächster Nähe, vermutlich mittels eines gekürzten Schrotgewehrs, getötet. Man fand seine Leiche heute Mittag aufgrund eines anonymen Hinweises in einer Baumschule zwischen den Kaarster Ortsteilen Büttgen und Holzbüttgen. Die Polizei schließt Unfall oder Sexualverbrechen aus. Ob und welche Verbindung zwischen den beiden Morden besteht, ist unklar. Die Staatsanwaltschaft ermittelt …«

Schockiert stierte sie in den Fernseher. Das Bild zeigte Baum- und Gebüschreihen und zertrampelten Schnee unter bleigrauem Himmel. Keine Menschenseele zu sehen. Spurensicherung und Kripo hatten den Tatort wohl längst verlassen. Am Horizont der tristen Szenerie waren undeutlich ein paar Einfamilienhäuser zu erkennen.

Ella identifizierte die Örtlichkeiten mühelos. Viele Male war sie über den kerzengeraden Weg dort am Bildrand spaziert, zum Beispiel, um Bine einen Kaffeebesuch abzustatten. Bei schönem Wetter bot es sich einfach an, zu Fuß über die Felder nach Büttgen zu wandern. Ella brauchte dazu ungefähr zwanzig Minuten. Ein Klacks, wenn man Zeit und Muße hat. Ellas Gedanken drifteten ab. Der Klingelton ihres Handys schleuderte sie in die Wirklichkeit zurück.

»Denis Bodrow hier«, sagte eine brüchige Stimme. »Ich muss Sie dringend sprechen. Bitte. Können wir uns irgendwo treffen?«

Kalli konnte nicht fassen, was die im Fernsehen sagten. Ein zweiter Junge war ermordet worden, ein Klassenkamerad von Danil. Mit offenem Mund vernahm er, was der grauhaarige Nachrichtenmann von sich gab. In den Kopf geschossen. Baumschule. Kein Sexualverbrechen. Die Erkenntnis tröpfelte langsam in sein Hirn, bis er begriff: Er war aus dem Schneider. Schneewittchens Mörder hatte ein zweites Mal zugeschlagen. Und er, Kalli Schmittke, hatte das allerbeste Alibi, das man sich vorstellen konnte: Mit gelähmten Beinen war er immer noch ans Bett gefesselt, und vor seiner Zimmertür im Lukaskrankenhaus hockte Tag und Nacht ein Bulle.

Er lächelte und schloss die Augen. Hoffentlich hörten jetzt die Anfeindungen auf. Hoffentlich quälte Martha ihn nicht mehr mit ihren bohrenden Blicken, sondern glaubte ihm endlich, dass er mit Danils Tod nichts zu tun hatte. In der Haft war er ein anderer geworden; das musste sie doch einsehen.

Erst nach einer ganzen Weile fiel ihm auf, dass er sich tatsächlich über den schrecklichen gewaltsamen Tod eines Kindes freute. Erschrocken riss er die Augen auf. Das darfst du nicht, mahnte er sich selbst. Wenn du so fühlst, bist du tatsächlich das Monster, für das dich alle Welt hält.

Verwirrt drückte er ein paar Knöpfe auf der Fernbedienung. Bei der Super-Nanny blieb er hängen. Bald war er ganz vertieft in das Schicksal zweier kleiner Jungen, die regelmäßig von Mutter und Stiefvater vertrimmt wurden. Er sah in die harten Augen der Kleinen und verstand sofort, dass hier jede Hilfe zu spät kam. Das Unheil war angerichtet, die kindliche Unschuld zerstört. Aus Rissen waren Scherben geworden. So, wie es bei ihm selbst gewesen war. Und bei Danil.

Denis Bodrow wirkte völlig fehl am Platz in Ellas Wohnzimmer. Etwas Fremdes, Bedrohliches war mit ihm gekommen. Etwas, das der Behaglichkeit von Farben, Stoffen und Kerzenlicht trotzte. Die Aggressivität, die von dem jungen Mann ausging, machte Ella beklommen. Sie bot ihm einen Platz am Esstisch an.

»Möchtest du etwas trinken?«, fragte sie. »Wasser, Saft, Bier?«

Denis nickte und ließ sie dabei nicht aus den Augen.

»Ein Bier wär nicht schlecht.«

In dem Moment erkannte sie, wie erschöpft er war. Erschöpft vor Trauer, dachte sie mitleidig. Kein Wunder. Und das, was sie zuvor als Aggression gedeutet hatte, offenbarte sich als nackte Verzweiflung.

Sie holte eine Flasche Pils aus dem Kühlschrank, öffnete sie und reichte sie ihm samt Glas. Dann glitt sie auf den Stuhl ihm gegenüber.

»Was führt dich her?«, fragte sie. »Was möchtest du mit mir besprechen?«

Denis wand sich, zögerte und setzte schließlich an: »Sie haben letztens so … nett … von meinem kleinen Bruder gesprochen. Als würde er Ihnen irgendwie am Herzen liegen. Ich weiß nicht, an wen ich mich sonst wenden soll. Nur Sie sind mir eingefallen. Und jetzt, wo der Kevin umgebracht wurde und klar ist, dass dieser Kinderficker das nicht gewesen sein kann …« Er nahm einen tiefen Schluck direkt aus der Flasche und schob das saubere Glas in die Mitte des Tisches. »… da ist diese Sache vielleicht wichtig, aber die Bullen … Ich trau denen nicht, wissen Sie. Die rennen sofort zum Jugendamt und dann … Ich will nicht, dass meine Geschwister ins Heim kommen oder so. Verstehen Sie?«

Ella verstand nicht, nickte aber trotzdem.

»Was ich Ihnen jetzt sage, bleibt unter uns, ja?«

Denis taxierte sie mit prüfendem Blick. Ella starrte zurück wie paralysiert.

»Versprochen. Ich schweige. Du hast mein Wort.«

»Danil hat meinen Vater gekillt. Weil Mama das wollte.«

»Was?«

Ella glaubte, sich verhört zu haben.

»Mama hat gesagt: Sie hält das nicht mehr aus, dass Papa, bis zum Hals mit Wodka abgefüllt, uns ständig belästigt, rumpöbelt und die Kleinen bedroht. Sie hat gesagt, sie bringt ihn um, das Schwein. Mal hat sie gejammert, mal getobt, mal war sie ganz cool. Aber die *Message* war immer die gleiche: Papa muss weg. Endgültig. Es hat mich ganz schön fertiggemacht, dieses Gelaber. Immerhin war er mein Vater. Zwar auch echt ein krasses Arschloch, aber trotzdem. Dann hab ich mit ein paar Kumpels am Wochenende Party gemacht. Bin nicht nach Hause gekommen, zwei Nächte lang, verstehen Sie? Und als ich zurückkam, war Papa tot, von der S-Bahn überfahren. Und Danil hatte sich total verändert. Ich erkannte ihn nicht mehr wieder.«

Denis machte eine Pause und knibbelte am Etikett seiner Bierflasche herum.

»Ich wusste gleich, dass da was faul ist«, fuhr er mit belegter Stimme fort. »Warum sollte Papa nachts über die Bahngleise gehen? Das hatte er vorher noch nie gemacht. Irgendwann hab ich Danil so lange gelöchert, bis er alles zugegeben hat.«

Denis blickte auf. In seinen Augenwinkeln glitzerte es.

»Ich frag mich dauernd, ob ich damit zu den Bullen hätte gehen sollen. Ich mein, damals kam das nicht in Frage, Danil war mein kleiner Bruder. Ich hätte auf die Familie aufpassen sollen, ich als Ältester. Es wäre mein Job gewesen, für Ordnung zu sorgen, nicht seiner. Und Danil hat bloß gemacht, was Mama verlangt hat. Aber, aber, wenn ich zur Polizei gegangen wäre, dann … wäre er jetzt vielleicht nicht tot und sein Freund auch nicht.«

Denis stützte die Ellbogen auf den Tisch und vergrub den Kopf in den Händen. Seine Schultern bebten.

Am liebsten hätte sie den jungen Mann in die Arme genommen. Alles wird gut, hätte sie ihn getröstet und über sein Haar gestrichen. Du trägst keine Schuld. Aber sie traute sich nicht, und sie hätte ihren eigenen Worten nicht geglaubt. Wann wird denn je etwas richtig gut? Wann ist irgendjemand wirklich schuldlos?

Außerdem verstand sie die Zusammenhänge noch nicht ganz. Wie hatte Danil seinen Vater getötet? Hatte er ihn vor die Bahn gestoßen? Das hätte der Lokführer doch bemerken müssen. Bildete Denis sich die Tat seines Bruders vielleicht nur ein?

Sie griff über den Tisch und berührte ihn sanft an der Schulter.

»Wie furchtbar«, flüsterte sie. »Es muss schrecklich sein, so ein Geheimnis mit sich herumzutragen. Erzähl mir einfach alles der Reihe nach. Dann schauen wir, was wir unternehmen, ja?«

Denis sah auf. Sein Gesicht war bleich, die Augen gerötet. In dem Moment glich er dermaßen frappant seinem kleinen Bruder, dass ihr Herz einen schmerzhaften Sprung machte.

»Okay.« Er nickte leicht. »Also alles von Anfang an.«

Eine Viertelstunde später wusste Ella Bescheid. Endlich hatte sie eine Ahnung von Danil Bodrows trostloser Welt. Denis' Bericht war viel plastischer und eindringlicher, als Max' nüchterne Ausführungen es gewesen waren. Sie hatte das Gefühl, fünfundvierzig Jahre lang auf weichen, wattigen Wolken gewandelt zu sein, in einem immer währenden, allzu braven Traum. Selbst die Geschichte mit Antonia wirkte banal im Vergleich mit dieser. Doch nun hatte Denis sie brutal auf die Erde gestoßen. Hier war die Realität. Hart und gnadenlos.

Von klein an war Danil von seinem Vater gedemütigt und geschlagen worden, wie auch schon Max erzählt hatte. Igor Bodrow machte den zweitältesten Sohn für alles verantwortlich, was in seinem eigenen Leben schiefgelaufen war. Warum, das wusste Denis nicht. Vielleicht, weil sein kleiner Bruder eine Art Unabhängigkeit oder Stärke an sich hatte, die ein unglücklicher, gescheiterter Mensch nicht erträgt. Oder vielleicht, weil Danil das erste der Bodrow-Kinder war, das in Deutschland geboren worden war.

Denn Igor hasste Deutschland. In Russland habe er immer Arbeit gefunden, meinte er. Man habe ihm Respekt entgegengebracht. Hier wollte ihn keiner. Dieses Land und seine Bewohner stempelten ihn zum Versager ab.

Aber er zahlte es den Deutschen heim, indem er alle staatlichen Leistungen weidlich ausschöpfte, die »Scheiß-Kartoffeln« mit Verachtung strafte und seinen kleinen Sohn regelmäßig windelweich prügelte.

Trotzdem liebte Danil ihn. Er war und blieb sein großes Vorbild. Danil wollte ebenso hart und durchtrieben werden wie er.

Als die Familie auf Anraten des Jugendamtes ohne Igor nach Büttgen auf den Postweg zog, vermisste Danil ihn am meisten. Deshalb kränkte es ihn besonders, wenn Papa bei seinen Besuchen in volltrunkenem Zustand Danil einen »kleinen Bastard« schimpfte und ihm die Schuld an der Trennung von Galina gab.

Im Laufe der Zeit lernte Danil seinen Vater zu hassen. Wenn der wieder mal die Wohnungstür zertrümmerte oder seine Frau an den Haaren ins Schlafzimmer zerrte, sobald sie ihn eingelassen hatte, zitterte Danil vor Zorn. Und wenn Papa ihn mit dem Gürtel schlug, bis die Haut auf dem Rücken in Fetzen hing, schwor Danil Rache.

Die Gelegenheit dazu kam, mit Unterstützung von Mama.

Es war Freitagnacht, und Danil trieb sich draußen mit Kevin herum. Die beiden hatten am Büttger Bahnhof ein Fahrrad geklaut und radelten ziellos durch die menschenleeren Straßen. Gerade hatten sie auf dem Rathausplatz einen Papierkorb in Brand gesteckt, als Danils Handy klingelte.

Mama war dran.

»Schatz! Du musst kommen. Papa randaliert besoffen vor der Haustür, und weder Nadja noch Denis sind zu erreichen. Ich hab Angst, Danilka. Vielleicht kannst du ihn irgendwie ablenken. Du weißt: Wenn er noch mal die Haustür kaputt macht, fliegen wir aus der Wohnung. Papa muss weg, für immer, und allein schaff ich das nicht!«

Papa muss weg, für immer. Für Danil hatte es wie der ultimative Mordauftrag geklungen. Schnurstracks hatte er Kevin angewiesen, zum Postweg zu fahren, mit ihm, dem Kleineren und Leichteren, auf dem Gepäckträger.

»Und dort hat er Kevin fortgeschickt, erzählte er mir«, berichtete Denis. »Er sagte, er hat das Ding allein durchgezogen.«

»Aber du glaubtest es nicht«, schlussfolgerte Ella.

»Damals ja. Heute nicht mehr.«

Denis nahm einen tiefen Schluck aus der Flasche.

»Inzwischen denke ich, dass dieser Kevin mit im Boot war. Dass er deshalb, genau wie Danil, umgebracht wurde.«

»Im Boot? Wobei denn?«

Denis stöhnte auf und fuhr sich mit der Hand übers Gesicht.

»Weiß nicht. Ich kann nur wiederholen, was Danil erzählt hat: Er kam vor der Haustür an, und Papa stand da, total breit, die Wodkaflasche in der Hand. Extrem auf Krawall gebürstet, wie Mama gesagt hatte. Danil kam ihm gerade recht.

›Na, du kleiner Hurensohn‹, lallte er. ›Treibst du dich mal wieder rum mit deinen deutschen Freunden?‹

›Und wenn?‹, gab Danil zurück. ›Besser als ein russischer *Loser*, der sich mit anderen russischen *Losern* rumtreibt.‹ Er hatte es darauf abgesehen, Papa bis aufs Blut zu reizen, und er wusste genau, wie das zu erreichen war. ›Nix kriegst du auf die Reihe‹, höhnte er weiter. ›Hast keinen Job, bist nur am Saufen und flennst Mama wie eine Memme hinterher. Weißt du, wie wir solche Typen in der Schule nennen? Opfer, sagen wir zu denen. Verfickte, schlappschwänzige Opfer!‹

Logisch, dass Papa ausrastete. Zwar konnte er sich kaum noch auf den Beinen halten, wankte aber trotzdem auf Danil zu.

›Verfluchte deutsche Kartoffel‹, brüllte er, ›ich zeig dir, wer hier das Opfer ist …‹

Danil tänzelte locker um ihn rum und klaute ihm mit einem Griff den Wodka.

›Hol dir deinen Stoff zurück, Alki!‹, rief er und rannte ein paar Meter von Papa weg. Der hinter ihm her, klar. Danil wedelte mit der Flasche vor seiner Nase rum und sprang ein Stück zurück. Papa fiel drauf rein und folgte ihm. Auf die Weise lockte Danil ihn auf die Bahngleise. Neben dem Garagenhof und den Altglascontainern ist doch der Zaun kaputt …«

Hier hielt Denis inne.

»Er war so krass drauf«, flüsterte er, »ich versteh immer noch nicht, wie er so werden konnte.«

Ella hielt die Anspannung kaum aus. Einerseits wollte sie das Ende der Geschichte hören, andererseits durfte sie Denis nicht drängen.

»Du hast deinen Vater geliebt, bis zum Schluss, oder?«, wagte sie zu fragen.

Denis nickte.

»Ja, immer«, bekannte er traurig, »obwohl ich ihn auch gehasst habe.« Ratlos sah er Ella an. »Geht so was? Jemanden zu lieben und gleichzeitig abgrundtief zu hassen und sogar … zu verachten?«

»Ja. Ja, natürlich.« Ella dachte an Max. Daran, wie sehr sie sich nach ihm verzehrte und wie sie ihn im selben Atemzug dafür hasste, dass er ihr Leben blockierte und sie in der Warteschleife gefangen hielt. Beinahe hätte sie über diesen Grübeleien Denis' weitere Ausführungen verpasst.

»… so wie meinen kleinen Bruder. Ich konnte ihm nicht mehr in die Augen gucken danach. Er …«

Verwirrt hielt Denis inne, schwieg. Er hatte den Faden verloren.

»Dein Verhältnis zu Danil änderte sich nach dem Tod eures Vaters?«, half sie ihm auf die Sprünge.

»Ja, auf jeden Fall. Ich mein, er hat Papa umgebracht. Das, das konnte ich ihm nicht verzeihen. Ging einfach nicht. *Njet.*«

»Was genau hat er getan?«, wollte sie wissen. »Wie hat er ihn getötet?«

Denis stöhnte auf, raufte sich die Haare.

»Können Sie sich das nicht denken?«, rief er verzweifelt. »Ich mein, er hatte Papa auf das Gleis gelockt. Er wusste, wann die S-Bahnen fahren, schließlich hatte er dieses Schülerticket, war dauernd in Neuss, Düsseldorf oder Mönchengladbach unterwegs. Und er hatte die Wodkaflasche.« Erneut pausierte er. Es fiel ihm offenbar schwer, zum Kernpunkt zu kommen. Dann holte er tief Luft und stieß entschlossen aus: »Er hat sie Papa über den Schädel gezogen. Boom!«

Denis' Arm flog durch die Luft und imitierte den Schlag. Seine Faust krachte ungebremst auf die Tischplatte. Ella fuhr zusammen.

»Papa ging zu Boden, direkt auf den Gleisen. Und das war's. Danil schmiss die Flasche in den Glascontainer und lief nach Hause. Legte sich schlafen. Eiskalt. Den Rest erledigte der Lokführer. Ratata.«

Ratata. Der Laut hallte durch den Raum und beschwor das Bild eines halb zerfetzten, halb zermalmten Leibes herauf, Blut und Hautfetzen über den Bahndamm verteilt. Ella wurde schlecht. Sie würgte die Übelkeit runter.

»Er hat sich einfach ins Bett gelegt und seinen Vater dem sicheren Tod überlassen?«

Denis nickte.

»Ja, ich sag doch: Er war krass drauf. Knallhart. Abgebrüht.«

Abgebrüht. Sie rief sich das tote bläuliche Gesicht Danils in Erinnerung.

»Nicht abgebrüht«, flüsterte sie, »sondern abgestumpft. Er war erst zwölf, und doch erwartete er nichts mehr vom Leben.«

Denis sah sie an, todmüde und gleichzeitig anerkennend.

»Stimmt. So war es wohl. Und ich hab ihn im Stich gelassen.«

ACHT

Im Frankenheim war es rappelvoll. Stimmengewirr, Gläserklirren und Stühlerücken übertönten die Fetzen leiser Popmusik. An der Theke und den Tischen drängten sich die Menschen, ausgelassen, großmäulig, lautstark. Linksrheinischer Frohsinn, wie er im Buche steht.

Ella ergatterte einen Zweiertisch direkt an der Fensterfront. Die bodentiefen Scheiben ermöglichten einen Blick auf den zugefrorenen Stadtteich, der sich zwischen Einkaufsmeile, Rathaus und Stadtpark bettete. Das Frankenheim befand sich strategisch klug im Zentrum der sogenannten Neuen Kaarster Mitte. Und man konnte von der Architektur in Glas, Beton und Metall halten, was man wollte: Die Stadtplaner hatten tatsächlich einen belebten, attraktiven Ortskern geschaffen, auch wenn die letzten Reste von dörflichem Flair dabei endgültig auf der Strecke geblieben waren.

Ella schaute durch die Scheibe auf Schnee, Dunkelheit und reflektierende Lichter. Kein Walter Kleinmeyer weit und breit, dabei war es schon nach acht. Der Kellner kam, und sie bestellte ein Pils. Sollte es in diesem Winter etwa ihr Schicksal sein, immerfort zu warten und sitzen gelassen zu werden? Nervös erinnerte sie sich an Paul Franken, der sich bis jetzt nicht bei ihr gemeldet hatte.

In dem Moment öffnete sich die Eingangstür, und ein Pulk Männer drängte mit einem Schwall eiskalter Luft hinein. Ella entdeckte sofort zwischen Halbglatzen und grauen Köpfen Max Püllens Strubbelhaar.

Oh nein, bitte nicht, dachte sie mit einem Stoßseufzer. Hoffentlich übersieht er mich! Aber natürlich ging ihr Wunsch nicht in Erfüllung; Max blickte ihr geradewegs in die Augen. Sie las Besorgnis darin und wunderte sich. Gleichzeitig geriet direkt neben ihm Thomas Wimmer, Bines Ehemann, in ihr Blickfeld. Auch er wirkte nachdenklich, fast schon verstört. Beide Männer grüßten zurückhaltend, während sie mit dem Rest der Horde vorbeitrieben.

Ella blieb stirnrunzelnd zurück.

Was hat denen denn die Laune vermiest?, fragte sie sich. Denn sowohl Max als auch Thomas waren von Grund auf sonnige Gemüter; es musste schon viel passieren, um ihre Stimmung zu verdüstern.

Mitten in Ellas Überlegungen schneite Kleinmeyer herein, im wahrsten Sinne des Wortes, denn in seinem Haar hingen wie am Montag auf dem Schulhof dicke weiße Flocken. Tatsächlich, draußen herrschte mal wieder Schneegestöber.

Der Lehrer peilte Ellas Tisch an, ein erfreutes Lächeln auf den Lippen. Die Bernsteinaugen funkelten. Ihr Herz machte einen Sprung, und plötzlich war sie froh über Max' Anwesenheit. Sollte er doch ruhig mitkriegen, mit was für einem attraktiven Mann sie sich traf.

»Entschuldigen Sie die Verspätung.« Walter Kleinmeyer stellte seine lederne Aktenmappe auf den Boden, pellte sich aus der Jacke und setzte sich. »Aber ich musste noch ein paar wichtige Telefonate erledigen, nach dem Mord an Kevin. Und ich weiß jetzt auch, warum Paul Franken nicht zu Ihrer Verabredung erschienen ist.«

Wenige Minuten später brauchte Ella dringend einen Schnaps. Das, was Kleinmeyer zu erzählen hatte, war schwer verdaulich.

»Jacqueline Jablonski und Paul Franken waren heimliche Zeugen des Mordes an Kevin Bayer. Anschließend verkrochen sie sich in einem alten Bauwagen am Feldrand. Erst am nächsten Morgen meldeten sie die Tat mit einem anonymen Anruf der Polizei. Danach entschieden sie, nach Hause zu gehen. Die Kripo kam wohl sehr schnell drauf, dass sie die Anrufer waren. Beide wurden heute den ganzen Tag über verhört.«

Ella brauchte einen Moment, um die Neuigkeiten zu verkraften. Und Kleinmeyer war noch lange nicht fertig.

»In den frühen Abendstunden hat es dann eine Verhaftung gegeben. Ich weiß das von Pauls Mutter, die mich vorhin angerufen hat. Es handelt sich um Markus Peschrath, den Vorsitzenden dieses Heimatvereins. Sie wissen schon, der, der die Bürgerkampagne gegen den vorbestraften Pädophilen angeleiert hat. Stellen Sie sich vor: Peschrath steht unter dringendem Tatverdacht, Kevin erschossen zu haben.«

»Aber warum denn bloß?«, stammelte Ella. Unwillkürlich suchten ihre Blicke Max und Thomas. Sie entdeckte sie an einem der Stehtische jenseits der Theke, wo sie in eine hitzige Debatte verstrickt waren. Immer noch machten sie auf Ella einen massiv verstörten Eindruck. Kein Wunder: Markus Peschrath war ein guter Freund der beiden.

Ella selbst kannte ihn aus der Schulzeit, als Klassenkamerad. Sie hatte seine bornierte, spießige Art nie gemocht. Andererseits war er stets seiner Linie treu geblieben und nahm kein Blatt vor den Mund. Und das waren wiederum Eigenschaften, die sie schätzte. Verwirrt schaute sie Kleinmeyer an. Markus Peschrath ein Mörder? Unmöglich.

»Warum sollte er so was tun?«, wiederholte sie.

»Das weiß keiner. Paul und Jacky schweigen sich darüber aus. Ebenso wenig verraten sie, aus welchem Grund sie mit Kevin zur Baumschule gingen. Sie schwören nur Stein und Bein, dass dieser Peschrath auftauchte und Kevin in den Kopf schoss.«

»Mein Gott! Die armen Kinder! Das mitansehen zu müssen.«

Kleinmeyer nickte.

»Allerdings. Die beiden sind völlig verstört. Eine Psychologin kümmert sich um sie. Der Schule werden sie wohl noch eine Weile fernbleiben.«

Ella hatte Mühe, ihm zu folgen. Markus Peschrath, ein mutmaßlicher Mörder, Jacqueline und Paul, zwei Zeugen, Max Püllen, ein besorgter Freund, Walter Kleinmeyer, ein äußerst gut aussehender …

So kam sie nicht weiter. Energisch drängte sie alles zur Seite und versuchte, sich auf das zu konzentrieren, weswegen sie hergekommen war: Danil Bodrows Leben.

»Was das Ganze wohl mit Danils Tod zu tun hat? Denn mit ihm fing alles an«, überlegte sie. Dabei verfing sich ihr Blick in Kleinmeyers.

Der schürzte nachdenklich die Lippen.

»Keine Ahnung. Aber auch ich glaube, dass der Junge im Mittelpunkt einer Story steht, die wir noch nicht kennen. Und dass die irgendwie zu den Morden geführt hat.«

»Ja.« Ella nickte. »Sie sagten, dass Sie ihn sehr gemocht haben und ihn für begabt hielten. Vielleicht erzählen Sie –«

Eine Handbewegung Kleinmeyers schnitt ihr das Wort ab.

»Nur, wenn wir uns endlich duzen«, forderte er lächelnd.

Ellas Herz hüpfte.

»Okay. Gerne.«

Kleinmeyer – nein, Walter – grinste zufrieden.

»Danke, jetzt bin ich erleichtert«, bekannte er freimütig. »So hat unser Treffen wenigstens den Touch von einem Date. Wäre ja auch zu traurig, seinen kostbaren Feierabend mit einer schönen Frau zu verbringen, ohne ein bisschen … Privates.«

Einen Korn und ein Pils später hatte Ella Thomas Wimmer, Markus Peschrath und sogar Max Püllen völlig vergessen. Stattdessen lauschte sie fasziniert Walters Schilderungen. Endlich, endlich zeigte sich hier eine Facette von Danils Persönlichkeit, die sie in Einklang bringen konnte mit ihrem ganz persönlichen Bild von dem toten Jungen an der Braunsmühle.

»Danil war intelligent, viel zu schlau für die Hauptschule«, holte Walter aus, »den Unterrichtsstoff begriff er schnell und leicht. Obwohl er so gut wie nie seine Hausaufgaben machte und den Unterricht störte, kam er problemlos mit. Außerdem war er sensibel für Stimmungen und Situationen. Das zeigte sich vor allem im Kunstunterricht. Seine Zeichnungen waren wunderbar, zwar düster, aber feinsinnig. Das hat mich von Anfang an für ihn eingenommen, trotz seines oft dissozialen Verhaltens. Ich mochte ihn, sehr sogar. Ich habe geglaubt, durch Bestätigung und Wertschätzung würde er mit der Zeit selbstsicherer und souveräner werden. Dass er es dann nicht mehr nötig hätte, die Versager der Klasse für seine Zwecke auszunutzen. Aber ich habe es einfach nicht geschafft, zu ihm durchzudringen. Keine Chance.«

Walter räusperte sich, während er an der Papierrosette seines Pilsglases herumspielte. »Dann starb vor einem Jahr Danils Vater einen tragischen Unfalltod. Der Junge war wie verwandelt. Schlimm. Es fing damit an, dass er im Unterricht in die Luft starrte. Nicht, dass er vorher besonders aufmerksam gewesen wäre oder sich produktiv beteiligt hätte. Nein, aber früher hatte er Witze gemacht, flapsige Bemerkungen, Klamauk eben. Typisch für Jungs seines Alters. Jetzt hockte er einfach da und schaltete sich weg. War nur noch körperlich anwesend. Manchmal – an besseren Tagen – malte er vor sich hin, in seine Hefte, sogar während der Klassenarbeiten. Er wirkte so unglücklich. Es hat mir in der Seele wehgetan. Im gleichen Maße, wie er sich innerlich zurückzog, nahmen seine Grausamkeiten anderen Schülern gegenüber zu. Zusammen mit Jacqueline, Kevin und Paul quälte er gezielt die, die sich nicht wehren konnten. Die Clique praktizierte eine Form von Mobbing, gegen die wir Lehrer kaum ankamen, denn sie hatten oft keine sichtbaren Vorteile von dem, was sie taten. So zwangen sie zum Beispiel Robin, einen stark übergewichtigen Jungen, regelmäßig dazu, vergammelte Essensreste aus einem der Papierkörbe zu schlucken. Dies geschah so perfide und leise in der hintersten Ecke des Schulhofs, dass niemand es mitbekam. Erst Wochen später traute Robin sich, mir davon zu erzählen. Die vier stritten alles ab, sehr gekonnt. Die gesamte Lehrerschaft war machtlos. Es stand Aussage gegen Aussage. Und Robin nahm seine zurück. Aus Angst vor Danil und seinen Lakaien, denke ich. Später erreichten mich Beschwerden aus dem Vorster Gymnasium. Angeblich lauerte die Clique dort nach Unterrichtsschluss Schülern auf, um sie zu bestehlen, zu hänseln und zu schlagen. Die Geschichte konnte nie aufgeklärt werden. Danils Handlanger und er kamen mal wieder davon.«

Walter seufzte, nahm einen Schluck Bier und fuhr fort:

»Trotzdem war Danil nicht bloß Täter. Einmal führte ich ein langes Gespräch mit ihm, während er wegen seiner Schulschwänzerei nachsitzen musste. Plötzlich fing er an zu weinen, sehr unterdrückt, sehr leise, aber herzzerreißend. Es war, weil ich ihn auf den Tod des Vaters angesprochen hatte. ›Ich hab keinen Bock mehr‹, schluchzte er. ›Ich will nicht mehr.‹ Ich nahm ihn in den Arm. Er war so dünn, so schmal, so klein. Ein kleiner einsamer Junge, der keinen Weg für sich sah. Er aber machte sich ganz steif. Mit freundlichen Berührungen konnte er nicht umgehen. Ich hielt ihn trotzdem fest. Er sollte wissen, dass er mir wertvoll war. Und in dem Moment sagte er das Schrecklichste, das ich jemals aus dem Mund eines Zwölfjährigen gehört habe: ›Geben Sie sich nicht mit einem Hurensohn wie mir ab. Ein Stück Scheiße bin ich. Das lohnt nicht.‹ Erschreckt hat mich vor allem, dass er absolut ernst meinte, was er sagte. Und mehr noch: Er war zutiefst davon überzeugt.«

Danils selbstverachtende Worte klangen in ihr nach. Beinahe hätte Ella Walter erzählt, was sie glaubte: dass der Junge es nicht verkraftet hatte, den eigenen Vater getötet zu haben. Dass er an der Schuld zerbrochen war.

Aber sie tat es nicht. Schließlich hatte sie seinem älteren Bruder versprochen zu schweigen. Kurz schoss ihr durch den Kopf, dass Denis vermutete, ein Landsmann Igors habe erst Danil, dann Kevin umgebracht. Um den grausamen Tod des Freundes zu rächen. Es hörte sich plausibel an. Warum aber hatte man dann Markus Peschrath verhaftet?

Vorsichtig wagte sie sich weiter vor.

»Jacqueline, Kevin und Paul. Du nennst die drei Danils Handlanger oder Lakaien. Nicht sehr schmeichelhaft. Was war dieser Kevin, der jetzt erschossen wurde, denn für ein Typ?«

»Stur, dumm, aggressiv.«

Walters Antwort kam wie aus der Pistole geschossen. Sie nahm die Wut darin wahr und registrierte die steile Zornfalte auf seiner Stirn.

»Ganz schön gnadenlos«, sagte sie leise, »der Junge ist tot.«

Walter zuckte zusammen.

»Stimmt«, gab er kleinlaut zu, »aber es hat mich sauer gemacht, dass er nach Danils Pfeife tanzte und es nicht mal merkte. Dass er und die anderen Danil immer weiter in diesen Sumpf zogen und umgekehrt genauso. Ich weiß noch, wie ich auf der Klassenfahrt im September ein Gespräch mit Danil führte. Endlich, endlich hatte ich das Gefühl, zu ihm vorzudringen, da funkte Kevin dazwischen. Ich sah die Panik in seinen Augen. Er hatte Angst, jemand könne ihm den Freund abspenstig machen. Dabei wollte ich doch nur helfen.«

Ella nickte und setzte gerade zu einer Antwort an, als ein Schatten sich zwischen Walter und sie schob.

»Hi, Ella.« Die Stimme fuhr ihr wie ein Stromstoß in die Glieder.

»Hi, Max.« Ihre Blicke trafen sich, und es war wie eh und je: Die Verbindung war da. Sie war einfach machtlos dagegen.

Max stand vor ihrem Tisch, drehte ein halb volles Pilsglas zwischen den Fingern. Er sah wesentlich gelöster aus als vorhin. Was war geschehen?

»Kann ich dich sprechen? Dauert nicht lang.«

Ellas Begleiter ignorierte er völlig.

»Klar.« Sie stand schon auf und sagte, an Walter gewandt: »Entschuldigst du mich kurz? Bin gleich wieder da.«

Draußen vor der Tür umwehten sie dicke Flockenwolken wie aufgeregte Gespenster. Die Welt bestand nur noch aus weißen Pixeln auf dunklem Grund. Es war sehr still. Ella fror. Sie hatte nicht daran gedacht, ihre Jacke mitzunehmen.

»Markus ist verhaftet worden. Wegen des Mordes an dem zweiten Jungen«, setzte Max an.

»Ja, ich weiß.«

Max guckte verblüfft. Frierend umschlang Ella mit beiden Armen ihren Oberkörper und stampfte mit den Füßen auf.

»Der Typ da drinnen ist der Klassenlehrer von beiden ermordeten Kindern. Er ist informiert«, erklärte sie und ärgerte sich gleichzeitig über sich selbst. Was ging es Max an, mit wem sie sich traf und warum?

»Ella!« Max schien anderer Meinung zu sein. »Du schnüffelst immer noch in dieser Mordgeschichte herum? Mensch, begreifst du denn nicht, wie gefährlich das ist?«

»Nicht deine Sache, oder?«, blaffte sie zurück. »Hast du mir noch was zu sagen? Mir ist kalt.«

Er stöhnte auf.

»Nur, dass Markus wieder auf freiem Fuß ist. Aber vielleicht hat deine Kontaktperson da drinnen dir das auch schon gesteckt.«

Schnüffeln! Kontaktperson! Was bildete Max sich ein? Wütend funkelte sie ihn an. Dann begriff sie, las es in seiner Mimik: Eifersucht! Sie musste sich ein Schmunzeln verkneifen. Max Püllen war tatsächlich eifersüchtig.

»Warum haben sie ihn freigelassen?«, fragte sie, während sie heimlich ihren Triumph auskostete.

»Frag dich mal lieber, wieso man ihn überhaupt verhaftet hat. Zur Zeit des Mordes in der Baumschule war er mit Thomas auf einer Fortbildung im Sauerland. Er hat ein hieb- und stichfestes Alibi. Und überhaupt: Die wilden Verdächtigungen dieser Teenies entbehren jeder Grundlage. Kein Motiv, kein Beweis, nichts. Markus kannte keinen der Schüler. Woher auch?« Max atmete tief durch. »Wie dem auch sei: Bine hat Thomas gerade angerufen und ihm berichtet, dass der Spuk vorbei ist.«

»Gut«, sagte Ella aus vollem Herzen. Es wäre ihr auch allzu absurd vorgekommen, wenn der spießige Markus Peschrath tatsächlich in die Morde verwickelt gewesen wäre.

Obwohl, wenn sie an den ersten Tatort dachte … die historische Braunsmühle. Markus hatte dem Mühlenverein, obgleich er kein Mitglied war, viel Geld gespendet, damit das Gebäude originalgetreu restauriert werden konnte. Außerdem leitete er ab und zu Führungen durch den Mühlenturm, informierte die Besucher über das Müllern, die Maschinen und die Geschichte der Braunsmühle. Er hatte also durchaus einen engen Bezug zu dem Ort, an dem Danil erdrosselt worden war. Nur ein Zufall?

»Was ist?«, sagte Max ungeduldig. »Ich hab dich was gefragt.«

»Mmm …?« Sie hatte nichts mitbekommen.

»Ich hab gefragt, ob du diesen Typ da drinnen schon länger kennst?«

Ihre Erwiderung kam prompt: »Und wenn? Was geht dich das an?«

Dann drehte sie sich auf den Hacken herum, sodass er ihr Lächeln nicht sehen konnte, und zog die Glastür auf.

»Komm, Max. Mir ist kalt. Lass uns reingehen.«

»War das dein Bruder?«

Walters Frage warf sie für einen Moment aus der Bahn.

»Nein. Wieso?«

»Nun ja, er sieht dir ziemlich ähnlich, und das nicht bloß wegen der Haarfarbe.«

Ella schüttelte vehement den Kopf.

»Nein, er ist ein alter Freund.«

»Aha.«

Mehr wollte er nicht wissen, fragte auch nicht, was Max mit Ella zu besprechen gehabt hatte, sondern widmete sich seinem frisch gezapften Bier. Dann kam er ohne Umschweife auf Danil Bodrow zurück.

»Letztendlich hab ich ihm nicht helfen können. Er kapselte sich immer mehr ab. Ließ niemanden – auch nicht seine sogenannten

Freunde – wirklich an sich ran. Dann wurde er ermordet. Danil war ein ganz besonderer Junge. Mit einer anderen Sozialisation in einer anderen Familie hätte er gute Zukunftschancen gehabt.«

Walter presste die Lippen zusammen und starrte durch das Fenster ins Schneegestöber. Dann bückte er sich plötzlich, kramte in seiner Aktenmappe und zog eine Papierrolle hervor.

»Hier. Sieh selbst. Das sind seine Zeichnungen, aus dem Kunstunterricht. Ich dachte, weil du malst, interessieren sie dich vielleicht.«

»Ja, natürlich. Danke.«

Gespannt entrollte sie die Blätter.

Das Erste, was ihr in die Augen fiel, war die Braunsmühle. Verdattert starrte sie auf die Kohlezeichnung. Die Perspektive, die Danil gewählt hatte, war exakt die Gleiche wie die ihre an jenem verhängnisvollen Dienstagmorgen.

Massiv ragte das Gemäuer von unten nach oben in den Himmel, zwar mit kindlicher Naivität und wackeligen Strichen skizziert, trotzdem eindrücklich. Die Stimmung des Bildes war bedrohlich. Zwischen den Mühlenflügeln mit ihrem Gittermuster knäulten sich schwarze schwere Wolken zusammen. Eine Sonne gab es nicht. Rechts von der Mühle hatte Danil eine Gruppe Menschen skizziert, dicht aneinandergedrängt, eine homogene, miteinander verwobene Masse. Ganz links am Bildrand dagegen befand sich nur eine Figur, schattenhaft, komplett schwarz. Nein, nicht ganz. Eine Stelle hatte Danil ausgespart. Ella schaute genauer hin und erkannte einen runden weißen Fleck im Oberkörper des Männchens.

»Es hat kein Herz«, murmelte sie. »Warum hat es kein Herz?«

Paul konnte sein Herz nicht mehr schlagen hören. Es war fort. Seit dieser Peschrath Kevin das Gesicht weggeschossen hatte, fühlte er in sich kein Leben mehr. Erst Danil, dann Kevin, dann er. Alle tot.

Paul hatte sogar aufgehört, an den Nagelbetten zu knibbeln. Er konnte den Schmerz, den das Abreißen der Hautstückchen normalerweise verursachte, nicht mehr spüren. Also ließ er es. Dumpf starrte er an die Zimmerdecke über seinem Bett.

Wenigstens war der Mörder verhaftet worden. Obwohl Jacky

und er die Sache mit dem Drohbrief verschwiegen hatten. Das war Ehrensache gewesen. Keiner von ihnen konnte sich vorstellen, den Ruf von Kevin oder Danil zu beschmutzen.

»Ist auch nicht nötig«, hatte Jacky getönt. »Wenn die Bullen ihn einmal haben, nehmen sie seine Fingerabdrücke ab und die DNA mit 'ner Speichelprobe. Das vergleichen sie dann mit den Spuren an der Mühle, in der Baumschule und an den Leichen, und zack, das war's für das Arschloch. So läuft das heute.«

Ihre Argumente hatten Paul überzeugt. Und tatsächlich: Aufgrund ihrer Zeugenaussage hatte man Peschrath zu den Bullen verfrachtet. Die Gegenüberstellung war wie im Fernsehen verlaufen: fünf grauhaarige Typen hinter einem verspiegelten Fenster. Jacky und er hatten den Richtigen sofort identifiziert. Anschließend hatten sie nach Hause gehen dürfen.

Und Mama war so lieb wie schon lange nicht mehr zu ihm gewesen. Hatte ihm Tee gekocht und Chips und Süßigkeiten vorgesetzt. Lieber hätte er allerdings eine Zigarette geraucht oder – noch besser – einen Joint.

Aber im Grunde war das egal. Das Leben war zu Ende. So oder so.

Kalli konnte nicht schlafen. Die Polizisten waren noch mal bei ihm am Bett gewesen, zusammen mit seinem Anwalt. Er hatte ihnen erzählen müssen, wie Schneewittchen sich mehrmals an ihn rangemacht hatte.

»Sie müssen mir glauben«, flehte er die Frau mit den harten Augen an. »Er verfolgte mich, nicht umgekehrt. Der bot sich mir an, gegen Geld!«

»Und? Haben Sie sein verlockendes Angebot angenommen?«, erkundigte sie sich trocken.

»Nein, verdammt noch mal!« Kalli kamen die Tränen. Sein Anwalt räusperte sich nervös, intervenierte jedoch nicht. »Ich hab … diese Dinge … hinter mir gelassen, ehrlich. Ich bin sauber, glauben Sie mir doch. Außerdem ging es dem Jungen nur darum, mich zu quälen. Es hat ihm Spaß gemacht. Er wusste doch, dass ich hier draußen kein Bein auf den Boden kriege und ich mich nicht wehren kann.«

»Erzählen Sie keinen Mist! Als wenn der Junge Sie nicht aufgegeilt hätte. Tun Sie doch nicht so unschuldig.«

Dieser Kommentar kam von dem jungen Kripobeamten, der dem Verhör bisher nur zugehört hatte. Kallis Blicke irrten zwischen ihm, der Kommissarin und Anwalt Meurer hin und her.

»Ich habe ihm nichts angetan. Und ich hatte auch nie die Absicht!«, rief er verzweifelt. »Für den war ich das willkommene Opfer, nicht umgekehrt. Glauben Sie mir doch!«

Der junge Polizist schnaubte, dann plötzlich schnalzte er mit der Zunge und erwiderte verächtlich: »Ich glaube Ihnen gar nichts, Herr Schmittke, und am allerwenigsten Ihre angebliche Läuterung. Der einzige Grund, warum Sie Danils Angebot verschmähten, könnte höchstens sein, dass er zu alt für Sie war. Er war einfach nicht kindlich und knackig genug. Keine fünf oder sechs Jahre mehr alt. Das hat Sie abgetörnt, nicht wahr?«

Kalli fühlte sich seltsamerweise ertappt und errötete.

Jetzt reichte es Anwalt Meurer offenbar.

»Hören Sie mit diesen Verleumdungen auf«, warnte er. »Mein Mandant hat eine vollständige Aussage getätigt. Aufgrund der Spurenlage und seines Alibis besteht keinerlei Tatverdacht gegen ihn. Klären Sie lieber den Mordanschlag an ihm oder ob beide Kindsmorde vom selben Täter begangen wurden. Herr Schmittke ist jedenfalls unschuldig. Das wissen Sie genauso gut wie ich. Auch wenn es Ihnen nicht in den Kram passt.«

Kurz darauf waren die Kommissare gegangen. Gott sei Dank. Auch Meurer hatte nach ein paar gut gemeinten Ratschlägen das Zimmer verlassen.

Zurück blieb Kalli, verwirrt und voller Scham. Denn natürlich lag der Bulle mit seiner Vermutung nicht völlig daneben. Danils Reize hatten ihn an jenem Abend am Bahnhof absolut kaltgelassen. Warum, das wusste er nicht so genau. Ob es tatsächlich daran gelegen hatte, dass der Junge schon zu alt, zu reif oder zu abgeklärt gewesen war oder … oder hatte ihn etwa einfach die Freiwilligkeit der Leistung abgestoßen? Sollte es Letzteres sein, hatte Kalli noch mehr Grund, sich selbst bis in alle Ewigkeit zu verdammen.

Unruhig strichen seine Handflächen über die platt gemangelte

Bettdecke. Jetzt war er schon über siebzig und wusste immer noch nicht genau, zu welcher Rasse Monster er sich zu zählen hatte.

Ella lag flach auf dem Rücken, ihr rotes Haar fächerförmig auf dem Kissen ausgebreitet, und beäugte den hämisch grinsenden Smiley an der Schlafzimmerdecke.

Das hast du nun davon, schien er zu spotten. Wer sich in fremde Angelegenheiten mischt, muss sich nicht wundern, wenn er sich darin verliert.

Sie wackelte mit den Zehen, die unter der Decke hervorlugten, und konnte dem Smiley nur recht geben.

Zu viele Eindrücke strömten auf sie ein. Ihr war schon ganz wirr im Kopf. Was ihr als Letztes in Erinnerung geblieben war, war Walter Kleinmeyers Abschiedskuss auf dem zugeschneiten Parkplatz hinter dem Rathaus.

Mein Gott, war das ein Kuss gewesen. So ungewohnt, so weich, so fordernd. Der Kuss und die Umarmung hatten ihr Angst gemacht. Gleichzeitig hatte sie das Gefühl gehabt, fremdzugehen. Was für eine Scheiße.

Ihre Zehen wackelten heftiger, der Smiley grinste boshaft.

Ellas Gedanken flohen zu Danils Zeichnungen.

»Vor einem Vierteljahr hat die Klasse an einer Führung durch die Braunsmühle teilgenommen«, hatte Walter die Entstehung des ersten Bildes erläutert. »Danach war noch Zeit; die habe ich für eine Kunststunde genutzt. Danils Zeichnung war eine der besten. Das mit dem fehlenden Herz ist mir bis jetzt ehrlich gesagt nicht aufgefallen. Vielleicht interpretierst du da auch zu viel hinein, und der helle Fleck war gar keine Absicht. Schau mal weiter. Die anderen Zeichnungen sind genauso interessant.«

Nacheinander hatte Ella Danils Werke betrachtet. Eines zeigte ein dunkles riesiges Monster, das sich nebulös in den Schatten eines Kinderzimmers verbarg. Nur seine Augen leuchteten giftgelb und offenbarten grenzenlose Grausamkeit.

»›Gefühle‹ lautete das Thema«, erklärte Walter. »Danil hat ›Angst‹ gewählt. Bezeichnend, oder?«

Ella nickte. Auch die anderen Bilder waren durchweg negative Interpretationen der Welt. In jedem kam Danils Resignation zum Ausdruck. Stellten sie Hilferufe dar, oder waren sie einfache Spiegelungen seiner Gemütslage? Sie verstand jedenfalls, warum Walter sich so sehr um den Jungen bemüht hatte. Er hatte dessen Bedürftigkeit nicht ignorieren können.

Das Klingeln des Telefons riss sie aus ihren Überlegungen und aus dem Bett. Hastig stolperte sie zur Kommode und griff nach dem Hörer. Wer rief denn jetzt noch an? Es war nach Mitternacht.

»Hallo?«, fragte sie.

»Hallo?« Eine tiefe, heisere Stimme drang gepresst in ihr Ohr. »Ist da Elisabeth Berger?«

»Ja, genau. Und wer sind Sie?«

Keine Antwort. Nur ein Röcheln.

»Hallo! Wer spricht da?«

Die Härchen an Ellas Unterarmen richteten sich alarmiert auf. Sie fröstelte.

»Ich warne Sie«, keuchte es aus dem Telefon. Ella war sich inzwischen sicher, dass der Sprecher seine Stimme verstellte. »Mischen Sie sich nicht in Dinge ein, die Sie nichts angehen. Reichen Ihnen zwei Tote etwa nicht? Wollen Sie das nächste Opfer sein?«

Dann wurde aufgelegt.

NEUN

Es war die richtige Entscheidung gewesen, am Donnerstagmorgen nach Münster zu fahren. Zwar stand ihr die Wohnung über der Apotheke noch nicht zur Verfügung, aber das Pensionszimmer in der Nähe der Servatiikirche war gemütlich, das Frühstück reichhaltig. Ella atmete tief durch, während sie durch den Schneematsch vor dem St.-Paulus-Dom stapfte.

Der anonyme Anruf Mittwochnacht hatte sie über die Maßen erschreckt. Mit einem Schlag war ihr bewusst geworden, dass sie mit ihrer Schnüffelei die Grenze zwischen Recht und Unrecht weit überschritten hatte. Und nicht nur das. Sie hatte der Polizei wichtige Informationen vorenthalten, beispielsweise was sie über Igor Bodrows Tod herausgefunden hatte. Das zu verschweigen, war eine Straftat, oder? Andererseits hatte sie es Denis hoch und heilig versprochen. Und sie würde ihn nicht enttäuschen.

Die Konsequenz war bitter: Unmöglich konnte sie der Kommissarin melden, dass jemand sie am Telefon bedroht hatte. Zu viel müsste sie erklären. Ihr Verhalten machte sie zu einer Rechtsbrecherin, die nicht länger auf den Schutz staatlicher Instanzen setzen durfte. Aber eines konnte sie tun: sich aus der unsäglichen Geschichte ab sofort heraushalten.

Also ruderte sie zurück.

Kein Danil Bodrow mehr. Und auch kein Denis, schwor sie sich, kein Paul Franken und erst recht kein Walter Kleinmeyer. Schluss, aus. Zurück in den Schoß von Rechtschaffenheit und Privatangelegenheiten. Die Planung der eigenen Zukunft war das, was anstand, nicht mehr und nicht weniger.

Und nachdem sie diesen Entschluss gefasst hatte, ging es ihr besser.

Ella bog in die Domgasse ab, erreichte den Prinzipalmarkt und begann, nach einem Café Ausschau zu halten. Es war Sonntagnachmittag, fast halb vier. Ein Stück Kuchen und ein heißer, starker Kaffee wären jetzt nicht schlecht.

Sie war zufrieden mit sich und dem, was sie in den letzten Tagen erledigt hatte. Freitagmorgen hatte sie der Werbeagentur, die ihr den neuen Schriftzug für das Fenster und die Flyer drucken würde, einen Besuch abgestattet. Gestern war sie in der Apotheke gewesen, um sich dort mit der jetzigen Besitzerin, die ihr das Geschäft zum Januar überschreiben würde, und einer Mitarbeiterin zusammenzusetzen. Ella dachte mit Zufriedenheit an das Gespräch zurück.

Heute Morgen hatte sie ausgeschlafen, ausgiebig gefrühstückt und dann ihren Spaziergang auf der Promenade mit den riesigen, uralten Linden begonnen. Später war sie durch die Münsteraner Altstadt geschlendert. Sie hatte das historische Rathaus, die Lambertikirche und den Kiepenkerl fotografiert und war schließlich auf dem Domplatz gelandet. Es tat gut, die Kälte im Gesicht zu spüren, die Wärme der Haut unter der dicken Jacke und das pulsierende Blut in den Adern.

Die Entfernung von Kaarst war eine Wohltat. Die spröde Stimmung der westfälischen Universitätsstadt färbte auf sie ab, ließ sie besonnener werden und zur Ruhe kommen. Wenn ich hier lebe, werde ich mir zuallererst ein Fahrrad kaufen, nahm sie sich vor. Denn trotz Kälte und Schneematsch radelten jede Menge Leute durch Münster. Ganz anders als am Niederrhein. Dort fuhr man sogar zum Bäcker mit dem Auto. Obwohl das Land hier wie dort flach wie ein Brett war.

Sie überlegte, wann sie wieder nach Hause fahren sollte. Morgen oder übermorgen? Besser später als früher, flüsterte eine innere Stimme.

Seit sie Donnerstag in aller Früh Hals über Kopf bei katastrophalen Straßenverhältnissen hergefahren war, war ihr Handy ausgeschaltet. Auch das schaffte Abstand von dem Durcheinander daheim.

Daheim … Bald würde Münster ihr Daheim sein. Hoffentlich.

Plötzlich musste sie an Antonia denken, die sich in Kaarst nie wirklich heimisch gefühlt hatte. Zu kalt, zu trist, zu nass, hatte sie genörgelt. Ich brauche Sonne und Farben und Wärme. Nicht dieses Wischiwaschi. Antonias Vater war Portugiese, und sie selbst behauptete, mit ihrem südländischen Aussehen und Temperament gleichzeitig die Sehnsucht nach dem Land und dem dortigen Klima geerbt zu haben.

Antonia wuchs mit ihren Eltern, Bines Tante Anna und Miguel zunächst in München auf. Dann verließ der Vater Knall auf Fall die Familie, man hörte nie wieder von ihm, und Antonias Mutter wurde psychisch krank. Sie war wohl schon von jeher labil gewesen, hatte zu depressiven Verstimmungen geneigt. Dass Miguel fortging und sich gleichsam in Luft auflöste, gab ihr den Rest.

Antonia lebte fünf Jahre allein mit der schwer kranken Mutter, bis diese sich gegen Ende einer depressiven Phase aus dem Fenster im vierten Stock ihres Mietshauses stürzte. Sie war sofort tot. Erst jetzt kam zutage, was Antonia über Jahre hatte erleiden müssen: Vernachlässigung, Drangsalierungen, Schwankungen zwischen Melancholie, Hysterie und totaler Erstarrung, viele Selbstmordversuche.

Damit die inzwischen Fünfzehnjährige nicht im Kinderheim landete, nahmen Onkel und Tante Vossen sie mit zu sich ins Rheinland. Cousine Sabine und der drei Jahre ältere Cousin Andreas freuten sich über den Familienzuwachs. Sie schlossen die exotische Antonia mit den traurigen Augen sofort ins Herz.

In der neunten Klasse des Gymnasiums wurde das Mädchen innerhalb kürzester Zeit zum Star. Alle Mädchen rissen sich um ihre Freundschaft. Die Jungen erhofften sich sogar mehr als das. Kaum einer, der nicht ihrem Charme erlag, der sich reizvoll aus Schönheit und Verletzlichkeit zusammensetzte.

Es war Anfang der achtziger Jahre, als Antonia bei Bines Familie einzog; eine neue Ära hielt Einzug in die spießige Bundesrepublik Deutschland. Das zeigte sich in schriller, bunter Mode, in verrückten Frisuren mit künstlichen Locken und asymmetrischen Schnitten und natürlich in der Popmusik. Die Neue Deutsche Welle schwappte mit einfachen Texten, schlichten Melodien und Lebenslust über das hinweg, was die damalige Elterngeneration immer noch beschäftigte: die Verantwortung für die Verbrechen im Zeichen des Nationalsozialismus, die schweren Nachkriegsjahre und Schuldzuweisungen von allen Seiten. Ihre Kinder aber, die damaligen Jugendlichen, entwickelten ein neues, ganz spezielles Lebensgefühl, das nichts mehr mit der Rebellion der Studentenbewegung und den wilden Siebzigern gemein hatte.

Spaß haben, sich jung, frei und sexy fühlen, sein Äußeres ständig wandeln, von der eigenen Überlegenheit überzeugt sein, sich verlieben einfach wegen des Kribbelns im Bauch, seicht bleiben, sich trotzdem irgendwie politisch zuordnen, auf keinen Fall konservativ, aber auch nicht zu weit links, viel diskutieren, allein um des Redens willen, das machte die achtziger Jahre aus.

Eigentlich passte Antonia nicht in diese leichte und etwas oberflächliche Zeit. Die Melodramatik, die ihr anhaftete, hatte etwas von der Düsternis der vierziger Jahre.

Gerade das machte sie für die Mitschüler interessant. Ob sie selbst es bemerkt hatte? Ella wusste es nicht. Sie bekam nur mit, dass sich die meisten Jungen aus der Klasse sehr für die Neue interessierten. Thomas Wimmer, Max Püllen und Markus Peschrath bildeten keine Ausnahme. Antonia flirtete auf unverbindliche Art mit jedem von ihnen, legte sich aber nicht fest. Trotzdem war Ella rasend eifersüchtig. Schon damals war sie bis über beide Ohren in Max verliebt, traute sich jedoch nicht, es zu zeigen. Mit fünfzehn bestand sie nur aus Haut und Knochen, war lang und dünn und ohne erkennbaren Busen. Sie fühlte sich holzig und hässlich.

Ganz im Gegensatz zu Bine. Ihre blonde Freundin sah stets aus wie aus dem Ei gepellt, hatte reine, helle Haut, strahlend blaue Augen und eine makellose, weibliche Figur. Trotzdem fing auch Bine an, ihre Cousine um Aussehen und Ansehen zu beneiden. Aus ihrem anfänglichen Beschützerinstinkt wurde bald knallharte Konkurrenz.

»Stell dir vor«, beschwerte sie sich einmal bei Ella, »Thomas hat Antonia einen Song geschrieben und ihn ihr auf der Gitarre vorgespielt. Gestern Abend, bei uns zu Hause. Stundenlang waren die beiden in Antonias Zimmer verschwunden, ohne auch nur einmal ›Hallo‹ zu sagen. Weißt du was, Ella? Ich glaube, Antonia spaltet die Clique. Nichts ist wie früher. Sogar, wenn wir uns an der Mühle treffen, kommt nicht mehr diese tolle Stimmung auf. Alles dreht sich nur um sie. Ich finde das echt zum Kotzen.«

»Ja, geht mir auch so«, pflichtete Ella der Freundin voller Inbrunst bei. »Es war viel schöner, als sie noch nicht da war.«

Ella dachte an die Zeit vor Antonia, an laue Sommerabende auf dem verwilderten Grundstück der Braunsmühle, als man sich heimlich dort traf, im hohen Gras zwischen Schafsgarbe und Lupinen hockte, im Hintergrund wild wucherndes Brombeergestrüpp, um sich herum die glimmenden Pünktchen der Glühwürmchen. Man hörte Musik aus dem Ghettoblaster, philosophierte über Gott und die Welt, scherzte und lachte. Ella erinnerte sich, an Max' Knie gelehnt, im Kreis der Freunde dagesessen und hoch in die Sterne geschaut zu haben. Sie hatte sich rundum glücklich gefühlt. Unantastbar, unsterblich.

Andi, Bines Bruder, und Markus waren mit von der Partie gewesen, ebenso Max, Thomas, Bine und Susanne aus der Parallelklasse. Man hatte Asti Spumante und Dosenbier getrunken, Schoko-Crossies und Chips gegessen und ab und zu mal eine Zigarette geraucht.

Wenn es regnete, flüchtete man ins Innere der Mühle; das Vorhängeschloss an der schweren, verwitterten Holztür war längst kaputt. Die Clique hielt sich vornehmlich im Erdgeschoss auf, denn die Holzstiegen in die oberen Etagen waren wackelig und morsch, ebenso wie die wurmstichigen Dielenböden.

Ellas Freunde waren achtsame Teenager. Sie hinterließen weder Müll, noch machten sie etwas kaputt. Ihr Aufenthalt in der Mühle durfte niemandem auffallen; das Versteck sollte unentdeckt bleiben.

Erst Antonia brachte Gefahr und Risikofreude in die Gruppe. Eine ihrer ersten Entdeckertouren führte sie bis ganz oben auf den Mehlboden direkt unter der Haube der Mühle. Dort setzte sie sich in eine Fensteröffnung und ließ die Beine nach unten baumeln.

Max pfiff sie sofort zurück.

»Komm da weg, Antonia. Wenn dich die Leute sehen, wird hier alles verrammelt und das Schloss ausgetauscht. Dann können wir nicht mehr herkommen.«

»Ich könnte springen. Ich liebe die Tiefe«, antwortete Antonia leichthin.

Dann erst bequemte sie sich, zurück in das staubige Halbdunkel des kreisrunden Raumes zu klettern.

Max erzählte Ella später, er habe Todesängste ausgestanden, Antonia könne ihre Drohung wahr machen.

»Sie sagte es ganz ernst. Es klang irgendwie sehnsüchtig.«

Ja, sehnsüchtig war der richtige Ausdruck gewesen. Antonia hatte sich ständig nach etwas gesehnt: nach München, nach Portugal, nach dem Vater, nach der Mutter, nach der Liebe, nach dem Tod. Erst später, als sie sich sämtliche Freunde zu Feinden gemacht hatte, hatte sie aufgehört, sich zu sehnen. Sie war still geworden, in sich gekehrt, und irgendwann war sie gesprungen.

Nein, Antonia hatte sich nie in Kaarst heimisch gefühlt.

Ella stoppte vor einem Gebäude am Prinzipalmarkt. Hinter dem Säulengang, der den historischen Fassaden ein einheitliches, herrschaftliches Äußeres verlieh, hatte sie das liebevoll und einladend dekorierte Schaufenster eines Cafés erspäht. Sie betrat das Gebäude und war erstaunt über die Weitläufigkeit, die sie drinnen erwartete. Tiefrote Polsterecken und runde Tischchen in Hülle und Fülle. Die Auswahl an Kuchen und Torten war phantastisch.

Ein paar Minuten später kuschelte sie sich zufrieden in eine Nische, vor sich ein Kännchen Kaffee und ein Stück feinste Preiselbeersahnetorte.

»Das Leben kann so schön sein«, dachte sie, »einfach und unkompliziert. Wenn man es nur zulässt.«

Paul war klar, dass das Leben nie wieder schön sein würde.

»Lass den Schmerz zu«, hatte ihm die Psychotante geraten. Er hatte keine Ahnung gehabt, was sie damit meinte. Er fühlte sich hohl und leer; da war kein Schmerz. Doch ihm fehlten die Worte, ihr das begreiflich zu machen. Deshalb hatte er einfach nur genickt.

Heute, am Sonntagnachmittag, in Schlafklamotten auf dem Sofa, empfand er plötzlich doch etwas. Es war Zorn. Heftig und heiß. Der Zorn ließ ihn innerlich beben. Er füllte seinen Bauch aus wie … wie hieß das noch mal in Erdkunde? … heiße Lava kurz vor dem Vulkanausbruch. Markus Peschrath, das Schwein, war wieder auf freiem Fuß. Hatte angeblich ein Alibi für Montagabend.

Wie war das möglich?

Jacky hatte ihm davon erzählt, gerade eben, am Telefon.

»Stell dir vor«, hatte sie atemlos verkündet, »die können ihm nichts nachweisen. Wir müssen uns da was eingebildet haben, sagt Papa. Und jetzt kommt der größte Hammer: Er meint, wir sollen uns bei dem Typen entschuldigen!«

Paul machte das, was die Psychotante gefordert hatte, nur, dass er

»Schmerz« durch etwas anderes ersetzte. Lass den Zorn zu, lautete seine Devise.

»Lieber kill ich die Drecksau, anstatt mich bei dem zu entschuldigen!«, hatte er in den Hörer gebrüllt, und Mama hatte ängstlich aus der Küche ins Wohnzimmer gelinst.

Jetzt, ein paar Minuten später, saß er wie versteinert da. Wie konnte er das Schwein bestrafen für das, was der seinen beiden besten Freunden angetan hatte? Was er ihm selbst angetan hatte, indem er ihn hier zurückließ ohne die Hoffnung, dass das Leben je wieder schön sein würde.

Kalli war völlig verzweifelt. Martha war da gewesen.

»Ich will, dass du dir nach der Reha eine eigene Wohnung suchst. Möglichst weit weg von Büttgen«, hatte sie ihm mitgeteilt, schroff und kurz angebunden, so wie es ihre Art war.

Dann hatte sie die billigen Schnittblumen, die sie mitgebracht hatte, unwirsch in eine Porzellanvase gestopft und auf das Beistelltischchen neben dem Bett geknallt.

»Warum?«, hatte er gestammelt. »Wo soll ich denn hin?«

»Mir egal«, raunzte Martha, »Hauptsache, die Hetze hat ein Ende. Der Briefkasten ist verstopft mit Hassbriefen. Das Telefon steht nicht still. Jemand hat ›Mörder‹ und ›Perverse Sau‹ an die Scheunentür gesprüht. Kalli, ich halte das nicht mehr aus.«

»Aber ich hab doch nix getan.«

Martha seufzte.

»Ich weiß.«

»Das werden die Leute bald auch verstehen. Vor allem jetzt. Meine Beine tun es nicht mehr. Wie soll ich denn im Rollstuhl irgendwelchen Kindern nachstellen?«

Sein Tonfall war flehentlich.

»Die Leute sind dumm«, entgegnete Martha unwirsch, »die denken nicht von zwölf bis Mittag. Zwei Kinder wurden ermordet: Jungs. Ob du ein Alibi hast oder ob du selbst Opfer von diesem Wahnsinnigen wurdest, das ist denen piepegal. Ich merk's doch. Wie die mich angucken im Dorf. Es hat einfach keinen Sinn. Kalli, das musst du verstehen …«

Er schüttelte störrisch den Kopf.

»Tu ich aber nicht. Ich will nicht fort von dir«, schniefte er.

Martha nahm seine Hand.

»Es ist nur zu deinem Besten. Noch einen Anschlag überlebst du nicht.«

Ihr rauer Daumen strich über seinen Handrücken.

»Ich helf dir, eine Wohnung und einen neuen Therapeuten zu finden. In einer anderen Stadt. Nach der Reha. Die Ärzte sagen, das mit deinen Beinen wird besser. Du wirst wieder laufen können, irgendwann. Wenn auch nicht so gut wie früher. Und ich komm dich besuchen ...«

Sie stand auf, glättete mit fahrigen Bewegungen Dutt und Rock.

»Nein, bitte nicht ...«

Er versuchte, sie mit den Augen festzuhalten.

Aber sie war schon weg. Die Tür klappte.

Seitdem wusste er nicht mehr ein noch aus. Martha war die Einzige, die immer zu ihm gehalten hatte. Seine große Schwester. Jetzt ließ sie ihn im Stich, in dieser schlimmen Welt, die keine Gnade kannte.

Und alles nur wegen Danil Bodrow. Warum hatte er ihn nicht zum Teufel geschickt, als der damals vor seiner Wohnungstür gestanden hatte.

Kalli erinnerte sich an das beharrliche Klopfen und an sein Erschrecken, nachdem er erkannt hatte, wer draußen auf dem Hof stand. Aus Angst, seine Schwester könne etwas mitbekommen, hatte er den Jungen reingelassen. Schneewittchen.

»Geile Bude«, höhnte Danil, und sein Blick schweifte abfällig über die Berge ungewaschenen Geschirrs und die staubigen Sperrmüllmöbel. »Und, hast du dir mein Angebot überlegt?«

»Welches Angebot?«

»Sex gegen Kohle.«

»Raus«, flüsterte Kalli wenig überzeugend. Er wich ein paar Schritte vor dem Jungen zurück.

»Nö.« Danil pflanzte sich breit grinsend auf einen Küchenstuhl. »Ich hab Zeit.« Er schnappte sich ein Feuerzeug vom Tisch, knipste es an und aus, an und aus. »Ich könnte den Bullen erzählen, dass du mich angegrabscht hast, an der Skate-Area hinter der Schule zum Beispiel. Da hab ich dich schon rumschleichen sehen. Ich wette, die glauben mir, und du wanderst zurück in den Knast.«

Panik stieg in Kalli auf.

»Warum tust du das?«, flüsterte er furchtsam.

»Warum nicht?«

Danil zuckte mit den Achseln und fixierte Kalli ungerührt. Er steckte das Feuerzeug in seine Hosentasche.

»Es muss doch einen Grund dafür geben, dass du so grausam bist.«

»Das sagt gerade der Richtige. Ich hab jede Menge über dich im Internet rausgefunden, Kinderficker. Ich weiß, wie du drauf bist. Du hast kleine Jungs in den Arsch gepoppt und dann gekillt …«

»Das ist nicht wahr! Ich hab nie jemanden umgebracht. Ein Junge, der ist erfroren. Das stimmt, aber ich hab das nicht extra …«

Danil unterbrach ihn.

»Macht nix, Alter. Gib's ruhig zu. Weißt du, ich bin auch nicht besser. Zwar nicht pervers, aber trotzdem ein Killer. Wir kommen beide in die Hölle, du und ich.«

Er lächelte unheimlich.

Dann sagte er sanft: »Du kannst mir die Kohle auch so geben. Fünfzig pro Woche.«

Mit einer einzigen geschmeidigen Bewegung glitt er vom Stuhl.

»Pass auf: Ich geb dir Zeit. Sagen wir, bis Dienstag. Ab dann will ich jede Woche mein Geld. An der Braunsmühle. Das ist für mich nicht weit und für dich erst recht nicht. Stopf es in die Ritze in dem Mühlstein, der im Garten liegt. Und wenn es Probleme gibt, sag Bescheid. Ich geb dir meine Handynummer.«

Er kritzelte die Ziffernfolge auf eine Telefonrechnung, die in der Unordnung auf dem Esstisch lag. Dann ging er – nein – schlenderte hinaus, übertrieben fröhlich pfeifend.

»Who wants to live forever« von Queen.

Es war Kalli wie der reinste Hohn vorgekommen.

Aber er hatte gehorcht, denn er traute Schneewittchen durchaus zu, ihn wegen sexuellen Missbrauchs anzuzeigen. Dann wäre er schneller zurück im Bau, als er denken konnte. Also hatte sich Kalli jeden Dienstagmorgen in aller Herrgottsfrühe zur Braunsmühle aufgemacht und das Geld hinterlegt. Geld, das oft nicht seines war.

Von Hartz IV lebte es sich schlecht, da hatte man nicht einfach zweihundert Euro pro Monat zu viel. Deshalb klaute er die Scheine aus Marthas Sparstrumpf, behielt das Wechselgeld vom Wochenmarkteinkauf oder entwendete ein paar Münzen vom »Eiergeld« aus der Dose im Hühnerstall. Einmal stahl er sogar einen Fünfziger aus einem Mantel, der im Wartezimmer seines Therapeuten hing. Er kam sich schäbig vor, wusste aber keine andere Lösung.

Immer, wenn er dienstags in den Riss im Mühlstein griff, war das Geld von der Woche zuvor weg. Seinem Erpresser begegnete er nie. Bis zu jenem nebligen Morgen.

Kalli konnte es kaum begreifen. Schneewittchen war tot, lag wie eine weggeworfene Puppe im Matsch. Wunderschön, befreit von aller Bosheit. Zart und rein. Es war schrecklich. Wie in Trance wankte Kalli zu dem Mühlstein und steckte seine Finger in den Spalt, um zu prüfen, ob die Scheine vom letzten Dienstag noch da waren.

Nein, waren sie nicht. Kalli fragte sich, wie lange der Junge schon dort liegen mochte und wer ihn umgebracht hatte. Dann ergriff ihn eine furchtbare Ahnung.

Natürlich würde man ihn, den Kinderschänder, verdächtigen. Er brauchte ein Alibi. Und keiner durfte je erfahren, dass Schneewittchen ihn erpresst hatte. Mit klopfendem Herzen und schweißnassen Händen eilte er zurück zum Hof. Punkt sieben mistete er gemeinsam mit Martha den Hühnerstall aus.

ZEHN

Ella schaltete ihr Handy an. Es war sinnlos, den Kontakt mit der Welt weiter hinauszuzögern. Gestern Abend hatte sie beschlossen, noch eine Woche in Münster zu bleiben. Am kommenden Wochenende begann hier der legendäre Weihnachtsmarkt, den wollte sie unbedingt besuchen. Danach würde sie heimfahren, frisch gestärkt, mit einem klaren Ziel vor Augen: in Kaarst klar Schiff zu machen, alle Seile zu kappen und in die Zukunft zu segeln.

Während sie die Zähne putzte, rasselten jede Menge Kurznachrichten rein. Bing, bing, bing. Oh nein. Sie stählte sich innerlich, griff nach dem Handy und setzte sich auf die Bettkante. Die erste SMS war von Bine.

»Wo bist du? Kann dich nicht erreichen.«

Dann Max:

»Süße, würde dich gern sehen. Bin so einsam ohne dich.«

Ella stöhnte. Einsam. Mit Frau und Kindern. Klar! Energisch löschte sie die Nachricht. Die nächste verursachte ihr ein Kribbeln im Bauch.

»Es war ein sehr schöner Abend. Hoffe, dich nicht verschreckt zu haben. Möchte mehr von diesen Küssen …« Walter Kleinmeyer.

Ella lächelte. Dann klickte sie weiter.

»Sie haben zwei neue Nachrichten auf der Mailbox. Bitte wählen Sie …«

Seufzend tippte sie die Ziffernfolge.

Bines Stimme. Hektisch. »Hallo, Ella. Du bist ja wie vom Erdboden verschluckt. Ich mache mir solche Sorgen um dich. Meld dich mal. Denkst du bitte auch an Thomas' Geburtstagsparty am Freitag? Nicht vergessen, ja? Ich rechne mit dir. Max wird auch da sein, Gott sei Dank ohne Claudia, hat er gesagt …«

Der Geburtstag! Ella hatte tatsächlich überhaupt nicht mehr daran gedacht. Sie musste in jedem Fall hingehen. Bine und Thomas würden es ihr ewig übel nehmen, wenn sie sich darum herumdrückte. Mist. Aus der Traum von einer unbeschwerten Woche in Münster!

Am liebsten hätte sie das Handy in die Ecke geschmissen oder – noch besser – im Klo runtergespült, als die nächste Nachricht in ihr Ohr sickerte. Sie begann zu frieren.

»Hallo, Frau Berger. Denis hier. Denis Bodrow.« Die Stimme des jungen Mannes war drängend, fast panisch. »Bitte rufen Sie mich zurück. Schnell. Ich hab da was gefunden … Es ist … Ich weiß nicht, was ich machen soll. Sie sind die Einzige, mit der ich reden kann … Bitte … Ach Scheiße.« Klack, aufgelegt.

Beunruhigt sah Ella ihr Handy an. Denis Bodrows Anruf war die letzte Mitteilung auf der Mailbox. Samstagnacht hatte er die hinterlassen. Danach hatte er es nicht noch mal versucht. Was sollte sie tun? Sich wieder in den Mordfall einmischen und damit riskieren, erneut in den Fokus des Täters zu geraten? Denis Bodrow sich selbst überlassen und seinen Hilferuf ignorieren? Sie hatte versprochen, ihm beizustehen. Hatte große Töne gespuckt, wie sehr ihr Danils Tod nahegegangen sei. Alles bloß Heuchelei? Oberflächliches Geschwätz? Sie stöhnte und raufte sich die Haare. Dann fasste sie einen Entschluss. Halbherzig zwar, aber besser als nichts.

»Ich kann dir nicht helfen. Geh zur Polizei. Sag ihnen alles, was du weißt«, tippte sie eilig. Schleunigst, damit sie es sich nicht noch anders überlegen konnte, schickte sie die SMS ab. Sie atmete auf, dann wählte sie Bines Handynummer.

»Ella! Endlich!«, begrüßte die Freundin sie erleichtert. »Wo steckst du denn?«

»Na, in Münster natürlich.« Ella zeichnete mit dem Finger das Muster in der geblümten Bettdecke nach. Halbkreise, Schlaufen, Halbkreise. »Ich hatte hier noch einiges zu regeln. Und morgen hab ich einen Friseurtermin. Aber zu Thomas' Geburtstag komme ich.«

»Das wär ja auch noch schöner gewesen!« Bine klang halb beschwichtigt, halb empört. »Du hattest es versprochen!«

»Ich weiß.« Ella zögerte. Dann fasste sie sich ein Herz. »Kann ich denn jemanden mitbringen?«

Pause am anderen Ende der Leitung. Schließlich ein Räuspern. »Klar. Wen denn?«

Plötzlich wurde Ella unsicher. Schließlich wusste sie noch nicht mal, ob Walter Zeit am Freitagabend hatte beziehungsweise ob er sie überhaupt treffen wollte.

Aber Bine hakte schon nach: »Etwa diesen extrem gut aussehenden Mann, den Thomas mit dir im Frankenheim gesehen hat?«

»Genau. Ich meine, eventuell.«

Jetzt war ihr das Ganze auch noch peinlich.

»Natürlich bringst du ihn mit! Es schadet doch nicht, Max ein bisschen eifersüchtig zu machen.«

Bines Lachen perlte durchs Telefon. Gleich fühlte Ella sich leichter. Fröhlichkeit und Lebenslust der Freundin wirkten wie immer ansteckend. Sie atmete auf.

»Mittwoch komm ich nach Hause«, versprach sie, »dann ruf ich dich noch mal an, ja?«

»Ich freu mich. Jetzt muss ich noch ein bisschen arbeiten. Habe noch ein paar Patientendaten in den Rechner zu tippen.«

Sabine Wimmer arbeitete halbtags im Sekretariat einer Kleinenbroicher Rehaklinik. Sobald ihre Jüngste das Kindergartenalter erreicht hatte, war sie zu rastlos gewesen, um bloß die Hausfrau zu spielen und zu putzen und zu kochen. Sie brauchte Herausforderungen und menschliche Kontakte. Es machte sie glücklich, strukturiert und effektiv zu arbeiten. Und was sie tat, tat sie aus vollem Herzen und mit ganzer Kraft. Was man von Ella nicht gerade behaupten konnte.

Walter Kleinmeyer ging sofort ans Telefon.

»Hi, schön von dir zu hören. Wo steckst du denn?« Er klang aufgekratzt.

»Ich bin geschäftlich in Münster. Schon seit letztem Wochenende. Bis gerade eben war mein Handy aus. Sorry.« Ella atmete tief ein. Es fiel ihr nicht leicht, über ihre Gefühle zu sprechen, vor allem, weil sie nicht eindeutig waren. »Danke für deine SMS. Ich fand es auch schön, dich zu küssen.« Sie hielt inne und versuchte, mehr Wärme in ihre Stimme zu legen. »Sehr schön, sogar. Und es hat mir gefallen, mich mit dir zu unterhalten.«

»Das ging mir ähnlich.«

Sie lächelte.

»Sag mal, hast du am Freitagabend eigentlich schon was vor?«

ELF

Am Mittwoch verließ Ella gegen zweiundzwanzig Uhr die Autobahn an der Abfahrt Neuss/Büttgen. Sie gähnte, blinzelte, packte das Lenkrad fester und konzentrierte sich ganz auf den Verlauf der Landstraße. Gottlob hatte sich die Wetterlage stabilisiert; seit gestern schneite es nicht mehr. Trotzdem hatte Ella für die Strecke von Münster durch das Ruhrgebiet wegen der unzähligen langsamen Lkws und der ständigen Baustellen länger gebraucht als sonst.

Nun genoss sie es, zügig über den schwarz glänzenden Asphalt zu sausen. Schmutzige verklumpte Schneehaufen säumten den Wegesrand. Allein auf den Feldern rechter und linker Hand erstrahlte die Schneedecke in reinem Weiß. Über ihr wölbte sich ein klarer nachtblauer Himmel mit ein paar eingestreuten, schwach blinkenden Sternchen. Flugzeuge zogen schnurgerade Bahnen, ihre Scheinwerfer zischten wie Sternschnuppen übers Firmament. Ohne dass Ella es steuern konnte, jubilierte ihr Herz. Sie kam heim, das war wunderbar.

Gerade passierte sie den winzigen Flecken Bauerbahn, der aus nicht mehr als ein paar hingeworfenen Häusern und Höfen links der Straße bestand, und gab Gas. In wenigen Minuten würde sie zu Hause sein. In dem Moment tauchte rechts vor ihr die hell angestrahlte Fassade der Braunsmühle auf. Majestätisch mutete sie an, unverrückbar. Ein Denkmal.

Und ein Mahnmal. Ellas gute Laune verflog schlagartig. Warum fuhr sie ausgerechnet hier entlang? Oder warum hatte sie sich nicht rechtzeitig gegen den Anblick gewappnet? War naiv in die Falle getappt? Vor ihrem inneren Auge erschien das tote, anklagende Gesicht Danils. Hast du mich vergessen?, schien es zu fragen. Dein Zuhause ist verseucht. Nichts mehr ist wunderbar. Denk immer dran.

Ella schaute weg, würdigte die Braunsmühle keines weiteren Blickes mehr. Trotzdem fühlten sich ihre Glieder bleischwer an, und ihr Mut sank, während sie den Golf durch die Unterführung nach Holzbüttgen steuerte.

Die Wohnung war durchgekühlt und wirkte ausgestorben. Ella ließ den Trolley im Flur stehen und begann, in sämtlichen Räumen Lampen anzuknipsen und Heizkörper aufzudrehen. Die Einsamkeit, die in den Ecken lauerte, krallte sich in ihre Eingeweide. Plötzlich wurde ihr der Hals eng, das Atmen fiel schwer. Das hier sollte ihr Zuhause sein? Nein, so fühlte es sich wahrlich nicht an.

Eher kam es ihr vor, als betrete sie ein schickes, aber unpersönliches Hotelzimmer. Es würde ihr nicht schwerfallen, diese tote Last endgültig hinter sich zu lassen. Und mit einem Mal wurde ihr leicht ums Herz. Ella ging auf, dass der Prozess des Abschiednehmens bereits in vollem Gange war. Demzufolge konnte es nur richtig sein, die Wohnung als fremd und seelenlos zu empfinden. Gut so.

Sie entspannte sich. Bis sie das Schlafzimmer erreichte und die Deckenlampe anknipste. Wie angewurzelt blieb sie im Türrahmen stehen, die Hand noch am Lichtschalter.

Pauls Hass auf Markus Peschrath reichte inzwischen bis zum Mond und zurück. So wie es in diesem Kinderbuch mit den beiden Hasen heißt, das Papa, bevor er wegging, ihm früher immer vorgelesen hatte. Nur, dass es da um Liebe ging.

Paul lag im Bett und dachte sich immer neue Todesarten für den Mörder Danils und Kevins aus. Eine Bombe im Auto, ja, das wäre geil. Der Typ steckte den Schlüssel ins Zündschloss und … boom … die Sache wäre erledigt.

Andererseits ging ihm das irgendwie zu schnell. Peschrath würde gar nicht merken, dass er starb und wer dahintersteckte. Kurz erwog Paul, das Haus des Mörders in Brand zu stecken. Das hatte den Vorteil, dass nicht nur das Arschloch selbst, sondern auch seine Familie leiden musste.

Aber das Risiko war zu groß, dass Peschrath mit dem Leben davonkam. Natürlich hatte Paul auch schon an Erdrosseln gedacht. Sich von hinten anschleichen und den Mann mit einem Kabel würgen, so, wie der es bei Danil gemacht hatte. Oder ihm die Fresse wegballern wie Kevin. Spätestens bei der Vorstellung wurde Paul übel. Das zermatschte Gesicht des toten Freundes geisterte an ihm vorbei. Paul würgte.

Gift, überlegte er. Gift war eigentlich das Coolste.

Er stellte sich vor, wie Peschrath, von Schmerzen und Krämpfen gepeinigt, qualvoll dahinsiechte. Und wie er, Paul, sich während seines Todeskampfes vor ihm aufbaute und ihm offenbarte: »Du hast meine Freunde getötet. Dafür musst du büßen.«

Und wie die Erkenntnis in dem Arschloch aufflackerte, bevor er Blut spuckte und endgültig abkackte.

Das Problem war nur, dass Paul keine Ahnung hatte, welches Gift überhaupt geeignet war, wo er es kriegen konnte, geschweige denn, wie er es schaffen sollte, es diesem Peschrath einzuflößen. Und deshalb schlichen sich in seine Hassphantasien leise Zweifel, Hilflosigkeit und Ohnmacht. Grimmig dachte er an Jacky, die darauf gedrängt hatte, mit ihrem Wissen zu den Bullen zu rennen.

»Von allein kommen die echt nicht auf die Wahrheit«, hatte sie ihn beschworen. »Wir müssen denen sagen, was wir wissen.«

»Nein!« Paul wäre fast an die Decke gegangen. Wie konnte man so blöd wie diese fette Kuh sein! »Erstens würden die uns kein Wort glauben, und zweitens … zweitens reiten wir unsere Freunde damit voll in die Scheiße rein.«

»Unsere Freunde sind tot«, hatte Jacky leise gesagt und ihm ihre teigige, schwitzige Hand auf den Oberschenkel gelegt. Widerlich. Am liebsten hätte er ihr die Fresse eingeschlagen. »Sie merken nichts mehr davon. Wir können nur noch eins für sie tun: für Gerechtigkeit sorgen.«

Gerechtigkeit! Als wenn es nur darum ginge. Rache war es, was er wollte. Die er brauchte, um irgendwie weitermachen zu können.

»Und gerecht findest du, dass Kevin dann als Erpresser und Danil als asoziales, brutales Schwein dasteht?«, war seine grobe Antwort gewesen.

Jacky hatte müde den Kopf geschüttelt.

»Nein, voll nicht. Aber, Paul … irgendwie waren sie das doch, oder? Ich mein, sie waren unsere besten Freunde, trotzdem …«

Da hatte er ihr nur noch wehtun wollen.

»Danil fand dich ekelhaft«, spuckte er aus, »richtig ekelhaft. ›Schwabbel‹ hat er dich genannt. Oder ›fette Qualle‹. Und Kevin, der hat dich nur akzeptiert, weil er kein hübsches Mädchen kriegen konnte mit seinen Pickeln.«

Es hatte ihn ungemein befriedigt, die Tränen in ihren Augen zu sehen. Sollte sie doch heulen. War ihm doch scheißegal.

Aber als sie dann leise sein Zimmer verließ, mit gesenktem Kopf und ohne ein Wort des Abschieds, hatte er doch den Hauch eines schlechten Gewissens gespürt.

Schleunigst flüchtete er sich wieder zurück in seine Rachepläne, Pläne voller Qual und Schmerz für Markus Peschrath, den Mörder seiner Freunde.

Die Tagesdecke auf Ellas Bett war falsch ausgerichtet. Das Muster aus lila, rosa und rostroten Rauten spannte sich nicht längs über die Zwei-mal-zwei-Meter-Fläche, sondern quer. Niemals hätte Ella auf diese Weise ihr Bett gemacht. Verwirrt starrte sie so lange auf den Stoff, bis die leuchtenden Formen vor ihren Augen flimmerten und wie Kleckse aus flüssiger Farbe ineinander verschwammen.

Ella rieb sich die Augen. Das konnte nicht sein, oder? Hatte sie eventuell doch selbst das Tuch falsch über das Bett geworfen, vielleicht abgelenkt durch Nervosität und Aufregung vor der Abreise nach Münster? War das möglich? Nein, bestimmt nicht. Ellas Sinne waren auf Ästhetik und optische Harmonie ausgerichtet. Die Art, wie sie ihr Bett machte, war genauso davon bestimmt wie die Anordnung der Kissen auf dem Sofa oder der antiken Gläser im Vitrinenschrank.

Ellas Blicke schweiften prüfend durch das Schlafzimmer. War noch etwas anders als sonst? Sie konnte nichts entdecken. Mit großen Schritten lief sie zum Kleiderschrank, der sich in glänzendem Weiß fast über die gesamte linke Wand bis hinauf zur Decke erstreckte. Sie riss zwei Flügeltüren auf und begutachtete kritisch die ordentlichen Stapel von Pullovern und T-Shirts, die akkurat auf den Regalbrettern nach Farben und nach Material sortiert dalagen. Nichts verändert.

Jetzt war der rechte Schrankteil dran. Hier drängten sich dicht an dicht, über Bügel gehängt, Kleider, Röcke und Hosen; friedlich baumelten sie im Luftzug, den Ella durch das Öffnen der Türen erzeugt hatte. Alles wie sonst. Plötzlich runzelte sie die Stirn, betrachtete das Fach darunter. Kartons mit Accessoires und alten Handtaschen lagerten dort. Ella kam es so vor, als habe jemand diese weiter nach vorn gezogen, außerdem lag ein Deckel schief auf. Mmm, das konnte ihr durchaus selbst passiert sein.

Nachdenklich schloss sie den Schrank. Wurde sie etwa zum Kontrollfreak mit Ordnungsfimmel? War sie auf dem besten Wege, eine Zwangsneurose zu entwickeln, gepaart mit einem guten Schuss Verfolgungswahn? Lief sie Gefahr, eine verschrobene, schrullige Alte zu werden, der die Verbindung zur Realität mehr und mehr entglitt? Dann dachte sie mit leisem Schaudern an den anonymen Anruf von Mittwochnacht vor einer Woche zurück, den sie sich gewiss nicht eingebildet hatte.

»Reichen Ihnen zwei Tote etwa nicht? Wollen Sie das nächste Opfer sein?«, hatte die verstellte Stimme heiser gedroht. Ellas Handflächen wurden feucht. Gleichzeitig fand sie sich auf dem Boden der Realität wieder.

Hastig kehrte sie dem Schlafzimmer den Rücken, wanderte durch Wohnzimmer und Küche, um weiter nach Indizien dafür zu suchen, dass jemand Fremdes in ihre Privatsphäre eingedrungen war. Schließlich kletterte sie hoch ins Atelier. Im hellen Licht der Halogenstrahler leuchtete ihr von der Staffelei das halb fertige Mühlenbild entgegen. Der Anblick machte sie beklommen. Energisch packte sie die Leinwand, drehte sie mit der weißen Rückseite nach vorn und platzierte sie wieder auf dem Holzgestell. So. Schon besser. Dann streifte ihr Blick den Schreibtisch.

Aus. Vorbei. Ella trat näher. Irgendjemand hatte die Tastatur und die Computermaus direkt unter das Dachfenster gezogen. Genau an die Stelle, auf die vor ein paar Wochen nach einem Regenguss Wasser aus dem Rahmen getropft war. Das hätte sie niemals selbst getan. Immer wenn sie in letzter Zeit am Rechner arbeitete, schob sie die Tastatur zurück unter den Bildschirm, der sich ganz links auf der Schreibtischplatte, in sicherem Abstand zum Fenster, befand.

Es stimmte tatsächlich: Jemand war in die Wohnung eingedrungen. Ella stöhnte auf und ließ sich auf den Bürostuhl sinken. Nach einer Weile raffte sie sich auf und untersuchte den Inhalt des Rollcontainers unter der Arbeitsplatte: Stifte, CD-Rohlinge, USB-Sticks, Druckerpapier, die alte Digitalkamera, bei der das Display gesprungen war, Krimskrams. Alles noch da, soweit sie überblicken konnte. Was sollte auch jemand damit?

Und jetzt?, fragte sie sich. Die Polizei verständigen? Wo doch offensichtlich nichts gestohlen worden war? Nein, Ella schüttelte den Kopf. Die würden sie bloß auslachen. Sie streckte sich und stieg mit wackelnden Knien die steile Treppe hinunter ins Wohnzimmer. Der Griff zum Handy und die Anwahl des gespeicherten Kontakts waren ein einziger Automatismus.

»Hallo, Süße, wieder im Lande?« Max klang erfreut.

Im Hintergrund hörte sie wie erwartet die typische Geräuschkulisse des Frankenheims: Gesprächs- und Musikfetzen. Mittwochabend eben.

»Kannst du kommen?«, bat sie zittrig. »Bei mir ist eingebrochen worden.«

Zehn Minuten später war er da. Hielt sie fest umschlungen, während sie atemlos berichtete, wie sie die Wohnung vorgefunden hatte.

»Bist du sicher, dass nichts geklaut wurde?«, vergewisserte er sich schließlich, indem er sie auf Armeslänge von sich hielt und prüfend musterte.

Ella nickte.

»Ich glaub schon.«

»Das Türschloss ist nicht beschädigt?«

»Nnnein …« Sie ahnte, worauf er hinauswollte.

»Süße, könntest du nicht selbst, ich meine, aus Versehen …?«

»Nein!«, brauste sie auf und schob Max von sich. »Das mit der Tagesdecke … okay. Ich geb ja zu, dass mir das in der Eile passiert sein könnte. Aber die Computertastatur? Niemals! Seit letztens Regenwasser in meine externe Festplatte gelaufen ist und ich die danach wegschmeißen konnte, schieb ich alles an die Seite. Immer.«

»Schon gut, ich glaub dir ja.«

Für Ella hörte es sich ziemlich halbherzig an. Trotzdem ließ sie zu, dass Max sie wieder in die Arme nahm.

»Hast du was zu trinken für mich?«, sprach er in ihr Ohr. »Ich bin so froh, bei dir zu sein.« Dann drehte er sanft ihren Kopf zu sich herum und küsste sie.

Jetzt war sie doch heimgekommen.

ZWÖLF

Dreiundzwanzig Uhr. Morgen Vormittag würde man ihn nach Kleinenbroich verlegen. Kalli lag mit offenen Augen auf dem Rücken. Die Straßenlaterne draußen, gedämpft durch den dünnen Vorhangstoff vor dem Fenster, tauchte den Raum in schummriges gelbes Dämmerlicht. Aber nicht die Helligkeit hinderte ihn am Schlafen, sondern die Angst. Eine Angst, die die Kommissarin mit den kalten Augen nicht teilte.

»Stimmt, man hat zunächst versucht, Ihnen den Mord an Danil Bodrow in die Schuhe zu schieben«, hatte sie ihn scharf zum Schweigen gebracht, als er um weiteren Polizeischutz bat. »Aber das ist, wie Sie wissen, gründlich misslungen. Mit dem zweiten Mord ist der Täter von seiner Linie abgewichen. Er musste wissen, dass Sie nicht in der Lage waren, die Tat zu begehen. Wir gehen also davon aus, dass Sie nicht mehr in seinem Fokus sind. Natürlich müssen Sie sich uns für weitere Befragungen zur Verfügung stellen. Aber Polizeischutz ist absolut überflüssig. Wir würden damit eher Aufsehen in der Bevölkerung, vornehmlich bei den Patienten der Rehaklinik und deren Angehörigen, erregen, als Ihnen nutzen. Sie werden mit falschem Namen dort einchecken, Herr Schmittke. Allein das sollte Sie beruhigen.«

Tat es aber nicht.

Kalli fühlte sich einsam und hilflos wie schon lange nicht mehr. Martha hatte ihn nicht mehr besucht. Die Ärzte und Krankenschwestern gaben sich wortkarg und abweisend. Ihre kalten Blicke ließen ihn schrumpfen. Er kam sich schäbig und schmutzig vor. Nun ja, das war er gewöhnt, nicht aber dieses Ausgeliefertsein. Nicht ausweichen zu können, war das Schlimmste. Noch immer konnte er seine Beine nicht bewegen. Bloß Finger und Arme gehorchten, wenn auch träge. Nun ja, für die Fernbedienung reichte es. Immerhin.

Dreimal am Tag schob ihm eine Schwester die Bettpfanne unter den Po. Alle zwei Tage wusch man ihn. Natürlich spürte er den Ekel und die Abneigung des Pflegepersonals. Längst traute er sich nicht mehr, jemand von ihnen anzusprechen. Es war zu demütigend, nur knappe, widerwillige oder gar keine Antworten zu bekommen. Also schwieg er, sagte weder »Guten Morgen« noch »Danke«.

Wieder und wieder durchlebte er den Augenblick, in dem der Fahrer des silbernen Wagens Gas gegeben und die Wucht des Aufpralls ihn durch die regennasse Luft geschleudert hatte. Kallis Erinnerung brach in der Sekunde ab, als sein Kopf auf den betonierten Weg krachte. Warum bloß war er nicht gestorben dort draußen? In Wind und Wetter seiner Heimat? Umgeben von den kahlen, flachen Feldern und bedeckt vom wolkenschweren Himmel? Kühlende Tropfen auf der Haut? In dem Moment hätte er loslassen können. Ohne Bedauern, ohne Angst. Das ging nun nicht mehr.

Morgen früh würde man ihn in die Reha bringen. Nicht als Karl-Friedrich Schmittke, sondern als Dieter Müller. Musste er sich merken. Damit er, wenn er angesprochen wurde, überhaupt reagierte.

»Es ist zu Ihrem Schutz«, hatte ihm die Polizistin sichtlich genervt erklärt, »damit weder die Patienten noch das Pflegepersonal erkennen, mit wem sie es zu tun haben. Und es hält die Presse fern. Natürlich ist die Klinikleitung informiert. Das geht nicht anders, wegen Ihrer Krankenakte. Es ist allerdings wichtig, dass Sie mitspielen und sich nicht verplappern. Aus diesem Grund halte ich auch nichts davon, dass Ihre Schwester Sie in Kleinenbroich besuchen kommt. Die Tarnung würde sofort auffliegen.«

Sie hatte die Augen verdreht, als sie Kallis Tränen sah und ihn angeschnauzt: »Reißen Sie sich zusammen. Wir tun alles, um Sie aus den Medien rauszuhalten.«

Ha. Dafür war es doch längst zu spät.

Gerade heute Nachmittag hatte er in einem der Privatsender eine Reportage gesehen, die sich reißerisch mit den Morden an den beiden Kaarster Jungen beschäftigte. Als unvermittelt der verschneite Schmittke-Hof im Bild auftauchte, war Kalli regelrecht zusammengezuckt und hatte fast die Fernbedienung fallen lassen.

»Unglaublich, dass die Kriminalpolizei offenbar keinen Zusammenhang zwischen den bestialischen Morden an den Kindern und dem einschlägig vorbestraften Sexualstraftäter und Mörder Karl-Friedrich S. erkennen will«, dozierte ein blonder Schnösel in schickem Wintermantel, der mit verfrorener Hand ein plüschiges Mikrofon umklammerte. »S. hat in den achtziger Jahren mehrere kleine Jungen zwischen fünf und sieben Jahren brutal vergewaltigt und schreckte auch vor kaltblütigem Mord nicht zurück. Er verbüßte eine lebenslange Freiheitsstrafe mit anschließender Sicherungsverwahrung, bis er im Februar überraschend aus der Haft entlassen wurde. Nun lebt er hier, auf dem elterlichen Hof in Kaarst, als freier Mann. Circa siebenhundert Meter entfernt liegt der Tatort, an dem der zwölfjährige Danil B. erdrosselt aufgefunden wurde. S. wurde ein paar Tage später Opfer eines Verkehrsunfalls. Er musste ärztlich behandelt werden. Dabei entdeckte man private Gegenstände des getöteten Jungen in der Jackentasche des Triebtäters. Kurz darauf wurde das zweite Kind ermordet, wieder fußläufig vom Haus des Sexualstraftäters entfernt. Kevin B. wurde aus nächster Nähe erschossen. Wie kann es sein, dass die Kripo nicht eins und eins zusammenzählt? Sind Alibi und Ausreden einer solchen Bestie aussagekräftig? Angeblich sprechen allein fremde DNA-Spuren gegen S. als Täter. Die Kaarster Einwohner sind fassungslos. Sie bangen um die Sicherheit ihrer Kinder …«

So ging es minutenlang weiter. Kalli war nicht überrascht, wie hier die Fakten verdreht wurden. Keine Rede davon, dass der angebliche Unfall auf ihn ein Anschlag gewesen war oder dass er, Kalli, gelähmt im Krankenhaus gelegen hatte, während der zweite Junge getötet wurde. Ganz zu schweigen davon, dass den Morden an Schneewittchen und seinem Freund keine Sexualdelikte zugrunde lagen. Und dass die beiden eher Jugendliche als Kinder gewesen waren.

Die Öffentlichkeit brauchte ein Bauernopfer, ganz klar. Dafür bot er sich natürlich an. Auf dem Präsentierteller. Man brauchte die Bestie nur wegzuschließen, diesmal für immer, und die Gefahr war gebannt. Die Leute könnten aufatmen. Zu beängstigend wäre dagegen die Vorstellung von einem Mörder, der zwar grausam Kinder tötete, aber ansonsten wie ein ganz normaler Mensch in der Nachbarschaft lebte, Familie und Freunde hatte, beliebt und anerkannt, jeden Tag mit einem teuren Auto zur Arbeit fuhr und eiskalt zuschlug, wann es ihm gerade passte. Einfach so. Ein Wolf im Schafspelz.

Und zum ersten Mal überlegte Kalli, wer das sein könnte und welche Motive hinter den Morden steckten.

Du musst mit dem Opfer anfangen, sagte er sich. Das Opfer ist immer der Schlüssel zum Verbrechen und der Wegweiser zum Täter. Das wusste keiner besser als er selbst.

»Was hatten die kleinen Jungen an sich, die Sie in Ihre Gewalt brachten? Die Sie sexuell missbrauchten? Worin unterschieden sie sich von all den anderen?«, hatte ihn einst ein Therapeut gefragt. Es war nach über zehn Jahren Haftzeit gewesen, nachdem Kalli sich längst damit abgefunden hatte, ein perverses Schwein mit abartigen Phantasien zu sein.

»Weiß nicht«, hatte er gemurmelt, peinlich berührt von der Frage des fremden Mannes. »Sie waren da.«

»Das ist zu einfach. Und Sie wissen das.«

Was natürlich zutraf. In langen, zermürbenden Sitzungen erarbeitete der Therapeut mit ihm, was genau Kalli an den Kindern gereizt hatte, nämlich ihre naive Unschuld, gepaart mit verletzlicher Schüchternheit.

Kalli atmete schneller, und es kribbelte in seinem Bauch, als er an die Gespräche von damals zurückdachte.

Was der Therapeut schließlich leise zusammengefasst hatte, ging Kalli damals durch Mark und Bein: »Sie wollten dem nahe sein, was Sie selbst lange verloren hatten, dem kleinen unschuldigen Jungen in ihrer Seele, der Sie nie wieder sein können. Aber das reichte Ihnen nicht, nicht wahr? Die Reinheit der Kleinen war für Sie letztendlich nicht zu ertragen, oder? Sie mussten sie ausmerzen, um selber weiterleben zu können.«

»Ich wollte ihnen nicht wehtun«, hatte Kalli verzweifelt protestiert. »Es war keine Absicht, ehrlich nicht. Ich liebe Kinder.«

Und doch war die Wahrheit in ihm hochgekrochen wie schleichendes Gift. Irgendwann war seine Abwehr zusammengebrochen; er hatte den Fakten ins widerliche Gesicht schauen müssen. Niedere Instinkte wie Neid, Hass und Macht lagen seinem Handeln zugrunde, nicht Begehren oder Liebe. Das war der Punkt gewesen, an dem der Heilungsprozess begonnen hatte.

Jetzt, in seiner letzten Nacht im Neusser Lukaskrankenhaus, fragte Kalli sich, welche Eigenschaften Danils seinen Mörder zur Tat getrieben hatten. Was der Junge an sich gehabt hatte, das ihn zum Opfer des Unbekannten machte.

Mit Schaudern vergegenwärtigte er sich die kalten Augen Danils und die Verachtung, die in ihnen gelegen hatte. Boshaft und verschlagen war Schneewittchen gewesen, zugleich unglaublich waghalsig. Denn welcher Zwölfjährige traute sich schon, einen verurteilten Mörder und Kinderschänder zu erpressen? Sich sogar in die Höhle des Löwen zu wagen und den Verbrecher ganz allein und ohne Zeugen in seiner Wohnung zu besuchen? Das war beinahe todesmutig gewesen. Oder auch lebensmüde, korrigierte Kalli sich. Ja, lebensmüde. Das traf es eher.

Ihm fiel ein, was Danil ihm damals am Küchentisch gestanden hatte, während er mit Kallis Feuerzeug herumspielte.

»Weißt du, ich bin auch ein Killer. Wir kommen beide in die Hölle, du und ich.«

Kalli hatte es als leeres, wichtigtuerisches Geschwätz abgetan. Heute sah er das anders. Er spürte die Resignation hinter der Großmäuligkeit. Den freien Fall.

Wir kommen beide in die Hölle …

Der Junge hatte sich abgeschrieben.

Was hatte er getan, dass er meinte, sich der dunklen Seite der Welt zuordnen zu müssen? Hatte er tatsächlich jemanden umgebracht? Wohl kaum. Ein Junge von zwölf Jahren, zart und schwach, wie er gewesen war.

Nachdenklich schaute Kalli zu den luftigen Vorhängen vor dem Fenster, die sich in der warmen Heizungsluft bauschten. Das sanfte Licht im Zimmer machte das Denken leicht. Aus scharfen Konturen wurden zarte Schemen, aus quälenden Grübeleien lockerleichte Gedankengebilde. Es war schon spät, bestimmt nach Mitternacht.

Kalli dachte an einen Nachmittag Ende September zurück, an dem er in Büttgen beim Zahnarzt gewesen war. Mit weichen Beinen und betäubtem Kiefer hatte er nach einer schmerzhaften Wurzelbehandlung die Praxis verlassen. Noch fühlte er sich zu schlapp, um den Heimweg über die Felder anzutreten. Stattdessen peilte er eine der Bänke auf dem Rathausplatz an, die sich um den Brunnen gruppierten. Es war ein grauer, kühler Tag. Alle Sitzflächen waren frei. Kein Kind spielte an den Rinnen oder den wasserspeienden Bronzetieren.

Gut so. Er setzte sich, der Rücken knackte. Ihn schwindelte. Müde sah er zu den Geschäften hinüber. Das Schaufenster des Optikers erinnerte ihn daran, dass er unbedingt seine Lesebrille reparieren lassen musste. Schon vor Wochen war einer der Bügel abgebrochen.

Sein Blick schwenkte zum Imbiss nebenan. Mehrere Kinder quollen heraus, jedes mit einer Portion Pommes frites in der Hand. Lachend und palavernd liefen sie zu der runden, kniehohen Ummauerung eines Blumenbeetes, an der ein paar Fahrräder lehnten. Daneben war noch genug Platz. Sie ließen sich nieder, aßen und quatschten.

Es war ein unbeschwertes Bild. Kalli erfreute sich daran. Unauffällig beobachtete er die Kinder. Auch ein Zwillingspärchen befand sich unter ihnen. Zwei Jungen, circa zehn Jahre alt. Sie sahen völlig identisch aus. Schmal waren sie, schwarzhaarig, Brillen- und Zahnspangenträger. Ihr argloses Lachen perlte zu ihm herüber wie bunte Seifenblasen. Die Kinder, die die beiden begleiteten, waren deutlich größer: zwei dünne Mädchen mit langen Zöpfen und ein kräftiger blonder Junge im Fußballtrikot.

In dem Moment näherte sich von rechts eine andere Gruppe. Kalli erkannte Danil Bodrow sofort: den tänzelnden Gang, die arrogante Kopfhaltung, den abschätzenden Blick. Flankiert wurde er von einem hoch aufgeschossenen, dürren Jungen mit Hakennase und einem Bulligeren mit auffälligen Aknenarben. Hinterdrein schlurfte ein pummeliges Mädchen.

Kalli betete inständig, Danil möge bloß nicht zum Brunnen schauen. Er hasste Schneewittchen; es machte ihm Angst. Erst wenige Wochen war es her, seit der Junge bei ihm zu Hause aufgetaucht war. Seitdem trug Kalli Dienstag für Dienstag sein gesamtes Geld zur Braunsmühle.

Gott sei Dank schien Danil ihn tatsächlich nicht zu bemerken. Stattdessen taxierte er die Clique am Blumenbeet. Kalli sah, wie sich seine Augen verengten und sich die Hände zu Fäusten ballten. Ein unangenehmes Grinsen breitete sich in dem engelhaften Gesicht aus. Kalli stöhnte auf.

Und dann ging alles ganz schnell. Danil rief seinen Begleitern irgendetwas zu; die vier bauten sich dicht vor den Kindern auf. Danil sprang vor und schlug einem der Zwillinge die Pappschale aus der Hand. Pommes frites regneten zu Boden, Ketchup spritzte. Der Junge mit den Pickeln drehte dem anderen Zwilling brutal den Arm auf den Rücken. Währenddessen drückte Danil das Gesicht des ersten Jungen tief in die Blumenerde. Der lange Schlaksige ohrfeigte den Trikotträger, während die Dicke gelassen zu den Fahrrädern der Kinder schlenderte.

Kalli beobachtete, wie sie mit einem kleinen Messer sämtliche Reifen zerstach. Die Mädchen mit den Zöpfen klammerten sich ängstlich aneinander und wichen jammernd ein Stück zurück.

Kein Mensch interessierte sich für das Geschehen auf dem Rathausplatz. Eine Frau mittleren Alters, die ihren Rauhaardackel spazieren führte, schlug sogar einen Bogen um die Gruppe und schaute demonstrativ weg. Auch aus dem Innern der Imbissbude kam keine Reaktion. Weder die Besitzer noch Gäste, die an der Theke anstanden, griffen ein. Kalli begann zu schwitzen. Er fühlte sich hilflos und schämte sich dafür. Doch die Furcht vor Schneewittchen lähmte ihn.

Gebannt beobachtete er, wie Danil sein Opfer nun an den Haaren hochriss und mit Schwung auf das Mäuerchen schleuderte. Wie er sich den anderen Zwilling griff, den der Pickelige bisher festgehalten hatte, und ihn grob neben seinen Bruder schubste. Beide Kinder hockten da wie ein doppeltes Häufchen Elend; das erste mit schwarzer Erde im Gesicht und ohne Brille, das zweite weinend. Danil stellte sich breitbeinig vor sie, das Kinn gereckt.

Was er zu den Kindern sagte, konnte Kalli wegen der Entfernung nicht verstehen, aber beide zuckten zusammen. Jetzt trat Danil vor. In aller Ruhe sog er die Wangen ein und rotzte den Zwillingen nacheinander ins Gesicht. Dann drehte er sich weg und gab den Freunden mit einem lockeren Wink aus dem Handgelenk das Zeichen zum Abzug. Gemächlich setzten sich die vier in Bewegung.

Plötzlich strauchelte Danil und krümmte sich nach vorn. Kalli bemerkte, wie sein Gesicht kalkweiß wurde und er nach Atem rang. Die Attacke gegen die Zwillinge war wohl über seine Kräfte gegangen. Sofort fing ihn der Lange auf, nahm ihn in die Arme und führte ihn weiter.

Da drehte sich der Pickelige noch einmal um und rief: »Ihr Opfer! Beim nächsten Mal zertret ich euch die Eier!«

Kalli beobachtete, wie Schneewittchen sich wieder aufrichtete und zufrieden lächelte.

Sich an den Schwachen und Wehrlosen zu vergreifen, ist keine Kunst, dachte Kalli, noch dazu in der Gruppe. Wenn das einer wusste, dann er selbst. Danil und seine Freunde hatten die Fähigkeit zu quälen und einzuschüchtern perfekt beherrscht. Aber Danil hatte sich als »Killer« bezeichnet.

Hatte er etwa ein Kind getötet? Einen von den Zwillingen beispielsweise, auf die er es offensichtlich abgesehen hatte? Kalli konnte sich das nicht vorstellen. Dann wäre doch in den Medien darüber berichtet worden. Und die Bullen hätten längst vor seiner Tür gestanden.

So kam er nicht weiter.

Fang mit der Persönlichkeit des Opfers an, mahnte er sich: ein gewaltbereiter, abgebrühter, hasserfüllter Junge mit Führerqualitäten und lebensmüde. Warum mochte man den erdrosselt haben? Aus Rache vielleicht? Hatte Danil noch andere – erwachsene – Leute erpresst? Jemanden, der sich das nicht länger gefallen lassen wollte?

Möglich.

Dieser Täter hatte es außerdem auf ihn, Kalli, abgesehen. Das durfte er nicht außer Acht lassen. Die Frage war bloß, ob der in ihm einfach nur ein Opferlamm gesehen hatte oder ob mehr dahintersteckte? Ein alter Groll zum Beispiel oder eine offene Rechnung. Schließlich war Kalli in Büttgen aufgewachsen. Die Neigung, sich kleinen Jungen zu nähern, hatte er schon früh in sich entdeckt. Ihm wurde mulmig zumute. Es ängstigte und beschämte ihn, in diese Richtung weiterzudenken

Was war mit dem anderen Opfer? Kevin Bayer? Danils treuem Anhänger?

Kalli erinnerte sich an die Zeiten im Bau zurück, wo immer

irgendeiner der Boss gewesen war. Ein Anführertyp, der das gewisse Etwas hatte, andere zu beeinflussen, und schlau und gefährlich war. Was wäre der ohne seine Bewunderer gewesen, die, ohne mit der Wimper zu zucken, umsetzten, was er befahl? Diese Mitläufer waren wie Waffen in seinen Händen. Ohne sie hätte der sich nie an der Macht halten können.

Außerhalb des Knasts herrschten die gleichen Regeln. Was wäre der kleine, schwächliche Danil ohne den starken Kevin oder diesen anderen, schlaksigen Jungen oder auch ohne die bedächtige Dicke gewesen? Moment, andersherum musste er fragen, denn schließlich war Danil zuerst gestorben: Was waren Kevin und die beiden anderen ohne Danil? Führerlose Marionetten vielleicht, die blind auf den Abgrund zustaksten? Könnte zutreffen. Denn Kevin, der bullige Junge mit den Pickeln, lebte schon nicht mehr.

Plötzlich war Kalli hellwach. Irgendwer musste sich mal mit dem Mädchen und dem Hakennasigen unterhalten. Die wussten bestimmt, was und wer hinter den Morden steckte. Inständig hoffte er, dass die Bullen längst auf die gleiche Idee gekommen waren. Na ja, aber wenn sie sich so gut um diese Jugendlichen wie um ihn kümmerten, hatte er wenig Hoffnung.

Müde schloss er die Augen. Hoffnung!, höhnte es in ihm. Wie kann man hoffen, wenn man keine Idee hat, worauf?

Der Sex mit Max war seltsam gewesen. Steif und fremd. Er allerdings schien das anders zu empfinden. Entspannt lag er rücklings in den zerwühlten Laken und zauste ermattet Ellas frisch gefärbtes Haar.

»Schön, dass du wieder da bist«, murmelte er, »bitte geh nicht nach Münster.«

Abrupt setzte sie sich auf, zog die Bettdecke bis über die Hüfte.

»Max, ich muss dir was sagen.«

»Ja?«

Er klang schläfrig.

»Ich kann das so nicht mehr.«

»Was?«

Urplötzlich lag Gereiztheit in dem einen kurzen Wort.

»So tun, als wäre nichts, und weitermachen wie bisher.«

»Aber das machst du doch gar nicht. Du bist doch schon halb weg.« Er rollte sich auf die Seite, stützte den Kopf auf den Arm und betrachtete sie bedauernd.

Ella nickte.

»Stimmt. Ich dachte, du hättest es nicht bemerkt.«

»Außerdem sagt Bine, dass du mit diesem Lehrer zusammen bist.«

Sie erschrak und stotterte: »Das kann man so nicht sagen.«

Max schnaubte.

»Immerhin bringst du ihn zu Thomas' Party mit.«

»Ja, richtig.«

»Na also! Wenn das nicht offiziell klingt! Kann ja ein toller Abend werden!«

»Na und?« Jetzt wurde sie sauer. »Wie oft waren wir gemeinsam bei irgendwelchen Feierlichkeiten, und ich musste zuschauen, wie du deine Frau küsst oder Händchen hältst!«

»Schsch …« Vorsichtig legte er eine Hand auf ihr Knie. »Es ist dein gutes Recht zu tun, was du tust. Dich neu zu verlieben, meine ich. Auch wenn's mir wehtut.«

Ella schluckte. So viel Einsicht hätte sie nicht erwartet.

Deshalb überraschte sie sein nächster Satz besonders.

»Wenn du magst, bleibe ich heute Nacht. Wegen des Einbrechers natürlich.«

Er lächelte schief und ein bisschen traurig.

»Und deine Frau?«

»Egal. Das klär ich morgen. Ich hab nur das Gefühl, dass heute die allerletzte Gelegenheit ist, dich für ein paar Stunden für mich zu haben. Ich will jetzt nicht gehen.«

Ella nickte.

»Dann bleib.«

Mit wehem Herzen kuschelte sie sich an ihn. Sie war schon fast eingeschlafen, als Max flüsterte, dass er sie liebe.

DREIZEHN

Paul erwachte früh. Plötzlich war ihm klar, was er zu tun hatte: Peschrath musste observiert werden. Erst nächsten Montag, also in vier Tagen, sollten Jacky und er wieder zur Schule gehen. Bis dahin hatte er rund um die Uhr Zeit, an dem Schwein dranzubleiben. Und irgendwann würde er zuschlagen. Sobald sich die Chance bot. Paul feixte grimmig. Wäre doch gelacht, wenn er es nicht auf die Reihe kriegte, seine Freunde zu rächen.

Seine Freunde …

Paul entsann sich, wie alles begonnen hatte. Als Danil sich plötzlich für ihn interessierte, und zwar nicht etwa als Opfer seiner miesen Spielchen, sondern als ebenbürtigen Partner. Was an sich schon eine krasse Sache war. In der Schule war das gewesen, in der großen Pause auf dem Schulhof, so vor anderthalb Jahren.

Angefangen hatte es mit einer Provokation. Tim aus der Parallelklasse hatte Paul ein paar gemeine Sprüche gedrückt. Dass sein Vater, der mit dem von Tim im gleichen Schützenzug war, ein schwanzgesteuertes Arschloch sei, so was in der Art. Einer, der ständig die Frauen der Freunde anbaggerte, um sie abzuschleppen. Ein asozialer Verräter eben. Ein Nestbeschmutzer. Tim hatte das wohl zu Hause aufgeschnappt.

Tatsächlich hatte sein Papa die Familie wegen irgendeiner jungen Schlampe verlassen, als Paul gerade in die Grundschule gekommen war. Schon immer wäre Papa ein Fremdgeher gewesen, hatte Mama nach der Trennung einmal ihrer Schwester geklagt, während Paul an der offenen Kinderzimmertür gelauscht hatte. Und brutal. Oft, wenn sie ihn gemahnt hatte, die Seitensprünge zu lassen und zu ihr zu stehen, war er ausgerastet und handgreiflich geworden. Manchmal hatte sie blaue Flecken an den Oberarmen oder Quetschungen an den Handgelenken davongetragen.

Paul wusste natürlich von den Streitigkeiten der Eltern. Deren Heftigkeit war ihm nicht verborgen geblieben. Die angespannte, explosive Stimmung hatte ihm Angst gemacht. Trotzdem liebte er seinen Vater; denn der konnte auch lieb und lustig sein. Paul wurde dann immer ganz warm ums Herz. Und als Papa auszog und sich von einem Tag auf den anderen kein Stück mehr um seinen einzigen Sohn kümmerte, so als hätte er aufgehört zu existieren, war irgendetwas in Paul gestorben.

Und nun redete Tim schlecht über Papa. Nein, schlimmer: Er stichelte und machte sich lustig. Das Schlimmste aber war: Er sprach in allem die Wahrheit.

Paul wusste noch, dass es ein schöner Frühlingsmorgen gewesen war; die Sonne hing strahlend gelb an einem tiefblauen Himmel. Bäume und Büsche am Rande des Schulhofs hatten frische grüne Blätter und blühten weiß und rosa, sodass man sich einfach gut fühlte. Frei irgendwie. Und dann solche Gemeinheiten! Paul, den man eigentlich kaum aus der Ruhe bringen konnte, pulsierte das Blut in den Adern, und sein Kopf wurde mit einem Mal ganz heiß.

Sein Blickfeld verschwamm. Die hässliche, hämische Fratze Tims, der viel stärker als Paul war, wurde zu einem milchigen Fleck. Hände verkrampften sich zu Fäusten. Und urplötzlich schoss er nach vorn und verpasste der Fratze voll eins auf die Zwölf. Tim kippte um wie ein gefällter Baum. Einfach so. Ungebremst. Paul war selbst schockiert von dem Ergebnis seines Wutausbruchs. Krass! Hammerhart! Und während Tims Kumpels sich um den Verletzten scharten, taumelte Paul wie schlafwandelnd, mit schmerzenden Fingerknöcheln und wild pochendem Herzen, ein paar Schritte zur Seite.

»Respekt«, hörte er da eine leise Stimme hinter sich, »dem hast du's voll gegeben.«

Paul drehte sich überrascht um und blickte direkt in Danil Bodrows weißes Gesicht mit diesen krassen blauen Augen, die immer alles zu wissen schienen. Paul hatte noch nie erlebt, dass Danil, der total cool und der härteste Typ der Klasse war, ihn mit solcher Anerkennung angeschaut hatte.

»Er hat deinen Alten beleidigt, stimmt's?«

»Mmm.«

»Dann hat er es verdient, ein paar Zähne zu lassen.«

Danil grinste breit.

Und Paul lächelte zaghaft zurück.

So waren sie Freunde geworden, Danil und er. Und weil Danil

mit Kevin ganz dicke war, war Paul es bald auch. Vor beiden Jungen hatte er vorher Schiss ohne Ende gehabt. Die Bedrohung, die von ihnen ausging, hatte jederzeit in rohe Gewalt umschlagen und ihn ohne Vorwarnung treffen können. Die Zeiten waren nun vorbei. Danil, Kevin und er hielten zusammen. Keiner würde sie trennen können.

Nur der Tod.

Die Trauer erwischte ihn in diesem Moment mit voller Wucht. Tränen schossen ihm in die Augen. Nein, er durfte sich nicht unterkriegen lassen. An Rache musste er denken, an Vergeltung, an nichts anderes. Und dann kam ihm die Idee.

Kevin war, das hatte er in den Nachrichten gehört, mit einer abgesägten Schrotflinte erschossen worden. Aus nächster Nähe waren die Schrotkügelchen eingeschlagen. Jedes einzelne hatte Haut und Knochen zerfetzt und Krater gerissen. Deshalb war sein Gesicht nur noch ein einziger blutiger Brei gewesen.

Die Waffe musste noch im Besitz des Mörders sein, denn am Tatort hatte sie nicht gelegen. Wahrscheinlich war sie in Peschraths Haus versteckt, auch wenn die Bullen zu blöd gewesen waren, sie zu finden. Ob er es hinkriegte, dort einzubrechen und die Knarre aufzustöbern? Warum eigentlich nicht? Musste doch zu schaffen sein. Und dann würde er den Mörder mit seiner eigenen Waffe richten.

Wegpusten.

Hart und gerecht. Bäng.

Ella drehte und wendete sich vor dem Spiegel im Flur und zupfte ihr Kleid zurecht. Ganz schön aufgedonnert hast du dich, stichelte ihre innere Stimme. Wem willst du eigentlich imponieren? Walter oder Max? Wahrscheinlich beiden, gestand sie sich ein. Sie seufzte und trat näher, um ihr Augen-Make-up aus nächster Nähe zu überprüfen. Alles in Ordnung, fand sie. Der Lidstrich schwang sich kühn um den dichten, schwarz getuschten Wimpernkranz. Und der satt aufgetragene Lidschatten schillerte in Türkis und Saphirgrün. Passend zur Farbe ihrer Iris. Jetzt noch Lippenstift auftragen und in die schwarzen Wildlederstiefel schlüpfen, dann bist du so weit.

In dem Moment klingelte es.

Ella stutzte. Sie hatte doch noch eine Viertelstunde.

»Um zwanzig Uhr hol ich dich ab«, hatte Walter ihr vorhin am Telefon versprochen. »Kaarster Straße ist doch richtig, oder?«

Ella eilte leicht genervt zur Wohnungstür, öffnete sie einen Spalt und betätigte den Drücker. Männer, die zu früh zu Verabredungen kamen, fand sie genauso schlimm wie solche, die einen unnötig warten ließen. Beides warf sämtliche Planungen über den Haufen. Sollte Walter etwa zu beiden Kategorien gehören? Hastig kramte sie im Schuhschrank nach den hochhackigen Stiefeln. Ach, da waren sie ja.

Ella hatte gerade die Reißverschlüsse hochgezogen, als die Tür schwungvoll aufgedrückt wurde. Sie gefror mitten in der Bewegung, als sie erkannte, wer dort Kaugummi kauend im Türrahmen stand und sie verächtlich von oben bis unten musterte.

»Was machst du denn hier?«, stotterte sie.

Denis Bodrow antwortete nicht, sondern betrat einfach die Wohnung. Er schloss die Tür hinter sich und lehnte sich dagegen. Verschränkte die Arme vor der Brust.

Eine Schnapsfahne zog durch den Flur. Ella wich einen Meter zurück. Denis Bodrow war in einem desolaten Zustand, das war offensichtlich: unrasiert, ungekämmt, nachlässig in Jogginghose und Sweatshirtjacke gekleidet, schwankend.

»Warum hast du mich nicht zurückgerufen, du Schlampe?«, fuhr er sie an. »Erst einen auf dicke Hose machen, von wegen helfen und so, und dann kneifen. Und das Schlimmste: uns das Jugendamt auf den Hals zu hetzen! Mama ist nur noch am Weinen, seitdem Konsti und Roman im Heim sind.«

»Was?« Erschrocken richtete sie sich auf. »Wieso im Heim?« Das Bild zweier verstörter Kinder mit blassen Gesichtchen huschte aus der Erinnerung an ihr vorbei.

»Musst du doch am besten wissen!«

Denis nestelte in der ausgerissenen Tasche seiner Kapuzenjacke herum. Schließlich holte er eine zerdrückte Zigarettenpackung und ein Feuerzeug hervor. Sekunden später zog Qualm durch Ellas Flur und mischte sich mit den Alkoholausdünstungen.

Ella schüttelte heftig den Kopf und beteuerte: »Ich hab nichts damit zu tun! Ich hab bestimmt nicht veranlasst, dass die Kleinen in so einer Situation weg von der Mutter kommen.«

»Ach ja?« Er musterte sie halb besänftigt, halb misstrauisch und sog dann heftig an der Zigarette. »Wer dann?«

»Weiß ich doch nicht.«

Plötzlich wurde sie sauer. Sie wollte mit alldem nichts mehr zu tun haben. Hatte die ganze schlimme Geschichte um Danils schrecklichen Tod für sich abgehakt. Warum ließ man sie nicht in Ruhe ihr Leben leben? Was wollte dieser junge Mann von ihr? Und wer war in ihrer Abwesenheit in ihre Wohnung eingedrungen und hatte sie durchsucht? Und vor allem nach was? Mit einem Mal kam ihr eine Idee. Sie kniff die Augen zusammen und sah Denis prüfend an.

»Bist du das gewesen?«, fragte sie leise. »Bist du bei mir eingebrochen?«

»Was?« Er runzelte die Stirn, offenbar aus dem Konzept gebracht. »Warum sollte ich? Du hast mich doch freiwillig reingelassen.«

Es klang so verblüfft, dass sie ihm sofort glaubte.

»Ich weiß nicht. Ich weiß nur, dass jemand hier war, als ich in Münster war.«

»Muss mich mal setzen, ist doch okay, oder?« Denis stieß sich von der Tür ab und ging ein paar Schritte in Richtung Ess- und Wohnzimmer. »Ist denn was geklaut worden?«

»Nein. Nichts«, murmelte sie und folgte ihm zum Sofa. Erst jetzt bemerkte sie die Laptoptasche, die von seiner Schulter baumelte. »Ist nur nicht alles an seinem Platz gewesen, zum Beispiel die Tastatur meines Computers. Irgendjemand hat die verschoben, an eine Stelle, an die ich sie nie …«

Denis ließ sich aufs Polster fallen. Von dort blickte er interessiert zu ihr auf. »Und? Wurden Daten gezockt?«

Verdattert sank Ella auf eine Armlehne.

»Keine Ahnung. Ich bin noch gar nicht auf die Idee gekommen nachzuschauen.«

Denis schnaubte.

»Hätte ich als Erstes gemacht«, behauptete er. »Warum sollte sonst jemand an deinen Rechner wollen?«

Vage Unruhe breitete sich in Ella aus. Denis Bodrow hatte recht.

Weshalb nur war sie bisher nicht selbst auf die Idee gekommen? Oder Max? Am liebsten wäre sie sofort aufgesprungen und ins Atelier hochgeklettert. Stattdessen hockte sie hier mit diesem halb betrunkenen Jungen, der gerade ungeniert Zigarettenasche auf ihren Teppich abklopfte.

»Aber es trifft sich gut, dass wir von Daten reden«, nuschelte er, »genau deshalb bin ich nämlich hier.« Umständlich packte er den Laptop aus. »Du hast gesagt, du hilfst mir dabei, rauszufinden, was mit Danil los war. Das war ein Versprechen. Du kannst nicht zurück.«

»Denis, ich …«

Sie wollte ihm erklären, warum sie diesen Rückzieher gemacht hatte. Dass sie verängstigt wegen des anonymen Anrufs war, dass sie Sorge hatte, ihr Leben sei in Gefahr, wenn sie weiter in den Angelegenheiten der Bodrows herumstöberte. Die Worte blieben ihr im Hals stecken. Was waren ihre Ängste gegen die von Denis? Vater und Bruder tot, ermordet. Die kleinen Geschwister im Heim, die Mutter völlig überfordert. Sie sah ja, wie ihm das alles zusetzte.

Währenddessen hatte Denis den Laptop hochgefahren.

»Das ist meiner«, sagte er leise, »aber auch Danil hat ihn benutzt, um ins Internet zu kommen. Es ist der einzige Computer, den es bei uns zu Hause gibt. Den Bullen hab ich nichts davon erzählt. Aber ich hab mal nachgeforscht, was Danil alles mit dem Teil angestellt hat und bin auf ein paar Sachen gestoßen, die echt abgefahren sind. Hab keine Ahnung, was die zu bedeuten haben. Darum mein Anruf vor ein paar Tagen. Ich will nichts weiter, als dass du … dass Sie mal mit drübergucken …«

Auffordernd sah er ihr geradewegs in die Augen. Und indem er zum höflichen Sie zurückfand, zollte er ihr endlich wieder Respekt, zog sie aber gleichzeitig auch auf seine Seite zurück. Sie konnte nur nicken. Sich zu wehren, war zwecklos.

»Hier«, sagte er einen Augenblick später. Er wirkte wesentlich nüchterner als noch vor wenigen Minuten. »Warum zum Beispiel hat er ›erbliche Herzfehler‹ gegoogelt?«

Neugierig schaute Ella auf den Bildschirm. Tatsächlich. Danil hatte sich für Gefäßerkrankungen interessiert. Mehrfach hatte er medizinische Seiten aufgerufen, die sich mit derartigen Symptomen und Diagnosen beschäftigten.

»Er war doch gesund, oder? Oder litt er unter irgendwelchen Beschwerden?«, hakte sie nach.

»Keine Ahnung. Mir hat er nichts gesagt. Okay, manchmal war er ein bisschen blass und schlapp und so. Kriegte schnell blaue Lippen. Aber so war es schon immer, wenn er sich anstrengte. Nichts Neues bei ihm, echt nicht.«

Ella fiel Danils Kohlezeichnung von der Braunsmühle ein und die Figur mit dem fehlenden Herzen. Vielleicht hatte sie das Bild völlig falsch interpretiert. Vielleicht bezog sich das weiße Loch im Brustkorb des Männchens gar nicht auf eine Herzlosigkeit im übertragenen Sinne, sondern auf ein physisches Problem. Erbliche Herzfehler …

»Haben deine Eltern Herzprobleme oder Verwandte oder Vorfahren? Herzrhythmusstörungen? Herzklappenfehler?«, fragte sie.

»*Njet.*« Denis schüttelte heftig den Kopf. »Keiner.«

»Mmm.«

»Oder das hier.« Denis schloss die Seite und öffnete die Startseite eines Social Networks. Schnell gab er ein Passwort ein. »Freddy Mercury«, murmelte er dabei. »War so einfach, das zu knacken. Danil hat in den letzten Monaten nur noch Musik von der Schwuchtel gehört. Hat mich echt genervt.«

Denis hielt ihr den Laptop hin und ließ Ella eine Stelle des gespeicherten Chatverlaufs zwischen »Danil B.« und einem anderen User lesen.

»Wer ist ›Little Caretaker‹?«, fragte sie erstaunt.

»Das wollte ich eigentlich Sie fragen.«

»Und worüber schreibt er?«

»Krass, oder?« Denis markierte ein paar Zeilen von »Little Caretaker« und las sie langsam vor: *»Es ist nicht wichtig, woher du kommst, sondern nur, wohin du gehst.«* Er schüttelte geringschätzig den Kopf. »Ganz schön schleimig, find ich.«

Ella nickte.

»Plattitüden.« Als sie sein fragendes Stirnrunzeln sah, erläuterte sie: »Allgemeinplätze, leeres Gerede. Was schreibt denn Danil dazu?«

Denis scrollte ein Stück weiter nach unten.

»Hier, echt Hammer, was er antwortet: *Ich geh dahin, wo alle sind, die es geschafft haben. Aber was nützt mir das, wenn ich nicht mal weiß, wer ich bin. Wer ist das, den ich im Spiegel seh? Bin ich nur ein Opfer, oder was?* Was labert er da? Ich raff's nicht.«

»Ich geh dahin, wo alle sind, die es geschafft haben.« Ella hatte einen Kloß im Hals, während sie Danils Worte wiederholte. »Er spricht vom Tod, und zwar von seinem eigenen.«

Denis hielt die Luft an. Sie spürte seinen Schock.

»Schwachsinn!«, begehrte er auf. »Woher soll er gewusst haben, dass ihn einer umbringt? Es sei denn, er …«

Weiter kam er nicht, denn es klingelte.

»Oh, das ist Walter. Moment.« Eilig stöckelte Ella zur Wohnungstür. »Ich bin bei einer Geburtstagsparty eingeladen, und ein Freund holt mich ab.«

Walter Kleinmeyer sah noch besser aus, als sie ihn in Erinnerung hatte. Ihr Herz machte einen Sprung. Er strahlte sie an. Vorsichtig machte sie einen Schritt auf ihn zu. Kurz wurde sein Blick ernst, dann zog er sie zu sich heran. Sie küssten sich wie auf dem Parkplatz, nur hemmungsloser. Wieder hatte sie verrückterweise das Gefühl, Max zu betrügen. Dann erinnerte sie sich an Denis.

Sie schob Walter von sich und raunte: »Ich hab noch Besuch. Stell dir vor: Danils Bruder.«

Walter stutzte, fing sich aber sofort wieder.

»Ich hoffe nicht, dass du dich für den so aufgebrezelt hast. Ich bin nämlich davon ausgegangen, es sei für mich«, flüsterte er mit golden funkelnden Augen zurück.

»Wer weiß?«, scherzte sie und führte ihn ins Wohnzimmer.

»Hi«, begrüßte Denis ihn skeptisch.

Ella versuchte, den jungen Mann mit Walters Augen zu sehen: eine größere, reifere Ausgabe von Danil, nur heller.

»Guten Abend. Walter Kleinmeyer«, stellte sich Walter höflich, aber ziemlich reserviert vor. Plötzlich kniff Denis die Augen zusammen.

»Kleinmeyer? Den Namen kenn ich doch!« Misstrauisch schoss sein Blick zwischen Ella und Walter hin und her. »Sie waren Danils Klassenlehrer, stimmt's? Verfickte Scheiße.« Er fixierte Ella. »Was sollen die Spielchen? Was haben Sie auf einmal mit diesem Typen zu tun?«

Wütend klappte er den Laptop zu, stopfte ihn in die Tasche zurück und hievte sich vom Polster hoch. Dabei schwankte er leicht.

Walter schnaubte. »Das Gleiche könnte ich Ella in Bezug auf dich fragen. Was hast du in der Wohnung meiner Freundin zu suchen?«

»Ach ja? Was geht dich das an, Arschloch?«

Denis reckte aggressiv das Kinn vor und ging auf Walter zu.

»Halt!« Ella stellte sich zwischen die beiden. »Aufhören!«

Sie überlegte, wie sie die Situation entschärfen konnte, und stotterte schließlich: »Denis ist gekommen, um mit mir über Danil zu sprechen. Über seinen Tod und so. Wir kennen uns von einem Kondolenzbesuch, den ich nach der Beerdigung bei den Bodrows gemacht habe.« Sie seufzte und richtete sich an Denis. »Und Walter hab ich in Danils Schule kennengelernt. Ist noch nicht lange her. Eigentlich war ich dort, um mich mit seinen Freunden zu unterhalten: Paul, Kevin und Jacqueline. Stattdessen lief ich Walter in die Arme. Wir mochten uns sofort. Denis, es war ein Zufall, nichts weiter!«

Denis fuhr sich mit gespreizten Fingern durchs Haar.

»Zufall, klar.« Dann schüttelte er heftig den Kopf. »Ich fall immer wieder auf dich rein«, stieß er aus, »ich Idiot. Wetten, dass du es doch warst, die uns das Jugendamt auf den Hals gehetzt hat? Wer weiß, wem du noch weitererzählst, was ich dir über meine Familie anvertraut hab!«

Grob stieß er sie zu Seite und lief zur Tür hinaus.

»Warte!«, rief sie hinter ihm her. »Du kannst mir vertrauen, wirklich.«

Aber er war schon weg. Die Tür knallte ins Schloss.

»Lass ihn«, sagte Walter trocken, »er glaubt dir eh nicht. In seiner Welt gibt es kein Vertrauen. Ich kenn das. Von seinem kleinen Bruder.«

Kalli wusste, dass etwas Schlimmes passieren würde. Die Gefahr kribbelte unter der Haut und ließ seine Finger zucken. Dabei war eigentlich, oberflächlich gesehen, alles in Ordnung.

Die gestrige viertelstündige Fahrt von Neuss nach Kleinenbroich in dem behindertengerechten Taxi mit dem massigen, vollbärtigen Fahrer war problemlos verlaufen. Zumindest hatte der knurrige Dicke ihn in Ruhe gelassen. Das Schweigen zwischen ihnen war einvernehmlich gewesen.

Kalli hatte sich tatsächlich ein bisschen entspannen können. Nachdem er an der Rezeption unter »Dieter Müller« aufgenommen worden war, hatte ihn eine freundliche Krankenschwester mit dem Rollstuhl erst in den Aufzug und im zweiten Stock dann in ein geräumiges Einzelzimmer geschoben.

Beim Vorbeirollen hatte Kalli einen Blick von der lichtdurchfluteten Galerie bis ganz nach unten in die mit Sitzgruppen, Grünpflanzen und schwatzenden Menschen belebte Halle werfen können.

Noch nie war er Patient in so einer luxuriösen Einrichtung gewesen. Die gediegene, gepflegte Atmosphäre flößte ihm Angst ein. Er fühlte sich fehl am Platz und bemühte sich, die Situation und vor allem die neue Identität als Chance zu sehen. Es war eine ganz fremde Erfahrung, mit unbefangener Höflichkeit begrüßt und behandelt zu werden. Warum konnte er das nicht einfach genießen?

Weil etwas Schreckliches passieren würde. Kalli ahnte das Unheil nicht nur, nein, er sah es kommen. Die Furcht schnürte ihm die Kehle zu; nervös strich er mit den Fingern über den Verband am Unterarm, der den tätowierten Schriftzug verdeckte. Die frisch gestrichenen vanillefarbenen Wände des gemütlichen Zimmers schienen Stück für Stück näher zu kommen, um ihn zu zerquetschen.

Die Strecke war eine einzige Buckelpiste. Es war so düster, dass Paul die Hand kaum vor Augen sehen konnte. Fest umklammerte er den Lenker. Blöd nur, dass die Fahrradlampe kaputt war. Egal, es musste auch so gehen. Nervös radelte er weiter, immer tiefer in die Wildnis hinein.

Die Baumgerippe des Vorster Waldes knarrten und erhoben ihre knotigen Äste drohend über den dunklen Schotterweg. Zwischen den mächtigen nackten Laubbäumen drängten sich vereinzelt –

wie haarige schwarze Ungeheuer – buschige Fichten. Schneereste blitzten weiß zwischen den Stämmen auf.

Paul befiel das schreckliche Gefühl, sich in einem verfluchten Zauberwald zu befinden. Gleich würden zu Hunderten und Tausenden riesige Spinnen herauskriechen und ihn umzingeln, oder die Bäume würden lebendig werden und sich herabneigen, um ihn mit ihren Ästen zu umschlingen. Wie bei Harry Potter in Hogwarts.

Endlich erreichte er den mannshohen schmiedeeisernen Zaun mit den Pfeilspitzen an den Enden, der das Anwesen der Peschraths vom Vorster Wald trennte. Das Fahrrad schob er in ein dichtes Gestrüpp. Dann trat er vorsichtig näher auf das mächtige geschlossene Tor zu.

Zu beiden Seiten der verschnörkelten Flügel standen altmodische Laternen. Warm beleuchteten sie die Einfahrt zum Haus. Rechter Hand neben dem Tor machte Paul den Briefkasten aus, in den Kevin seinen Drohbrief geworfen hatte. Auch er war aus schwarzem Metall gefertigt, in das Zaungitter eingelassen und ähnelte einem Tresor.

Kevin. Der Schmerz war so schlimm, dass es kaum auszuhalten war. Nächste Woche würde die Urne seines Freundes auf einem Düsseldorfer Friedhof »im kleinsten Kreis« beigesetzt werden. »Unter Ausschluss der Öffentlichkeit«. Fremde waren nicht erwünscht. Seine Mutter hatte ihm das erzählt. Und die wusste es von Kevins Nachbarn.

»Du musst das verstehen«, hatte sie versucht, ihrem entsetzten Sohn begreiflich zu machen, der fest davon ausgegangen war, zu der Bestattung eingeladen zu werden. Wie bei Danil eben. »Die Leute möchten in Ruhe gelassen werden. Die Bayers sind nicht wie Galina Bodrow, die aus der Beerdigung ihres Sohnes die reinste Show gemacht hat. Obwohl sie sich das Geld dafür erst zusammenschnorren musste.«

»Aber ich war sein bester Freund!«, hatte Paul aufbegehrt. »Kevin hätte gewollt, dass ich dabei bin.«

»Aber seine Familie möchte es nicht. Nur das zählt. Kevin ist tot. Er kriegt eh nichts mehr mit. Damit musst du dich abfinden.«

Er kriegt eh nichts mehr mit. Scheiß was drauf! Paul wollte

das nicht glauben. Lieber stellte er sich vor, wie Danil und Kevin gespannt aus den Wolken zu ihm herabblickten und voller Genugtuung Pauls Rachepläne mitverfolgten. Es war ein tröstlicher Gedanke.

Er schlenderte näher auf die Einfahrt zu und drückte probeweise die Klinke am Tor. Abgeschlossen, natürlich. Er sah zum Haus hinüber. Hinter einigen der Butzenscheiben brannte Licht. Neben der Garage, die ein Giebeldach aus schwarzen glänzenden Dachziegeln trug und die Ausmaße eines Einfamilienhauses hatte, parkte ein riesiger roter Mercedes-Van. Dahinter stand ein kleineres graues Auto.

Plötzlich flammte die Beleuchtung vor der Eingangstür auf. Stimmen wehten zu Paul herüber. Schnell huschte er in den Schatten des Briefkastens und drückte sich unter ein Nadelgebüsch. Es piekte im Rücken. Angestrengt starrte er durch die Gitterstäbe auf das taghell angestrahlte Grundstück.

Fünf Personen betraten die gepflasterte Fläche, unter ihnen Markus Peschrath in rosa Hemd, Sakko, steif gebügelter Jeanshose und feinen schwarzen Schuhen.

»Wir müssen jetzt wirklich los. Kommt jetzt!«, herrschte er die anderen an. Sein kurzes Haar glänzte wie Alufolie. Paul erkannte den ungeduldigen Tonfall des Mannes genau wieder und erinnerte sich daran, wie abfällig sich der Typ bei der Führung durch die Braunsmühle der Klasse gegenüber verhalten hatte.

Besonders Danil hatte er von oben herab behandelt. Als sei der der letzte Idiot gewesen. Dabei hatte Danil nur ein paar harmlose Fragen gestellt, für seine Verhältnisse sogar extrem höflich: »Die Mühle stand viele Jahre leer. War nur noch eine Ruine. Sind Sie damals mal hier drin gewesen? Muss krass gewesen sein, richtig gruselig. Ich mein, in den Achtzigern hat sich doch dieses Mädchen vom Mühlenturm gestürzt. Oder wurde sie gestoßen? Was denken Sie?«

Peschrath aber hatte Danil grob zurechtgewiesen: »Diese Fragen haben nichts mit der Historie der Mühle zu tun, Junge! Ich werde sie nicht beantworten. Konzentriere dich lieber auf die technischen Einzelheiten und auf die Geschichte –«

»Ich finde, es ist eine echt spannende Geschichte«, hatte Danil ihn ungerührt unterbrochen. »Ungelöster Todesfall und so …« Sein Grinsen war plötzlich herausfordernd geworden.

Paul kapierte gar nicht, worauf der Freund hinauswollte. Aber es gefiel ihm, wie Danil es immer wieder schaffte, die Leute aus der Reserve zu locken. Peschrath bekam ein puterrotes Gesicht und Schweißperlen auf der Stirn; dann wurde er laut.

»Ausgemachter Quatsch!«, polterte er. »Halt jetzt dein Maul und hör einfach nur zu.«

Paul erinnerte sich noch gut an die Verachtung in Danils Augen. Und er erinnerte sich, wie ihm selbst ganz warm ums Herz geworden war bei der Erkenntnis, dass Danil ihn nie mehr so kalt ansehen würde. Weil Paul ein Freund für ihn geworden war. Neben Kevin der beste.

Der Brustkorb wurde ihm eng, sein Herz schmerzte. Er konzentrierte sich auf die Szene vor dem Van. Beim näheren Betrachten der mickrigen Zwillingsbrüder in ihren braven Anoraks kräuselte er die Lippen.

Loser, dachte er, peinliche Brillenschlangen.

»Warum müssen wir denn mit zu Onkel Thomas?«, quengelte einer von ihnen. »Da ist es doch bestimmt voll langweilig!«

»Ich hab auch keinen Bock«, pflichtete ihm sein älterer Bruder Florian bei.

Er war schon achtzehn, wie Paul wusste, und würde im nächsten Jahr sein Abitur machen. Früher war er Mitglied im selben Tischtennisverein wie Danils Bruder Denis gewesen, bis er sich zu fein dafür wurde, mit »solchen Prolls« zu spielen.

»Du musst mit«, bestimmte Markus Peschrath jetzt ungehalten. »Thomas ist dein Patenonkel. Er erwartet, dass du zu seinem Geburtstag kommst.«

Nun mischte sich Peschraths Frau, eine dürre kleine Blondine in violettem Kostüm und Stöckelschuhen, ein. Ihre Stimme war leise und sanft, dabei aber nicht weniger bestimmend als die ihres Mannes.

»Natürlich darfst du zeitig mit den Zwillingen nach Hause fahren, Flori, so gegen elf vielleicht. Ich möchte sowieso nicht, dass die Kleinen allzu lange aufbleiben. Das tut ihnen nicht gut.

Du nimmst dann den Mercedes, und Markus und ich bestellen uns später ein Taxi. Einverstanden, Schatz?«

»Okay, Mama. Dann setz ich mich aber auch schon auf der Hinfahrt nach Büttgen hinters Steuer.«

»Warum?« Markus Peschrath klang nicht gerade begeistert.

»Weil's cooler ist. Und weil ich den Weg zur Körnerstraße 3 im Schlaf finde. Bin schließlich mindestens einmal die Woche bei Lena.« Florian marschierte schnurstracks zur Fahrertür und riss sie schwungvoll auf. »So, auf zu den Wimmers.«

Er schwang den langen Körper hinein. Paul sah seinen schwarzen Haarschopf über die Kopfstütze ragen.

»Warum dürfen wir nicht zu Hause bleiben? Ich will an den Computer, nicht zu dieser öden Party«, jammerte erneut einer der Zwillingsbrüder.

Paul konnte sie einfach nicht auseinanderhalten. Luca und Leander hießen die beiden mit Vornamen. Voll die Schwulennamen, fand er.

Papa Peschrath jedoch kannte kein Erbarmen, sondern schnauzte nur: »Keine Widerrede!«

Dann klappten die Türen des Wagens, der Motor wurde gestartet, und die Scheinwerfer flammten auf. Unwillkürlich duckte Paul sich tiefer in die stacheligen Nadelzweige. Er hatte Glück: Die Strahler verpassten ihn knapp. Plötzlich ertönte ein Schnarren. Die riesigen Flügeltüren öffneten sich wie von Geisterhand. Paul hielt die Luft an, so lange, bis der Van aus der Ausfahrt gerollt war. Kurz erhaschte er einen Blick auf das arrogante langnasige Profil Florians hinter der Scheibe. Typen wie der würden sich immer wie etwas Besseres vorkommen. Als gehörte ihnen die ganze Welt, nein, das stimmte nicht ganz: nur der reiche, angenehme Teil. Wohnblocks wie die der Bodrows oder der Frankens interessierten diese eingebildeten, feinen Arschlöcher nicht. Die wurden gemieden wie die Pest, denn im Vergleich zu einer Villa wie der hier mussten sie den reichen Kids wie Ghettos vorkommen.

Fast hätte Paul über seinen düsteren Überlegungen die Chance verpasst, auf das Grundstück zu gelangen. In letzter Sekunde sprang er auf und quetschte sich durch den immer schmaler werdenden

Spalt zwischen den Gitterstäben hindurch. Puh, gerade noch geschafft. Schwer atmend stand er neben der Garage und sah die Rücklichter des Mercedes wie entzündete rote Augen im Wald verschwinden.

VIERZEHN

»Habt ihr schon den Zeitungsartikel über den Mordfall an der Braunsmühle gelesen?«, fragte Bine atemlos in die gesellige Runde.

Auf Ella wirkte sie ziemlich aufgedreht. Ungeduldig zwirbelte sie ihr halb volles Sektglas zwischen den Fingern. Die kirschrot geschminkten Lippen standen nicht still, der blonde Bob wippte. »Sehr interessant, finde ich. Stellt euch vor, der Junge wurde vermutlich eine ganze Nacht im Geräteschuppen hinter der Mühle gefangen gehalten, bis man ihn frühmorgens erdrosselte. Seine Fingerabdrücke und DNA-Spuren fanden sich zuhauf in der Holzhütte, genauso wie fremde. Also, wenn ihr mich fragt: Der Pädophile ist wieder voll im Rennen. Sein Alibi ist jedenfalls keinen Pfifferling mehr wert! Apropos, da kann ich euch was erzählen, ihr glaubt es nicht …«

Ella wurde ganz schwindelig beim Zuhören. Kaum hatte sie verdaut, wo und unter welchen Qualen Danil vermutlich seine letzten Stunden verbracht hatte, da platzte Bine schon mit dem nächsten Kracher heraus:

»Der Schmittke ist seit heute Vormittag bei uns in der Reha. Als ganz normaler Patient, allerdings unter falschem Namen. Dieter Müller, meine Güte, aber ich habe sein Gesicht sofort erkannt, als er mit dem Rollstuhl in die Eingangshalle fuhr.«

Ella war froh, Walter neben sich zu wissen. Es gefiel ihr, wie er mit ruhiger Stimme einhakte: »Dürfen Sie denn dann darüber sprechen? Sicher hatte die Geheimhaltung seiner wahren Identität einen Sinn, oder?«

Aber Bine war nicht zu bremsen. Mit schwungvoller Handbewegung wischte sie Walters Bedenken – und sicher auch ihre eigenen – weg. Fast wäre Sekt aus ihrem Glas geschwappt.

»Kann sein. Mir doch egal. Ich finde, in diesem Fall sollen alle unbescholtenen Bürger Bescheid wissen. So ein Perverser verdient keinen Schutz. Das wäre doch eine verkehrte Welt. Wir sollten vor dem geschützt werden, nicht umgekehrt.«

»Stimmt«, mischte sich Florian Peschrath ein, der zusammen mit seiner Mutter sowie der fünfzehnjährigen Lena Wimmer neben Walter und Ella am Stehtisch stand und gerade noch in einem Teller mit Häppchen herumgepickt hatte. »Ich versteh auch nicht, wie dieser Verbrecher überhaupt auf freien Fuß kommen konnte. Nach allem, was er damals diesen kleinen Jungen angetan hat. Mamas Cousin, der …«

»Flori, bitte!« Vanessa Peschraths Stimme unterbrach ihn schneidend. »Keine Tratscherei.«

»Schon gut. Aber ist doch wahr«, grummelte Florian. »Diese Typen haben ihr Leben verwirkt. Dass so einer jetzt bei Tante Sabine in der Klinik ist und dem dort der Arsch hinterhergetragen wird, ist doch echt das Letzte.«

»Der Mann ist an der Wirbelsäule verletzt. Er ist gelähmt und kann sich daher zurzeit nicht selber helfen«, rügte Ella den Jungen mit mühsam unterdrücktem Ärger, »weil irgendjemand, der glaubt, das Recht gepachtet zu haben, in Selbstjustiz gehandelt hat.«

»Ich nenn das Zivilcourage«, feixte Florian.

Ella fand den Jungen unsympathischer denn je. Borniert und besserwisserisch. Wie sein Vater. Warum ein toughes Mädchen wie Lena so einen toll fand, war ihr schleierhaft.

»Nun ja, ich halte es für feige, jemanden von hinten mit dem Auto umzufahren. Und erst recht, diesem Menschen einen Mord in die Schuhe schieben zu wollen«, widersprach sie und drehte sich genervt von Florian weg. Dabei berührte sie leicht Walters Hand.

»Stimmt.« Walter nickte, und sein Bernsteinblick streifte jeden Einzelnen am Tisch: Bine, Florian, Lena und Vanessa Peschrath. »Dabei ist doch klar, dass ein anderer die beiden Schüler ermordet hat. Wahrscheinlich jemand aus dem Dorf. Schließlich wurden die Kinder auf Büttger Grund getötet. Da kommen viele Leute in Betracht, auch bisher unbeschriebene Blätter. Außerdem stimmt mich nachdenklich, dass der erste Mord auf dem Gebiet der Braunsmühle geschah. Nur ein Ortskundiger kennt das Gartenhäuschen dort. Schon seltsam, oder?«

Sprach's, ergriff Ellas Hand und führte sie weg. Die sah gerade noch, wie Vanessa Peschrath vor Empörung errötete. Ihre Gesichtsfarbe biss sich mit dem Violett ihres Designerkleides.

»Lass uns bitte an die frische Luft gehen«, bat Ella.

Draußen auf der Terrasse, von der beißend kalten Luft schnell abgekühlt, atmete sie tief durch.

»Danke.«

Sie lehnte ihren Kopf an seine Schulter. Sanft zog er sie an sich.

»Gern geschehen«, flüsterte er in ihr Haar. »Ich hasse diese Schwarz-Weiß-Malerei. Reizt mich jedes Mal zum Widerspruch.«

»Mir tut dieser Schmittke inzwischen richtig leid«, bekannte Ella. »Egal, was er mal getan hat. An den Büttger Morden ist er jedenfalls unschuldig. Aber alle Welt will ihn zum Täter machen. Sogar meine beste Freundin.«

»Es passt nicht in ihr Weltbild, dass man so jemandem auch Unrecht tun kann. Für sie hat er mit seinen Taten jedes Recht auf Gnade oder Barmherzigkeit verspielt.« Walter streichelte ihren Rücken. »Wenn sie wüsste, wie Danil sich seinen Mitschülern gegenüber verhalten hat, würde sie auch für ihn kein Mitleid mehr empfinden. Oder für Kevin.«

Sie musste ihm recht geben. So war Bine, genauso wie ihr Mann oder die Peschraths. Und Max? Sie spähte durch die Fensterfront ins Wohnzimmer, wo ihr Exliebhaber mit Bines Bruder Andi und dessen Freund ins Gespräch verstrickt war. War Max etwa genauso? Vielleicht, dachte sie. Allzu tolerant war er jedenfalls nicht. Sie seufzte. Trotzdem liebte sie ihn. Und trotzdem kam es ihr absurd vor, hier mit einem anderen Mann zu stehen.

In dem Moment trafen sich Max' und ihr Blick. Geradewegs ins Herz schaute er ihr. Was machst du dort?, schien er zu fragen. Du weißt doch, dass du zu mir gehörst. Schleunigst verbarg sie ihren Kopf an Walters Schulter. Da hörte sie eilige Schritte hinter sich. Luca und Leander Peschrath rannten im Schlepptau von Marie und Felix auf die Terrasse hinaus.

»Hallo, Tante Ella!«, rief Marie fröhlich. »Meinst du, wir schaffen es, aus den Schneeresten noch einen Schneemann zusammenzukriegen?«

Ella schmunzelte.

»Vielleicht einen ganz klitzekleinen.«

»Aber nur in Winterjacken!«, tönte von drinnen die drohende

Stimme von Bines Schwiegermutter. Mit in die Hüften gestemmten Armen baute Elfriede Wimmer sich in der Tür auf. Der Goldschmuck, der in mehreren Lagen von ihrem dünnen, faltigen Hals hing, klimperte Ehrfurcht gebietend.

»Schon gut, Oma!« Das kam von Felix. »Wir holen sie schnell!«

Und schon rannten alle Kinder wieder rein. Nachdenklich schaute Ella ihnen nach und überlegte laut:

»Die vier haben noch eine richtige Kindheit. Mit Spielen, Toben, vielen Freiheiten und trotzdem wohlbehütet.«

»Ja, anders als die Bodrows dieser Welt«, Walter löste sich von Ella, »die einfach sich selbst überlassen werden. Jetzt weißt du auch, warum ich Lehrer an der Hauptschule geworden bin. Diese Schüler brauchen Schutz, Anleitung und Vorbilder oft ganz besonders. Vor allem, wenn die Eltern versagt haben.«

»Es ist toll, einen Beruf mit Verantwortung zu haben. Der Sinn macht und hilft, die Welt ein bisschen besser zu machen«, philosophierte Ella.

Walter verzog den Mund.

»Na ja, die meiste Zeit ist es ziemlich nervenaufreibend und eher ernüchternd. Denk mal an Danil. Da hab ich doch auf ganzer Linie versagt. Der Junge ist tot.«

»Aber das ist doch nicht deine Schuld!«

»Wer weiß?«

Er lächelte dünn und starrte an ihr vorbei in die Dunkelheit. Sie fröstelte.

»Komm, lass uns rein ins Warme gehen«, bat sie.

Es dauerte nicht lange, bis Paul es geschafft hatte, ins Haus einzudringen. Über ein Holzspalier, an das eine knorrige Kletterpflanze ihre nackten Äste klammerte, war er zunächst auf das Garagendach geklettert. Von dort aus war es ein Leichtes gewesen, durch den Spalt in einem kleinen, gekippten Fenster zu greifen und es am Griff zu öffnen.

Bald darauf stand er in einem kahlen Gästezimmer mit bunt gemusterter Schlafcouch und leerem Bücherregal. Er durchsuchte den Raum nur halbherzig, weil er sich nicht vorstellen konnte, dass Peschrath hier die Tatwaffe versteckt haben sollte. Und richtig.

Außer ein paar Softpornoheftchen, die zerblättert in der Nachttischschublade lagen, entdeckte er nichts Bemerkenswertes.

Vom Gästezimmer aus erreichte er einen langen Korridor, dessen Parkettfußboden dick mit Orientläufern bedeckt war. Einige Zimmer zweigten rechts und links ab. Er durchsuchte sie der Reihe nach: zwei Bäder, Büro, Kinderzimmer.

Bemerkenswert fand er, dass die Zwillinge sich offenbar je eines zum Schlafen und eines zum Spielen teilten. In beiden Räumen herrschte penible Ordnung. Die Betten, die übereck unter der holzverkleideten Dachschräge standen, waren faltenfrei gemacht, Stofftiere – Teddys, Hunde, Dinosaurier – in langer Bahn darauf aufgereiht. Paul schüttelte ungläubig den Kopf. Was für Babys, dachte er. Ist ja der reinste Kindergarten hier.

Als er allerdings die technischen Geräte sah, die den angrenzenden Raum der Elfjährigen schmückten, musste er seinen ersten Eindruck korrigieren. Luca und Leander hatten alles, was Kids liebten: einen riesigen Flachbildfernseher an der Wand, Spielkonsole, Laptops, Digitalkameras und Lautsprecher in jeder Ecke. Ihm wurde schlecht vor Neid. Es juckte ihm in den Fingern, etwas mitgehen zu lassen. Schließlich entschied er sich für die Kamera mit dem übergroßen Objektiv, die jemand achtlos auf einer Kommode hatte liegen lassen, und steckte sie in die Jackentasche. Eilig verließ er das Multimediaparadies der Zwillinge.

Er hatte nicht damit gerechnet, dass ihn Florians Jugendzimmer nebenan noch mehr beeindrucken könnte. Aber so war es, einfach cool, einfach geil. Die Wände waren in einem hellen Grau gestrichen bis auf eine, die in grellem Magenta leuchtete. Schwarz-Weiß-Fotografien in schlichten Glasrahmen schmückten die freien Flächen zwischen den Designermöbeln und den Hightechgeräten.

Paul trat näher, um die Bilder besser betrachten zu können. Er sah fünf Jugendliche an Instrumenten: Schlagzeug, E-Gitarren und Keyboard. Der Sänger im Vordergrund, der lässig ein großes silbernes Retro-Mikrofon hielt, war eindeutig Florian Peschrath. Stimmt, erinnerte Paul sich, der war Mitglied einer Schülerband. »Heartless« hießen die und hatten sich in Kaarst und Umgebung bereits einen Namen gemacht.

Selbstbewusst posierte Florian vor der Kamera, breitbeinig, mit nach vorn gebeugtem Oberkörper; das glänzende dunkle Haar flog, die Augen funkelten. Er guckte arrogant und gleichzeitig wie weggetreten, so als fühle er sich wie ein Weltstar. Die Fotos waren offensichtlich während eines Konzerts geschossen worden; im Vordergrund konnte Paul gereckte Arme und Bierflaschen ausmachen.

Ein Foto an der magentafarbenen Wand tanzte aus der Reihe, denn es war unter freiem Himmel geknipst worden. Paul stockte der Atem, als er im Bildhintergrund die sperrigen Flügel der Braunsmühle ausmachte. Auf und um den Mühlstein im Garten lümmelten sich dieselben fünf Jugendlichen wie auf den Konzertbildern. In der Mitte stand wieder Florian Peschrath, das Kinn gereckt, siegesgewiss und überheblich. An diesem Ort war Danil getötet worden.

Plötzlich spürte er in sich einen wilden Hass auf Florian aufsteigen, der zusammen mit seinen Freunden den Inbegriff eines sorglosen Lebens verkörperte. Angewidert wandte er sich von dem Foto ab und durchsuchte stattdessen systematisch Schränke, Regale, Computertisch und Bett. Nichts. Leider.

In Peschraths Schlafzimmer stieß er endlich auf die erste heiße Spur: In der Ritze zwischen den Matratzen des überdimensionalen flauschigen Ehebettes steckte eine kleine schwarze Pistole. Sie war geladen, wahrscheinlich, um Einbrecher in die Flucht zu schlagen. Einbrecher, so wie er einer war. Er grinste und stopfte sich das Ding in die noch freie Jackentasche. Beide Seiten beulten sich nun zu den Hüften hin beträchtlich aus, und Paul kam sich ziemlich wichtig vor, schwer bewaffnet wie ein Bankräuber und ausgestattet wie ein Paparazzo. Weiter jetzt, mahnte er sich selbst, du bist nicht zum Klauen hier, sondern hast eine Mission.

Das Ankleidezimmer gab rein gar nichts her. Zwischen den säuberlich gefalteten Stapeln von Pullovern und Shirts oder unter den Kleidern, Blusen und Anzügen, die in Reih und Glied auf ihren Bügeln hingen, war nichts versteckt. Fehlanzeige auch im Schuhregal. Während er die Suche fortsetzte, wurde er immer frustrierter. Keine abgesägte Schrotflinte weit und breit.

Genervt stieg er die Marmortreppe hinab ins Erdgeschoss. Wahre

Wohnfluchten im Landhausstil schienen ihn geradezu zu verhöhnen. Hier eine Sitzgruppe, dort ein dicker Kamin, wieder ein Sofa, ein Esstisch, ein Ohrensessel, massige Eichenschränke, Regale bis zur Decke. Hirschgeweihe an den Wänden, ein Wildschweinfell auf dem Boden, kitschige Gemälde mit blutigen Jagdszenen und Spiegel in goldenen Rahmen an den Wänden vervollständigten das gediegene, teure Bild. Es fehlte nur das Waffenarsenal, dann wäre das Jägerparadies perfekt. Leider gab es so etwas nicht. Paul durchsuchte die cremefarbene Luxusküche, die Speisekammer und das spiegelblanke Gäste-WC. Nichts.

Es blieb ihm nichts anderes übrig, als den Keller aufzusuchen, obwohl ihm bei dem Gedanken an die dunklen Ecken dort unten ganz mulmig zumute wurde. Und hier entdeckte er ihn schließlich, den Waffenschrank, direkt neben der Tür zum Weinkeller.

Hinter dicker Glasscheibe und Eisengitter schimmerten verschiedene Gewehre. Sechs an der Zahl. Paul drehte den Griff am Schrank, aber natürlich vergeblich. Das Ding war abgeschlossen, so, wie es sich gehörte. Soweit er erkennen konnte, hatten alle Flinten einen langen Lauf, auch gab es keine Lücke, die andeutete, dass womöglich eine fehlte. Unten auf dem Schrankboden standen mehrere Munitionsschachteln. Noch einmal rüttelte er an der Tür. Nichts zu machen. Scheiße. Wütend trat er gegen die Scheibe. Außer dass der ganze Schrank sachte rappelte, geschah nichts. Panzerglas, vermutete er.

Frustriert drehte Paul sich weg, betrat den Weinkeller und drückte auf den Lichtschalter. Prompt wurde der Raum von einer funzeligen Glühbirne matt erleuchtet. Paul blinzelte, als er der dicht gefüllten Regalborde gewahr wurde. Überall lagerten Flaschen in liegender Position, viele von einer dicken Staubschicht überzogen. Mann, es musste ein wahres Vermögen sein, das Peschrath hier hortete!

Paul schlenderte von Regal zu Regal. Alles Rotwein, bah, ekelig. Sein Blick streifte ziellos umher. An einem Karton in der Ecke blieb er hängen. Wodka! Mindestens zwölf Flaschen. Er lächelte. Wodka erinnerte ihn an Danil. Mit ihm und Kevin hatte er auf der Klassenfahrt seine erste Flasche geleert. Es war ein geiles Gefühl gewesen; er hatte sich stark und unbesiegbar gefühlt. Okay, am nächsten Morgen war es ihm ziemlich übel ergangen, und er hatte das Zeug glatt auskotzen müssen. Trotzdem: Den Spaß war es wert gewesen.

Ohne groß zu überlegen, angelte Paul eine Flasche aus dem Pappkarton und schraubte den Deckel ab.

»Auf euch!«, prostete er seinen Freunden im Himmel zu. »Verlasst euch auf mich und meine Rache.«

Der Schnaps brannte angenehm in der Kehle. Er nahm direkt noch einen Schluck und schlenderte in den Nebenraum, während der Alkohol sich warm in seinen Gliedern ausbreitete. Große klobige Gegenstände standen überall herum. Verdutzt blieb er stehen, schaltete das Licht an und fand sich unverhofft im Proberaum von »Heartless« wieder. Keyboard, Schlagzeug, E-Gitarren, Verstärker, Mischpult, Rechner, Mikrofone, Kabel – alles da. Staunend betrachtete Paul Wände und Decke, die mit schallisolierenden schaumgummiartigen Platten beklebt waren. Vom Muster her erinnerten sie an das Innere eines Eierkartons. Mit der Flasche in der Hand trat er näher.

Auf dem Boden verstreut lagen Text- und Notenblätter. Auf einem Barhocker fand Paul mehrere Zeitungsausschnitte, in denen offenbar über Auftritte der Band berichtet wurde. Neugierig las er die Überschriften: »Newcomer aus Kaarst überzeugen mit klassischen Beats und deutschen Texten«, »›Heartless‹ bricht die Herzen der weiblichen Fans«, »Ausverkauftes Haus in Neuss«. Plötzlich stockte ihm der Atem. Zwischen den Artikeln lag einer mit einem gänzlich anderen Thema: »Danil B. erst gefoltert, dann erdrosselt«, sprang es ihm ins Auge. Zitterig zog er den Bericht, der das heutige Datum trug, hervor.

»Wie erst jetzt aus Polizeikreisen bekannt wurde, verbrachte der Zwölfjährige die letzte Nacht seines kurzen Lebens gefesselt im Gerätehaus hinter der Braunsmühle«, erfuhr er. »Dort ist er offensichtlich gefoltert worden. Mit einem Feuerzeug wurden ihm Verbrennungen und Verstümmelungen an den Brustwarzen zugefügt. Außerdem war der Oberkörper des Jungen übersät mit dünnen Schnitten, die von einem scharfen Draht herrührten. Erst am nächsten Morgen entschloss sich sein Peiniger, dem Leiden seines Opfers ein Ende zu machen. Danil B. wurde brutal erdrosselt. Ob der Täter versucht hat, eine Information aus dem Jungen herauszupressen oder ob er ein rein sadistisches Vergnügen daran fand, ihn derartig zu quälen, ist noch ungewiss. Fest steht nur, dass Danil B. furchtbare Qualen gelitten haben muss, bevor er starb.«

Paul schluchzte auf. Gefoltert! Er nahm noch einen tiefen Schluck aus der Flasche. Peschrath, jetzt bist du dran. Du und ich wissen genau, welche Information du versucht hast, aus Danil »herauszupressen«, und warum du Kevin das Gehirn weggepustet hast. Warte nur, bald wirst du erleben, wie sich das anfühlt.

Er stopfte sich den Zeitungsausschnitt in die Hosentasche, knipste das Licht aus und stolperte tränenblind, die Schnapsflasche wie einen Rettungsring umklammernd, die Treppe hinauf.

Die Kälte draußen erwischte ihn hart wie eine Wand. Als wäre er gegen einen Eisberg gelaufen. Sein Kopf dröhnte; ihn schwindelte. Paul leerte den Wodka zur Hälfte und schleuderte die Flasche in den Garten. Das Gebäude hatte er durch den Nebeneingang an der Küche verlassen.

Er riss sich zusammen und überlegte, wie oder an welcher Stelle das hohe Zaungitter am besten zu überwinden war. Wieder fiel ihm nur die Garage ein. Über eine der Mülltonnen kletterte er hinauf, erklomm die Dachschräge bis über den First, rutschte über die Schneereste auf die Seite, die mit dem Grundstück abschloss, und sprang. Beim Aufkommen knickte er mit dem linken Fuß um. Der Schmerz schoss durch den Knöchel das Bein hinauf. Egal. Er rappelte sich auf und humpelte zu dem Gebüsch, in dem sein Fahrrad auf ihn wartete.

»Körnerstraße 3 in Büttgen«, murmelte er, während er sich vergewisserte, dass die Pistole noch an Ort und Stelle saß. »Alles klar. Ich brauch höchstens eine halbe Stunde.«

Es war zehn vor zwölf, als er vor dem Haus der Wimmers ankam, denn am Ende hatte er sich doch noch verfahren. Aber jetzt war er richtig. Alles klar.

Er japste nach Luft, aber wenigstens hatte ihn die Höllenfahrt auf dem Rad erst durch den Vorster Wald, dann über die Straßen der Ortsteile Vorst und Driesch einigermaßen nüchtern gemacht.

Auf der gegenüberliegenden Straßenseite – das hell erleuchtete, frei stehende Einfamilienhaus, aus dem Musik, Lachen und Gesprächsfetzen perlten, gut im Blick – stieg er vom Rad und lehnte es an eine Laterne. Erst mal nachdenken, sagte er sich und setzte sich auf ein Mäuerchen. Er fing gerade an zu frieren, da ging drinnen der Gesang los.

»Happy birthday to you …« grölten die Gäste lauthals im Chor, während Bine einen großen Schokoladenkuchen, gespickt mit brennenden Kerzen, hereintrug. Ihr Mann strahlte übers ganze Gesicht. Thomas liebte es, im Mittelpunkt zu stehen, und genoss es, ausgiebig gefeiert zu werden. Er holte tief Luft und schaffte es tatsächlich, alle fünfundvierzig Kerzen mit einem Mal auszupusten. Die Gäste applaudierten begeistert. Dann stieß man klirrend mit Sekt an.

Ella war schon ein bisschen schummrig zumute. Zu viel Alkohol auf immer noch leeren Magen. Aber sie fühlte sich zu nervös, um zu essen. Nervös natürlich wegen Max. Plötzlich erschien es ihr gar nicht mehr passend, Walter mitgebracht zu haben. Vor allem, weil Max tatsächlich ohne seine Frau hier war. Gerade lächelte er über die Köpfe der Gratulanten zu ihr hinüber. Sie schmolz dahin. Oh Max, dachte sie benommen, warum stehst du nicht zu mir? Dann war der Moment vorüber, und sie drängte nach vorn, um Thomas ihr Geschenk zu überreichen.

»Es ist das Münsteraner Rathaus als Vogelhäuschen«, so beschrieb sie das filigrane Holzgebilde. »Den Ständer habe ich noch im Auto. Ich weiß doch, dass euer altes den letzten Herbststurm nicht überstanden hat, und dachte mir …«

»Es ist wunderschön«, rief Thomas begeistert, »und erinnert uns immer daran, wo wir dich ab Januar finden können. Obwohl ich natürlich hoffe, dass du uns oft besuchst.«

Er strahlte sie liebevoll an, und sie musste schlucken. So gute Freunde, dachte sie. Wie kann ich die einfach im Stich lassen?

Jetzt schaltete Walter sich ein: »Keine Sorge, ich werde sie schon regelmäßig nach Kaarst locken.«

»Davon gehe ich aus«, feixte Thomas und zwinkerte Walter frech zu.

Plötzlich kam Ella sich albern und missverstanden vor. Begriff

Thomas denn nicht, dass sie den Abstand von Max Püllen brauchte, um irgendwann endlich ins Gleichgewicht und mit sich ins Reine zu kommen? Dass sie nur deshalb nach Münster zog?

»Ich hole schnell den Ständer aus deinem Wagen«, murmelte sie Walter zu, ließ sich seinen Autoschlüssel geben und floh aus dem Gedränge in Richtung Hausflur, wo sie fast mit Max zusammenstieß.

»Warte!«, versuchte der, sie zurückzuhalten.

Gut, dass im selben Moment Markus Peschrath auftauchte und ihn zur Terrassentür hinauszog. Schnell lief Ella weiter. Was für eine Farce ihr Leben doch war, dachte sie und riss die Haustür auf.

Paul kniff die Augen zusammen. Stimmt, das Ganze war ja eine Geburtstagsparty. Tja, dieser Ehrentag würde wohl allen Gästen in lebendiger Erinnerung bleiben. Er schnaubte verächtlich und humpelte zum Haus hinüber. Dort bezog er hinter einem Kleinwagen Stellung und duckte sich. Immer noch grübelte er, wie er es anstellen sollte, Peschrath von der Gesellschaft abzusondern. Niemand sollte ihm bei der Hinrichtung in die Quere kommen.

In dem Moment öffnete sich die Haustür, und die Rothaarige trat heraus.

Das brachte Paul aus dem Konzept. Was hatte die Apothekentussi hier zu suchen? Gehörte die etwa auch zur Clique von Danils Mörder? Hatte sie ihn von vorn bis hinten verarscht? Paul krampfte seine Hand um die Waffe. So ein Mist, die Alte kam näher. Auf hohen Absätzen klackerte sie um das Auto herum und ragte mit einem Mal direkt vor ihm auf.

Es fiel ihm nichts anderes ein, als den Revolver auf sie zu richten und ihr gangstermäßig zuzuzischen: »Keine Bewegung, sonst knall ich dich ab!«

»Paul? Paul Franken?« Ihre Stimme klang schrill und total perplex. Aber wenigstens gehorchte sie und blieb stehen.

Völlig verunsichert richtete er sich auf. Die Hand mit der Waffe bebte.

»Mach keinen Quatsch«, flüsterte sie. Paul erinnerte sich, dass sie Elisabeth Berger hieß.

»Keinen Schritt weiter.«

»Mach dich nicht unglücklich.« Die Frau kam einfach näher. »Paul, ich weiß, wie schlimm das alles für dich sein muss, aber durchdrehen bringt doch nichts.«

»Ach nein? Und was dann?«, brach es aus ihm heraus. »Soll ich Danils und Kevins Killer etwa einfach so davonkommen lassen? Finden Sie es okay, dass dieser Scheiß-Peschrath hier feiert, bis der Arzt kommt, während meine Freunde in der Erde vermodern?« Er merkte, dass er hysterisch wurde, konnte es aber irgendwie nicht ändern.

»Markus Peschrath hat sie nicht getötet«, beschwor ihn die Rothaarige eindringlich. »Er hat ein hieb- und stichfestes Alibi, glaub mir. Ich weiß auch gar nicht, wie du darauf kommst, dass …« Sie fröstelte und schlug die Arme um den Oberkörper.

»Vielleicht hängen Sie ja mit drin!«, rief Paul. »Woher kennen Sie das Arschloch überhaupt?«

»Bitte, Paul, das ist doch Unsinn. Markus und ich, wir sind schon zusammen zur Schule gegangen …«

»Ach ja? Dafür wissen Sie aber reichlich wenig über den Typen! Zum Beispiel, mit wem der so rumpoppt …«

In dem Moment klappte die Haustür ein zweites Mal, und eine Gestalt näherte sich ihnen.

»Ella, soll ich dir beim Tragen helfen?«

»Herr Kleinmeyer!«, rutschte es Paul heraus. »Was machen Sie denn hier?«

»Paul!« Der Lehrer blieb wie angewurzelt stehen.

Plötzlich wurde Paul alles zu viel. Er stöhnte auf und rannte an Kleinmeyer vorbei ins Haus. Dabei schmerzte sein verletzter Fuß höllisch. Scheißegal. Es konnte doch nicht so schwierig sein, Peschrath zu finden und ihm eine Kugel in den Kopf zu jagen. Sollten sie sich doch alle zusammenrotten und Partys feiern ohne Ende. Er jedenfalls würde dabei nicht mitmachen.

Drinnen herrschte gähnende Leere. Niemand da! Gehetzt drehte Paul sich um die eigene Achse. Was war denn hier los? Wo waren die alle? Wollten die ihn etwa verarschen? Nach einem Blick in den Garten sah er es: Aus irgendeinem Grund hatten sich sämtliche Gäste auf der Terrasse versammelt.

Urplötzlich zischte und krachte es ohrenbetäubend. Lilagrüne

Lichtfontänen explodierten am nächtlichen Himmel. Ach du Scheiße, dachte er. Ein Feuerwerk, ein Feuerwerk für das Geburtstagskind. Doch dann musste er grinsen. Im Bruchteil einer Sekunde begriff er, dass dies seine Chance war.

Da wo geböllert wird und alle stur nach oben gucken, kriegt keiner mit, wenn geschossen wird. Und den Knall hört man auch nicht. Jetzt musste er nur schnell handeln, bevor die Apothekentussi raffte, was Sache war! Das Stechen im Knöchel spürte er kaum noch.

»Er ist ins Haus gelaufen!«, schrie Ella panisch und wollte schon hinterherrennen. »Wir müssen das Schlimmste verhindern!« Aber Walter stand ihr im Weg und verstand offenbar nicht, was los war.

»Das Schlimmste? War das wirklich gerade Paul Franken mit einer Pistole in der Hand? Was hat er denn vor?«, fragte er verwirrt.

»Danil und Kevin rächen vermutlich. Er hält immer noch Markus Peschrath für ihren Mörder. Komm jetzt, schnell!«

Da setzte das Feuerwerk ein. Ella fuhr zusammen, konnte im ersten Moment nicht einordnen, was so knallte.

Dann stürmten beide los.

Paul erkannte den Mörder schon von Weitem an seinen Haaren. Er beobachtete, wie Peschrath Raketen in leere Flaschen stellte und sie anzündete. Von andächtigen »Ohs« und »Ahs« des Publikums begleitet, schossen Kaskaden aus Gold und Silber in die Luft und verwandelten den Himmel in ein funkelndes Glitzermeer. Er sah das überhebliche Lachen im Gesicht des Arschlochs, und sein Hass steigerte sich ins Unendliche. Er hob die Waffe.

Gleichzeitig schoben sich mehrere Körper vor den Mann. Paul erkannte den Rücken von Florian Peschrath in Begleitung eines schlanken Mädchens.

»Scheiße!«, flüsterte er, verbarg die Pistole unter seiner Jacke und wich ein paar Schritte zur Seite aus, wo er eine Lücke zwischen den Leuten ausmachte. Er schob sich hinein, ängstlich darauf bedacht, nicht in den Vordergrund zu geraten.

Peschrath scherzte gerade mit einem rotblonden Mann, der Paul vage bekannt vorkam. Beide beugten sich über die Flaschen. Paul wartete darauf, dass Peschrath sich wieder aufrichtete. Beiläufig registrierte er, dass hinter ihm gleich mehrere Kinder standen und das Geschehen begeistert verfolgten, unter ihnen Luca und Leander.

Gut so, dachte er. Die sollen ruhig mitkriegen, wie ihr Papa seine gerechte Strafe empfängt. Jetzt erhob sich Peschrath und machte einen Schritt nach hinten, direkt in Pauls Schusslinie hinein. Das war die Gelegenheit. Blitzschnell zog er die Waffe.

»Da ist er!«, rief Walter und zeigte mit dem Finger auf die dünne, lange Gestalt am Rand der Menge. Aber Ella hatte Paul längst gesichtet. Sie preschte los und stieß dabei Bines Schwiegermutter grob zur Seite. In dem Moment hob der Junge die Pistole. Sie warf sich auf ihn und riss seinen Arm nach unten; ein Schuss peitschte durch die Nacht.

Eine Sekunde später explodierten rote, grüne und gelbe Blumengebilde am Himmel. Es sah wunderschön aus.

Ella umklammerte den mageren, zitternden Körper des Jungen und suchte mit panischem Blick nach Markus. Entsetzt beobachtete sie, wie er zusammenzuckte und sich kurz den Oberarm rieb; mehr Verwirrung als Schmerz stand ihm ins Gesicht geschrieben, bevor er den nächsten Kracher anzündete.

Gott sei Dank! Das war ja noch mal gut gegangen! Und die Gäste schienen nicht mal etwas mitbekommen zu haben. Sie starrten weiter gebannt auf das Feuerwerk. In dem Moment war Walter schon bei ihr. Beide drängten Paul in den dunklen, menschenleeren Teil des Gartens. Teilnahmslos ließ er sich abführen. Mit dem Abfeuern des Schusses war offenbar seine Energie verpufft.

»Hier hinten gibt es ein Törchen«, rief Ella Walter durch das Knallen und Zischen zu, das weiterging, als sei nichts geschehen. »Komm, wir bringen ihn dort raus.«

Wenig später hatten sie Paul auf den Beifahrersitz von Walters Auto verfrachtet. Er schlotterte am ganzen Körper.

»Das ist der Schock. Ich hab eine Decke im Kofferraum liegen. Moment«, sagte Walter.

»Was machen wir mit ihm?«, fragte Ella leise, als sie sich am Heck des Wagens trafen.

Walter zögerte keine Sekunde. »Ihn in Sicherheit bringen. Weg von hier.«

»Ja, am besten in meine Wohnung«, entschied Ella. »Aber warte, ich hole noch schnell unsere Mäntel und schaue nach, ob es Markus wirklich gut geht.«

Im Hausflur begegnete ihr Bine mit blassem, verkniffenem Gesicht, Pflaster und Schere in den Händen.

»Ich sag doch immer, dass diese Böllerei gefährlich ist«, schimpfte sie.

»Hat sich jemand verletzt?«, erkundigte Ella sich scheinheilig.

»Ja! Markus! Irgend so ein verdammter Querschläger hat ihn am Arm getroffen! Gott sei Dank hat ihn das Ding nur gestreift. Ist nicht viel mehr als ein Kratzer! Trotzdem! War eine saublöde Idee, dieses Feuerwerk. Was meinst du, wie morgen mein Garten aussieht? Als hätte eine Bombe eingeschlagen, vermutlich.«

Ella machte ein mitleidiges Gesicht, atmete gleichzeitig erleichtert auf und versprach: »Ich helf dir gern beim Aufräumen. Aber … sei mir nicht böse, Walter und ich möchten uns verabschieden …«

»Was? Schon?« Bine riss baff die Augen auf. »Es ist noch nicht mal halb eins!« Enttäuscht zog sie einen Flunsch.

Ella wusste, im nächsten Moment würde die Freundin zu lamentieren beginnen.

»Walter muss morgen zu einer Fortbildung«, log sie schnell. »Um sechs klingelt der Wecker.«

»Okay …« Bine dehnte die zweite Silbe unnötig in die Länge und beäugte die Freundin dabei schelmisch. »Geht ihr zu dir oder zu ihm?«

Ella errötete.

»Zu mir.«

»Es sei dir verziehen.« Bine schmunzelte zufrieden. »Die Liebe geht vor.«

»Danke.« Ella hielt inne. »Trotzdem war es ein schöner Abend.« Sie umarmte die Freundin. »Mach's gut, grüß Thomas und kümmere dich jetzt mal um deinen Patienten.«

Sie drehte sich um, hörte noch, wie Bine ihr hinterherrief: »Ist echt süß, dein Walter!«, und dann flüchtete sie schleunigst nach draußen.

Liebe, dachte sie ernüchtert. Max ist immer noch der Einzige, den ich liebe. Und das wird sich auch so schnell nicht ändern. Es tat ihr fast körperlich weh, heute Abend nicht mit ihm gesprochen zu haben, seine Stimme nur von Weitem gehört, seinen Geruch nicht gerochen, den Blick aus seinen vertrauten Augen nicht aus nächster Nähe auf sich gespürt zu haben. Verliebt in Walter? Heuchlerin, dachte sie. Wem willst du eigentlich was vormachen?

FÜNFZEHN

Paul konnte nicht mit dem Flennen aufhören. Die ganze Fahrt von Büttgen nach Holzbüttgen nicht. Zwischendurch bemerkte er die besorgten Blicke Kleinmeyers, der hinter dem Steuer saß, und spürte die warme Hand der Rothaarigen auf seiner Schulter.

Er konnte kaum fassen, was er soeben gehört hatte: Peschrath lebte und war kaum verletzt. Sollte er erleichtert oder enttäuscht darüber sein? Wenn er ehrlich war, dann wusste er überhaupt nichts mehr.

Am Rande kriegte er mit, dass Kleinmeyer per Handy mit seiner Mutter telefonierte.

»Ja, Frau Franken. Er bleibt erst einmal bei mir. Machen Sie sich bitte keine Sorgen, aber Sie wissen ja, der Tod der Schulkameraden nimmt ihn noch sehr mit. Ich kümmere mich um ihn – versprochen! – und bringe ihn Ihnen morgen heil wieder nach Hause. Ja? …«

Paul hörte nicht mehr zu, sondern wiegte sich auf dem Beifahrersitz vor und zurück, während ihm salziges Wasser in den T-Shirt-Ausschnitt lief.

Ella kochte heißen Kakao. Derweil zog Walter dem Jungen Schuhe und Jacke aus und brachte ihn dazu, auf dem Sofa die Beine hochzulegen. Langsam schien er sich ein wenig zu entspannen. Sein Schluchzen verebbte.

Ella reichte ihm den dampfenden Becher, und Paul nahm ihn dankbar entgegen. Seine großen Hände zitterten nur noch wenig.

Nachdenklich betrachtete sie das längliche, knochige Gesicht des Jungen. Nichts darin schien zusammenzupassen: weder die Höckernase, die spitzen Wangenknochen, das fliehende Kinn, der schmale Mund noch die hohe Stirn; alles wirkte eckig. Das einzig Schöne war Pauls Augenpartie. Sie mochte eine Andeutung darauf sein, wie er später einmal aussehen könnte, wenn die Pubertät vorbei war und die Proportionen wieder stimmten: Unter langen dunklen Wimpern schauten zwei große braune Augen hervor.

Und obwohl sie vom Weinen verquollen waren, blickten sie sanft, unschuldig und schreckhaft wie die eines Rehs.

»Was gucken Sie mich so an?«, fragte der Junge jetzt.

Ella schüttelte beschwichtigend den Kopf.

»Schon gut. Ich studiere Gesichter. Ist so eine Angewohnheit von mir. Entschuldige bitte.« Sie sah seine verständnislose Miene und lenkte das Gespräch in eine andere Bahn. »Sag mal, wie alt bist du eigentlich? Du wirkst viel älter als Danil.«

»Bin im August dreizehn geworden«, antwortete er stolz, »also bin ich vier Monate älter als er. Danil hat Ende Dezember Geburtstag.«

Im Moment der Erkenntnis brach sein Blick.

»Aber das spielt ja jetzt keine Rolle mehr. Er wird für immer zwölf bleiben, richtig?«, hauchte er. »Genau wie Kevin dreizehn. Nur ich, ich werde wachsen und Geburtstag haben und das alles.« Er schaute ihr mit seinen großen, traurigen Rehaugen geradewegs ins Herz. »Ich will das aber nicht. Das treibt mich immer weiter von ihnen weg …«

Das erinnerte Ella an einen alten Schmerz. Antonia, dachte sie, für immer fünfzehn. Das war jetzt dreißig Jahre her.

»Was ist mit deinen anderen Freunden? Ich meine, die werden dich noch länger begleiten. Mit dir zur Schule gehen, die Freizeit verbringen, eine Ausbildung machen, den Führerschein …«

»Welche Freunde? Ich hatte zwei – die besten! – und die sind tot.« Es schwang ein so großes Maß an Treue und Loyalität in seinen Worten mit, dass Ella plötzlich eine wilde Wut auf Walter verspürte. Wie hatte er Kevin und Paul genannt? Danils Lakaien, seine Handlanger. Wie unbarmherzig und abwertend!

»Was ist mit Jacky?«, erinnerte sie ihn vorsichtig.

Aber Paul winkte ab.

»Das ist was anderes. Die ist bloß ein Mädchen.«

Sie musste schmunzeln.

»Na und? Auch Mädchen können gute Freunde sein. Und mehr. Glaub mir –«

Aber Paul unterbrach sie.

»Mit Jacky bin ich fertig!«, behauptete er, aber seine Augen füllten sich erneut mit Tränen.

Walter hatte sich während des gesamten Wortwechsels in seinem Sessel vorgebeugt und aufmerksam zugehört. Jetzt mischte er sich plötzlich ein: »Paul, wie – um Himmels willen – kommst du darauf, Markus Peschrath für den Tod von Danil und Kevin verantwortlich zu machen? Und wie bist du an die Schusswaffe gekommen?«

Der Junge blinzelte verwirrt. Der Themenwechsel kam auch für Ella überraschend. Ihre Taktik war gewesen, sich dem Kern des Ganzen behutsam zu nähern, damit Paul Zeit hatte, sich zu öffnen. Nun ja, zu spät.

»Er ist ein Scheißmörder!«, stieß der Junge heftig aus. »Er hat den Tod verdient!«

Ella seufzte und verdrehte die Augen.

»Paul, Markus war, als Kevin erschossen wurde, definitiv nicht in Kaarst, sondern bei einem Managerlehrgang im Sauerland. Und überhaupt? Welches Motiv sollte er gehabt haben, zwei völlig fremde Kinder zu töten?«

Paul schnaubte verächtlich.

»Fremd? Von wegen!«

»Was soll das heißen?«

Die Frage kam von Walter, schnell und scharf. Pauls Kopf ruckte in seine Richtung.

»Was wissen Sie schon? Sie hatten doch keine Ahnung von Danil oder Kevin!«

Plötzlich hatte Ella den Eindruck, dass Paul seinen Lehrer aus tiefstem Herzen ablehnte – und umgekehrt. Ihr wurde ganz mulmig zumute.

»Ich würde auch gern wissen, wie du darauf kommst, dass Markus und deine Freunde sich kannten«, fragte sie leise.

Paul lachte trocken auf.

»Das hab ich nicht gesagt.« Er knallte den leeren Keramikbecher auf den Couchtisch und verschränkte demonstrativ die Arme vor der Brust. »Aber fremd, fremd waren Peschrath und Danil sich nicht. Nee, im Gegenteil.«

Ella runzelte die Stirn. Das verstand sie nicht.

Auch Walter schaute ratlos drein. »Sprich mit uns. Klär uns auf. Es ist doch offensichtlich, dass du mit den schrecklichen Erlebnissen nicht klarkommst.«

»Wer hier nicht klarkommt, ist Peschrath, nicht ich!«, stieß Paul aus. »Der hat sogar seinen eigenen Sohn umgebracht, weil er nicht klarkommt.« Triumphierend sah er von Ella zu Walter. »Jetzt wissen Sie's! Und auch, womit Kevin diesen Mörder erpresst hat.«

Markus sollte Danils Vater gewesen sein? »Deutsche Kartoffel« und »Bastard«, so hatte Igor Bodrow seinen Sohn laut Denis beschimpft. Sie hatte das für allgemeine Unflätigkeiten gehalten, die sich darauf bezogen, dass Danil im Gegensatz zum Vater gut in Deutschland integriert war und deutsche Freunde hatte.

Nun ergaben diese Gemeinheiten einen völlig anderen Sinn. Aber das hieße ja, dass Markus mit Galina ins Bett gestiegen sein musste. Undenkbar, oder?

»Markus hatte mit Danils Mutter eine Affäre? Woher weißt du das?«

Paul verdrehte die Augen.

»Na von Danil natürlich. Und der hatte das von seinem Alten. Der hat es ihm gesteckt in der Nacht, als ... als er von der Bahn überfahren wurde.«

An dem Stocken erkannte Ella, dass Paul mehr wusste.

»Du meinst, in der Nacht, als Danil seinen Vater tötete?«, präzisierte sie leise.

Aus dem Augenwinkel nahm sie wahr, wie Walter nach Luft schnappte. Paul dagegen zuckte nur kurz zusammen und nickte dann langsam.

»Ja genau. Danil ist einfach ausgerastet, weil sein Alter ihm gesteckt hat, dass er gar nicht sein Vater ist. Dass Danil bloß der Bastard von diesem Peschrath ist. In dem Moment kapierte er, warum der Alte ihn so gehasst hat und auch warum sein Herz nicht richtig funktionierte. Fallot-Tetradingsdabums oder wie das heißt.«

Da begriff Ella, dass Paul die Wahrheit sagte. Sie dachte an die vielen Gelegenheiten zurück, in denen Vanessa oder Markus Peschrath von den Operationen, den unzähligen Arztbesuchen und den verschiedensten Therapien ihrer Zwillinge berichtet hatten.

»Der Herzfehler ist erblich. Markus' Mutter ist früh daran gestorben«, hatte Vanessa Ella einmal erzählt, als sie in der Apotheke eine Batterie an Medikamenten abholte.

»Danil litt unter Fallot'scher Tetralogie?«, vergewisserte Ella sich. Mit einem Seitenblick registrierte sie, dass Walter ganz blass um die Nasenspitze geworden war. Kein Wunder bei den Neuigkeiten.

»Er hat mir mal erzählt, da sei ein Riss in seinem Herzen, der immer größer würde, wenn er keine OP bekäme. Nur deshalb hat er Kontakt mit seinem echten Vater aufgenommen: damit der dafür die Kohle hinlegt.« Pauls spitzer Adamsapfel zuckte. Wieder fühlte Ella sich an ein Reh erinnert. »Hatte der aber keinen Bock drauf.«

»Wie bitte?«

Ella war entsetzt.

»Ja, er hat behauptet, dass Danil lügt wie gedruckt und bloß ein nichtsnutziger Russe ist, der Kohle von den reichen Deutschen absahnen will.«

Ella musste zugeben, dass eine solche rassistische Denkweise zu ihrem alten Schulkamerad passte. Genau wie die Hetzkampagne gegen Kalli Schmittke, die ja genauso auf einem von tiefem Misstrauen geprägten Menschenbild und schlichtem Schubladendenken basierte.

»Und dann?«, fragte sie.

Paul lachte trocken auf.

»Dann? Dann ging der Spaß richtig los. Wir haben Geld lockergemacht, wo wir konnten. Die verschissenen Opfer in der Schule abgezockt. Die *Loser*, die es nicht anders verdient hatten. Es kam bald einiges zusammen. Aber für die OP reichte es noch lange nicht. Da hat Danil sich an diesen Kinderschänder rangemacht, den alten Opa, der vor ein paar Tagen auf dem Feld angefahren wurde.«

So also schloss sich der Kreis.

»Rangemacht?«, hakte Walter ungläubig nach. »Wie – um Himmels willen – hat Danil sich an den Mann … rangemacht?«

»Na, ihn erpresst natürlich. Wegen sexueller Belästigung. Sie wissen doch selbst am besten, wie schnuckelig Danil aussah.«

Ella fragte sich kurz, was dieser Seitenhieb wohl zu bedeuten hatte.

»Also hat er den Perversen zu Hause besucht und gedroht, den

Bullen zu melden, dass der ihn angegrabscht hat. Was gar nicht stimmte, aber egal: hat klasse funktioniert. Das Schwein hat brav bezahlt. Jede Woche. Pünktlich.«

Paul lächelte zufrieden, und unmerklich löste sich die Aura seiner kindlichen Unschuld in Luft auf. Häme und Gehässigkeit traten an ihre Stelle. Ella wurde vor Wut ganz schwindelig.

»Das war eine ganz miese Masche! Der Alte wollte nur in Ruhe seinen Lebensabend verbringen nach den vielen Jahren, in denen er eingesperrt war. Ist dir das eigentlich bewusst?«

»Hat so einer eh nicht verdient«, konterte Paul. »Der sollte ruhig blechen dafür, damit Danil gesund wird und am Leben bleibt.«

»Ist er aber nicht. Hast du dir schon mal überlegt, dass es durchaus auch Schmittke gewesen sein kann, der deinen besten Freund getötet hat? Um endlich seinen Erpresser loszuwerden?«

Paul schüttelte heftig den Kopf.

»Glaub ich nicht! Der Typ ist alt und klapprig. Hätte der nie geschafft, gegen Danil anzukommen. Und überhaupt: Warum sollte der Schmittke Danil in der Hütte hinter der Mühle gefangen halten und da stundenlang foltern? Es sei denn, dass er was Abartiges mit ihm gemacht hat. Danil ist aber nicht missbraucht worden. Haben die Bullen drauf bestanden. Und die werden es ja wohl wissen. Also ergibt es doch überhaupt keinen Sinn.«

Ella musste ihm recht geben. Ihre Gedanken galoppierten zurück zur Ausgangssituation: Markus Peschrath war Danils leiblicher Vater. Unglaublich.

»Welche Beweise hast du überhaupt für die Vaterschaft?«, mischte sich Walter ein, so, als habe er in Ellas Kopf geschaut.

»Na was wohl?«, höhnte Paul. »Gucken Sie mittags etwa keine Talkshows?«

»Ein Vaterschaftstest«, entfuhr es Ella.

Der Junge nickte. Plötzlich wirkte er sehr müde. Mit beiden Händen rieb er sich die verquollenen Augen. Dabei bemerkte Ella die abgeknabberten Nägel mit den leuchtend roten Entzündungen drum herum. Mit ihrem Mitgefühl flammte auch ihre Sympathie für den Jungen wieder auf.

»Danil hat Speichelproben bei dem Labor eingeschickt, das die immer im Fernsehen nennen.«

»Moment mal.« Walter runzelte die Stirn. »Wie ist Danil denn an diese Speichelproben gekommen?«

»Weiß nicht. Das hat er nicht erzählt. Er hat den Test heimlich machen lassen.«

»Aber dann hast du doch gar keinen Beweis dafür, dass Peschrath –«, wandte Walter skeptisch ein.

Aber Paul unterbrach ihn schnell: »Moment mal! Meine Freunde haben das Testergebnis mit eigenen Augen gesehen. Zwar erst, als Danil schon tot war, aber trotzdem. Er hatte Jacky den Wisch in einem zugeklebten Umschlag gegeben. Sie sollte ihn bei sich verstecken, durfte uns aber nichts davon erzählen oder reingucken. Hat sie auch nicht. Erst nach dem Mord. Bis dahin habe ich gedacht, das Ganze ist bloß eine fixe Idee von ihm. Von wegen reicher Papa und so. Ich hab irgendwie diesem Peschrath mehr geglaubt als Danil und nur die Geschichte mit der Herzkrankheit wirklich ernst genommen. Mit dem Test war alles anders. Wir haben überlegt, wie er an die Speichelprobe von dem Spinner gekommen ist. Es kann nur bei dem Klassenausflug zur Mühle gewesen sein. Vielleicht hat Danil eine benutzte Kaffeetasse oder einen abgelutschten Teelöffel eingesteckt. Das Arschloch hat vor und nach der Führung ohne Ende Kaffee getrunken.«

»Wo ist das Testergebnis?«, fragte Walter schnell.

»Keine Ahnung! Peschrath hat es wahrscheinlich vernichtet, nachdem er Kevin in den Kopf geschossen und ihm das Teil abgenommen hat.«

»Nein.« Ella schüttelte vehement den Kopf. »Markus war zur Zeit des Mordes nicht in Kaarst. Das steht einwandfrei fest.«

»Aber du hast das Schreiben des Labors mit eigenen Augen gesehen?«, vergewisserte sich Walter.

»Nein … aber Jacky und Kevin, die …«

Walter schnaubte. »Hörensagen«, belehrte er den Jungen. »Du hast keinen noch so winzigen Beweis, stimmt's?«

»Ich wüsste auch nicht, wie man von einer Kaffeetasse oder einem Teelöffel Speichelspuren entnehmen könnte«, gab Ella zu bedenken und sah Zweifel in Pauls verweinten Augen auflodern.

»Danil wusste ganz genau, dass Peschrath sein Vater ist, auch wenn der es nicht zugeben wollte!«

Ella legte ihm beruhigend eine Hand aufs Knie.

»Ich glaub dir ja. Die Geschichte mit dem Herzfehler wäre doch sonst ein allzu großer Zufall.«

»Wieso?«

Paul verstand offensichtlich gar nichts mehr.

»Na, die Zwillinge der Peschraths haben dieselbe Erkrankung. Und die ist erblich bedingt und ziemlich selten.«

Sowohl Walter als auch der Junge starrten sie mit offenem Mund an.

»Na also«, stieß Paul aus, »damit ist die Sache doch klar!«

»Trotzdem bleibt die Tatsache, dass Markus zumindest den Mord an Kevin nicht begangen haben kann.«

Paul wusste offenbar nicht mehr weiter.

»Aber wer war es dann?«

»Vielleicht sollten wir noch einmal ganz von vorn anfangen«, schlug Walter vor. »Wer außer Peschrath könnte ein Motiv haben?«

Paul zuckte mit den knochigen Schultern.

»Keine Ahnung! Vielleicht hat Danil noch andere Erwachsene außer dem Kinderficker und Peschrath erpresst. Um Geld für die OP oder für die Rechnung von dem Labor zusammenzukriegen.«

»Denis Bodrow glaubt, das Ganze hängt mit dem Mord an seinem Vater zusammen«, warf Ella ein, »dass irgendein Kumpel das Ganze mitgekriegt hat und deshalb erst Danil und dann Kevin, der auch irgendwie beteiligt war, ausgeschaltet hat.«

»Aber Kevin war doch gar nicht dabei«, schrie Paul verzweifelt, »sondern ich!«

Kalli konnte nicht schlafen. Obwohl die Matratze weich, das Bettzeug kuschelig und die Temperatur in Zimmer 223 angenehm war, lag er mit pochendem Herzen da, starrte auf die dunklen Schatten zwischen den Möbeln und lauschte in die nächtliche Stille hinein. Ab und zu hörte er Türenklappern, gedämpfte Stimmen oder das Rauschen einer Klospülung. Mehr nicht. Aber er ging davon aus, dass es irgendwann kommen würde, das Unheil. Mit tappenden Schritten, die vor seiner Tür endeten, würde es sich bemerkbar machen und mit verstohlenem Herunterdrücken der Türklinke.

Kalli dachte an den Moment zurück, in dem er auf das tote Schneewittchen gestoßen war. Die Grabeskälte am Tatort hatte ihn frösteln lassen. Wer erdrosselt einen kleinen Jungen?, fragte er sich, wenn er sich nicht an ihm vergangen hat und das vertuschen muss? Oder hatte der Täter sich etwa daran aufgegeilt, Danils Todesröcheln zu hören? Hatte es ihm etwa eine perverse Freude bereitet, zu morden?

Kalli fiel ein, wie er Danil einmal, ein einziges Mal, im Kreis seiner Familie erlebt hatte. Auf der Büttger Kirmes war das gewesen, dieses Jahr im Juni, am Sonntagnachmittag. Kalli war zu Fuß zum Kirmesplatz gelaufen, um einen Backfisch zu kaufen, am Bierstand ein Alt zu trinken und in das Gewühl aus Besuchern und Schützen einzutauchen. Das alles war lange vor Danils erpresserischen Geldforderungen; trotzdem konnte Kalli sich noch gut an die Situation erinnern. Die Ähnlichkeit der Familienmitglieder und die besondere Schönheit Danils hatten ihn sofort fasziniert.

Seine Mutter, eine knochige, verbrauchte Frau im dünnen Sommerkleidchen mit verschmierten Lippenstift, war eindeutig betrunken gewesen, wie sie da mit dem halb leeren Bierglas in der Hand am Geländer des Autoselbstfahrers gelehnt und mit einem bierbäuchigen Schützen in bekleckerter Jägeruniform geflirtet hatte. Vor ihr auf den Eisentreppen hatten zwei kleine blonde Jungen gespielt.

Danil, eine Schwester im Teenageralter und ein erwachsener Bruder, die vorher bei der Mutter gestanden hatten und sich erst vor wenigen Minuten entfernt hatten, kamen bepackt mit mehreren Softeis zurück zum Rest der Familie. Die Kleinen bekamen je eines in die Fingerchen gedrückt. Sie freuten sich. Das war an ihren strahlenden Gesichtern gut zu sehen. Nicht so die Mutter. Mit einer schwungvollen Handbewegung, bei der sie ihr Bier verschüttete, lehnte sie das angebotene Hörnchen ab. Kichernd beugte sie sich ganz nah zum speckigen Hals des Dicken und flüsterte ihm etwas ins Ohr. Der lachte und nahm dann statt ihrer von der Tochter ein Eis entgegen. Dabei musterte er genüsslich ihren tiefen Ausschnitt.

In dem Augenblick kam Peschrath auf den Kirmesplatz, auch er in der typischen grünen Uniformjacke, dem Filzhut und der weißen Hose. Aber bei ihm glänzte alles sauber vom Scheitel bis zur Sohle. Die Orden an seiner Brust schimmerten im Sonnenlicht mit seinem Haar um die Wette. Dicht hinter ihm folgten mehrere andere Schützen, alle bester Laune. Kalli wurde unbehaglich zumute. Er hatte Angst, von Peschrath an den Pranger gestellt zu werden, sobald der ihn entdeckte.

Plötzlich sah er, wie die Mutter der Kinder mitten in ihrer Bewegung erstarrte und erblasste. Ihre Augen richteten sich stur auf Peschrath. Der erwiderte für einen kurzen Moment den Blick, presste dann missbilligend die Lippen zusammen, drehte sich weg und ging schnell vorbei.

Kalli wollte schon aufatmen, als er beobachtete, wie der schmale dunkle Junge, der auf ihn wie ein edles Juwel zwischen billigen Imitaten wirkte, zu Peschrath hinüberschlenderte und sich ihm lässig in den Weg stellte. Kalli konnte nicht hören, was gesprochen wurde, weil es wie alles andere im blechernen Musikgedudel des Autoselbstfahrers und im Geblöke des Losbudenbesitzers unterging.

Er sah nur, wie der Junge den Mann bittend, fast flehend, anschaute und wie Peschrath Danil grob zur Seite schubste. Der Junge strauchelte. Fast wäre er gefallen. Aber er fing sich. Zu Kallis Verblüffung trat er erneut auf den Erwachsenen zu. Sein Gesicht verschloss sich, wurde zu einer harten Maske. Mit einer knappen Bewegung drückte er dem Mann sein Softeis mitten auf die grüne Uniformjacke. Dann verschwand er in der Menge.

Kalli prustete los, als er die Fassungslosigkeit in Peschraths Miene sah, aber im nächsten Augenblick verging ihm das Lachen. Denn nachdem Peschrath sich von einem seiner Kameraden ein Papiertaschentuch hatte geben lassen und mit vor Ekel verzerrtem Gesicht Eis- und Hörnchenreste von seiner Brust gewischt hatte, wandte er sich zornrot an die Mutter des Jungen. Die reagierte erst erfreut, dann verwirrt und schließlich verletzt. Kalli war sich sicher, dass sie überhaupt nicht mitbekommen hatte, was ihr Sohn angestellt hatte. Da mischte sich der ältere Junge ein. Schützend schob er sich vor seine Mutter und sagte etwas zu Peschrath.

Zwischen den beiden entwickelte sich ein kurzes Handgemenge. Als wäre das noch nicht genug, eilten Peschraths Kameraden ihm zu Hilfe. Einer, stämmig und mit Vollbart, näherte sich von hinten und drehte dem Jungen brutal den Arm auf den Rücken. Kalli hörte ihn laut aufschreien. Die beiden kleineren Brüder, die eben noch friedlich ihr Eis geschleckt hatten, guckten ängstlich. Die Mutter fing an zu weinen. Schnell lief die Tochter zu ihr und nahm sie in die Arme.

Sekunden später war der Spuk vorbei: Der Bärtige stieß den Jungen weg und brüllte ihm etwas zu. Der rieb sich den Arm und senkte den Kopf. Dann zog die Truppe um Peschrath endgültig weiter.

Kalli knüllte seine Serviette zusammen. Zeit für den Heimweg, dachte er. Als Nächstes erwischen sie dich. Die Rücksichtslosigkeit aber, mit der die gestandenen Männer dem eindeutig unterlegenen Jugendlichen gegenüber aufgetreten waren, erschreckte ihn sehr.

Gnadenlos und selbstgerecht, die Mischung war die gefährlichste von allen. In zahllosen Situationen hatte er sie am eigenen Leib erfahren. In den Misshandlungen durch den Vater, vor Gericht, im Knast – von Insassen wie von Schließern –, nach seiner Entlassung. Immer wieder. Ihn schauderte.

Jetzt stand ihm so etwas erneut bevor. Er spürte es. Es lauerte nur darauf, ihn zu erwischen.

Der Sex mit Walter war so ähnlich gewesen wie das Tragen einer neuen Jeans: steif und kratzig, und man weiß noch nicht so recht, ob sie einem wirklich passt. Der Vergleich setzte sich in Ellas Kopf fest und reizte sie zum Lachen. Dabei war die Sache an sich gar nicht witzig gewesen. Sie hatte sich einfach unwohl gefühlt, wie eine blutige Anfängerin, ein Teenager, der das verkrampfte erste Mal erlebt. Peinlich.

Jetzt – eine halbe Stunde danach – zwang sie sich, ruhig zu atmen, um ihm die tief Schlafende vorzugaukeln. Ging es ihm vielleicht genauso? War er in Wirklichkeit hellwach wie sie und traute sich nicht, es zu zeigen? Weil man sich dann vielleicht unterhalten müsste über das, was gelungen oder misslungen war? Welche Praktiken man liebte und welche nicht? Keine Ahnung. Sie fühlte die Wärme seines entspannten – oder zumindest entspannt wirkenden – Körpers neben sich und machte sich klar, wie wunderschön er war: schlank, muskulös, mit fester und doch sehr weicher Haut. Sie spürte seinen Küssen nach und seinen streichelnden Händen, und es schauderte sie wohlig.

Und doch. Er war nicht Max. Fertig, aus. Dafür konnte er nichts, trotzdem nahm sie es ihm übel. Sie stopfte die Bettdecke fest um die nackte Hüfte, drehte sich auf die Seite und wendete gleichzeitig die Richtung ihrer Gedanken.

Unglaublich, dass es Paul Franken gewesen war, der beim Mord an Igor Bodrow dabei gewesen sein sollte, nicht Kevin Bayer. Denis hatte sich einfach vertan. Wie war das möglich? Na ja, wahrscheinlich hatte er Danils Freunde kaum gekannt. Und als auch Kevin umgebracht worden war, hatte ihm seine eigene, verlockende Logik einen Streich gespielt, und er hatte die beiden Jungen miteinander verwechselt.

Aber dass es Paul gewesen war, der in jener Nacht zusammen mit Danil auf dem geklauten Rad durch Büttgen kurvte, führte die Idee, der Mühlenmord und der in der Baumschule könnten eine Art Racheakt für Igor Bodrows Tod sein, ad absurdum. Nicht Kevin, sondern Paul quälte sich seitdem mit einer Schuld ungeahnten Ausmaßes herum. Paul, der Junge mit den Rehaugen, treuer Gefolgsmann Danils.

Denn er hatte den Mord an Igor Bodrow nicht verhindert.

Stattdessen wurde er zum untätigen Zeugen.

»Danil war total fertig, voll geflasht, das müssen Sie verstehen«, hatte Paul Ella und seinem Klassenlehrer erklärt. »Ich stand neben ihm und hab selbst gehört, wie der besoffene Alte ihn einen Bastard genannt hat. ›Geh doch zu deinem richtigen Papa‹, hat er gelallt. ›Dem Nazi von diesem Brauchtumsverein. Peschrath! Aber der will dich auch nicht, das kann ich dir versprechen. Der war nur geil drauf, deine Mutter zu nageln. Das war ja auch kein Problem. Sie kam als Putze ins Haus dieser deutschen Bonzen.‹ – ›Ich glaub dir nicht‹, hat Danil daraufhin gestammelt. ›So was tut Mama nicht!‹ – ›Die Schlampe hat früher für jeden die Beine breitgemacht! Aber weißt du, was das Schlimmste ist? Dass ich keine Beweise habe und seit zwölf Jahren ein Kuckuckskind durchfüttern muss.‹ In dem Moment ist Danil ausgerastet. Ich konnte das daran sehen, dass sein Gesicht hart und kalt wie ein Stein wurde. Klappe zu, wissen Sie?

Keine Chance mehr, an ihn ranzukommen. Er hat mich weggeschickt, ohne mich auch nur noch mal anzugucken. Seine Stimme hörte sich an wie die von einem Roboter. Also bin ich weg, voll im Schock … und erst nach ein paar Minuten hab ich gecheckt, dass Danil irgendwas echt Krasses vorhatte. Also bin ich zurück zu dem Garagenplatz hinter dem Haus der Bodrows gefahren. Aber es war schon zu spät. Ich hab gesehen, dass er den Alten auf die Gleise gelockt hatte. Ich war wie … ausgeknockt, wissen Sie. Wie gelähmt … ich … es war so krass. Dann hat Danil ihm die Flasche über die Birne gezogen und ist einfach weggegangen! Die Bahn kam und …« Paul brach ab, und seine Augen füllten sich mit neuen Tränen. »Es war ein total ekelhaftes Geräusch, das Quietschen der Bremsen und das Krachen, Zermatschen und Zersplittern von … Ich bin nur noch abgehauen. Nach Hause geradelt, so schnell ich konnte. Hab versucht, das Bild und den Krach aus meinem Kopf zu kriegen, aber … keine Chance.«

Während Ella das Gespräch Revue passieren ließ, wurde sie das Gefühl nicht los, immer tiefer in einen nicht enden wollenden Alptraum einzutauchen. Kleine Jungen, die zu Mördern oder Zeugen brutaler Verbrechen wurden. Kleine Jungen, die kaltblütig liquidiert wurden. Und mittendrin in diesem Horror Ellas alter Klassenkamerad, der spießigste, konservativste Mensch, den sie sich vorstellen konnte.

Walter und sie hatten Paul dann so lange bequatscht, bis dieser versprach, mit seinem Wissen zur Polizei zu gehen.

»Der wahre Mörder deiner Freunde läuft frei herum«, hatte Ella betont, »und es ist nicht Markus. Aber trotzdem, all diese Fakten sind wichtig: dass Danil sein leiblicher Sohn war, dass er einen erblich bedingten Herzfehler hatte, dass er Igor Bodrow auf die Schienen gestoßen hat, dass Kevin Markus wegen der Vaterschaft erpresst hat. Alles. Nur so gibt es eine Chance, den Täter zu fassen.«

Schließlich hatte Paul genickt, erschöpft zwar, aber es wirkte ehrlich überzeugt.

»Im Gegenzug versprechen wir dir, der Kripo nichts von deinem Anschlag auf Peschrath zu verraten«, versprach Walter. »Solltest du jedoch nicht auspacken, müssen wir die Sache melden. Du siehst, die Zusammenhänge kommen so oder so ans Tageslicht. Nur du stehst schlechter da.«

»Okay«, flüsterte Paul, »ich geh ja zu den Bullen, direkt morgen, keine Sorge.«

Daraufhin hatten sie dem Jungen eine Decke und ein Kissen gebracht und ihm auf dem Sofa ein Bett gebaut. Ella war noch so fürsorglich gewesen, ihm eine heiße Wärmflasche zu machen. Nun schlief er wie ein Baby.

Nun ja, auch Walter schien tatsächlich wie ein Baby zu schlafen. Allein sie lag noch wach. Ella seufzte tief und drehte sich auf den Rücken. Irgendwo da oben lächelte der ständig lächelnde Smiley. Die Vorstellung machte sie nervös. Amüsierte er sich etwa heimlich über sie? Weil sie überall ihre Finger reinsteckte und sie dann nicht mehr rauskriegte? Weil sie sich heillos verzettelte, das Elend anderer anzog wie einen Fliegenschwarm? Weil sie so vieles begann und so wenig zu Ende brachte?

Apropos, unvermittelt kam ihr Denis Bodrows Besuch von gestern Abend in den Sinn. Denis mit seinem Laptop, den Suchanzeigen bei Google über erbliche Herzerkrankungen und dem Chatverlauf zwischen seinem Bruder und einem gewissen »Little Caretaker«.

Sie erinnerte sich auch daran, wie sie ihm von dem Einbruch in ihrer Wohnung erzählt und er ihr geraten hatte, ihren Computer und sämtliche Dateien auf Spuren des Eindringlings zu untersuchen. Doch daran hatte sie seitdem keine Sekunde Zeit verschwendet. Typisch! Ihre Unruhe wuchs. Warum nicht jetzt direkt nachschauen?, fragte sie sich. An Schlafen war eh nicht zu denken.

Entschlossen warf sie die Decke zur Seite und schwang die Beine aus dem Bett.

SECHZEHN

Paul war es gar nicht recht, in Kleinmeyers Begleitung zur Polizei nach Neuss zu fahren. Er mochte seinen Lehrer nicht und traute ihm kein Stück über den Weg. Warum, das wusste er nicht so genau. Vielleicht, weil sich der so ungeniert nur für Danil interessiert hatte. Immer war es Paul so vorgekommen, als ob er für Kevin, Jacky und ihn selbst bloß Verachtung übriggehabt hätte. Danil dagegen war sein *Star* gewesen. Für ihn hatte er sich ein Bein ausgerissen.

Nicht zum ersten Mal fragte Paul sich, warum das so gewesen war. Klar, Danil hatte etwas an sich gehabt, das ihn zu etwas Besonderem machte. Auch er, Paul, hatte sich davon angezogen gefühlt. Danil war einfach cool gewesen, schlau, manchmal extrem brutal, aber hinter dieser Härte hatte auch etwas anderes durchgeschimmert, etwas Liebes und irgendwie Zerbrechliches.

Paul kamen die Tränen, und er stützte den Kopf an die Fensterscheibe der Beifahrertür. Hatte der Lehrer diese nette Seite von Danil etwa auch gespürt, oder steckte noch mehr dahinter? Danil hatte mal gesagt, Kleinmeyer sei bestimmt schwul und deshalb so an ihm interessiert. Der Gedanke war zu krass, um ihn zu Ende zu denken. Paul schloss die Augen, während der Lehrer den Wagen schweigend über die Neusser Furth steuerte. Grauer matschiger Schneeregen klatschte ihnen entgegen und wurde von den Scheibenwischern zur Seite geschoben.

Er erinnerte sich daran, wie Danil und er mal zu zweit im Holzhäuschen auf dem Spielplatz gesessen hatten. Es musste Ende Mai oder Anfang Juni gewesen sein; jedenfalls war die Dämmerung schon hereingebrochen, und Glühwürmchen glimmten da und dort über dem Sand oder den Heckenrosen hinter den Bänken auf. Sie teilten sich einen Joint, und Paul kam sich extrem cool und erwachsen vor. Bis Danil zu sprechen begann.

»Gestern beim Sport«, fing Danil an, »als ich der alten Schlampe Ottmann …« Gemeint war die fast sechzigjährige Sportlehrerin. »… gesagt hab, dass ich keinen Bock mehr auf das Zirkeltraining hab und sie sich die Scheiße sonst wohin stecken kann, war das bloß eine Ausrede. Hat ja auch geklappt. Ich mein, die Fotze hat mich zur Strafe in den Trainingsraum geschickt, und genau das wollte ich auch erreichen.«

Im Dämmerlicht war Danils Miene nicht zu erkennen. Doch vor allem der ernste Tonfall im letzten Satz erschreckte Paul. Und als Danil jetzt heftig am Joint zog und die Glut sein kalkweißes Gesicht beleuchtete, konnte Paul etwas sehen, das er noch nie an seinem Idol und besten Freund wahrgenommen hatte: wie unglücklich er war.

»Was meinst du damit?«, hörte er sich selbst mit belegter Stimme fragen. Das Marihuana vernebelte seine Sinne und legte sich pelzig auf die Zunge.

»Dass ich sonst umgekippt wäre. Mein Herz, das macht oft schlapp, wenn ich mich anstrenge. Ich krieg dann keine Luft mehr, ich muss mich hinhocken und …« Er schwieg kurz, räusperte sich. »… und ich hab voll Schiss, dass ich … krepiere.«

»Aber …« Paul war bestürzt. »Dann geh doch mal zum Arzt. Vielleicht ist es bloß was, was mit dem Wachstum oder so zu tun hat. Mama sagt immer, wenn meine Knie nachts so krass wehtun, dann hat das auch …«

»Ich war längst beim Doc«, unterbrach Danil ihn leise.

»Und?«

»Ich bin herzkrank. Fallot'sche Tetralogie. Ich hab nicht ganz gerafft, was der Arzt gesagt hat, aber ich stell es mir wie einen Riss vor, der mal schmal wie ein ganz dünner Spalt ist und mal auseinanderklafft. Genauso fühlt es sich jedenfalls an.«

Zur Bekräftigung nickte Danil und schwieg dann.

»Und?«, fragte Paul noch einmal.

»Wenn ich nicht bald operiert werde, kratz ich ab.«

Der Schock ließ Paul gefrieren.

»Aber …«

»Aber ich krieg keine OP. Viel zu teuer. Außerdem weiß meine Alte nichts von der Krankheit. Ich hab den Wisch mit dem Befund aus dem Briefkasten geholt, bevor sie ihn finden konnte.«

»Aber …«

»Nix aber. Ich wollte nur, dass du es weißt. Warum ich mich

manchmal plötzlich hinsetzen muss oder nach Luft schnappe, ja? Und blaue Hände oder Lippen hab.«

»Okay.« Verstört zog Paul an dem kläglichen Rest des Stummels und drückte ihn dann im Sand aus.

»Du bist mein bester Freund«, hub Danil noch einmal an. Inzwischen war es so dunkel in dem Spielhäuschen, dass Paul die Konturen seines Kopfes und seiner Schultern nur noch erahnen konnte. »Ich hab dich sehr lieb, weißt du? Viel lieber als meine Familie.« Paul war so verblüfft, dass er fast zu atmen vergaß. Währenddessen redete Danil einfach weiter. »Verwandte sucht man sich nicht aus. Die hast du oder hast du nicht. Und bloß weil ihr Blut durch deine Adern fließt, heißt das noch lange nicht, dass sie dich mögen oder verstehen.«

Paul begriff, dass sein Freund nicht in erster Linie seine Brüder, die Schwester oder die Mutter meinte, sondern vor allem Peschrath, der angeblich sein echter Vater sein sollte. Was Paul einfach nicht glaubte. Wer konnte schon wissen, was ein sturzbesoffener Igor Bodrow sich alles einfallen lassen hatte, um den verhassten Sohn zu quälen? Oder was er sich in seiner Eifersucht eingeredet hatte. Und Beweise gab es ja nicht, oder?

»Außer einer Übereinstimmung von Genen besteht oft keine Verbindung«, fuhr Danil fort. Es hörte sich an, als zitierte er aus einem Biologiebuch. »Aber Freunde … Freunde sucht man sich aus, weil man spürt, dass sie zu einem gehören. So wie ich dich ausgesucht habe, als ich gesehen habe, wie du dem Tim eins auf die Fresse gegeben hast. Wegen deinem Alten. Das war zu einer Zeit, in der ich für meinen Papa auch alles getan hätte. Da wusste ich noch nicht, dass er bloß mein Stiefvater war.« Danil schluckte und sagte dann mit belegter Stimme: »Er war ein Fremder und ein Feind. Ich hätte das längst kapieren sollen.«

Unbehaglich dachte Paul daran zurück, wie er hinter den Garagen gestanden und Danil heimlich beobachtet hatte, wie der Bodrow bewusstlos schlug und eiskalt auf den Schienen liegen ließ. Bis heute hatte er darüber geschwiegen wie ein Grab. Auch Danil gegenüber.

»Aber du bist mein Freund, genau wie Kevin. Du bist mir näher als alle verfickten Verwandten. Und wenn ich sterbe, weil ich die

Kohle für die OP nicht rechtzeitig zusammenkriege, sollst du dich immer daran erinnern.« Danils Stimme brach. Tastend suchte Paul die Hand des Freundes und hielt sie fest.

»Du wirst nicht sterben«, flüsterte er eindringlich. Krampfhaft suchte sein bekifftes Hirn eine Lösung aus diesem Schlamassel. Gleichzeitig fühlte er sich sehr geehrt, von Danil als Freund »ausgesucht« worden zu sein. Echt Hammer! »Sprich doch mal mit deiner Mutter. Sie muss von dem Herzfehler wissen, finde ich. Und vielleicht zahlt die Krankenkasse …«

»Vergiss es!« Danil zog seine Hand fort. »Meine Alte ist eine Verräterin und eine Hure! Eine *Cyka*. Von so einer lass ich mir nicht helfen. Hast du eigentlich nichts von dem geschnallt, was ich gesagt habe? Ich scheiß auf die Familie!«

»Okay.« Paul sah ein, dass er so nicht weiterkam. »Dann lass uns überlegen, wie wir das Geld zusammenkriegen.«

»Die *Loser* an der Schule haben genug davon«, antwortete Danil kalt, und nur ein kurzes Schniefen verriet, wie verzweifelt er eigentlich war. »Wir müssen es ihnen nur abnehmen.«

Paul zögerte.

»Okay …« Im Geiste ging er die Namen all derjenigen durch, die für solche Erpressungen in Frage kämen. »Aber reicht das denn?«

»Nee, deshalb hab ich mir noch was anderes überlegt.« Danil machte eine wirkungsvolle Pause und sagte dann: »Da ist doch dieser Kinderficker, der draußen auf dem Schmittke-Hof wohnt. Den press ich aus …«

»Du spinnst!« Pauls Herz schlug ihm bis zum Hals. War Danil total verrückt geworden? »Der Typ ist gefährlich. Ein perverser Mörder.«

»Schwachsinn. Der ist nichts weiter als ein alter, klappriger Opa. Total am Ende. Der kann mir gar nichts. Aber ich ihm. Denn der steht doch auf kleine Jungs und hat bestimmt keinen Bock, wieder im Knast zu landen. Damit krieg ich ihn.«

»Nein!« Panisch suchte Paul nach einer Alternative. »Danil, das kannst du nicht machen. Dann geh lieber zu Peschrath und bitte ihn um die Kohle. Wenn er schon dein Vater ist.«

»Auf keinen Fall! Ich will nicht, dass er davon weiß. Er hat sich bis heute nicht um mich gekümmert. Warum sollte er es jetzt auf einmal tun?«

Und dabei war es geblieben. Vorerst. Erst als Danil einsehen musste, dass er das Geld nicht zusammenkriegen konnte, war er doch auf Peschrath zugegangen. Nach dem Klassenausflug zur Braunsmühle hatte er ihn angerufen und ihn mit der Wahrheit konfrontiert. Und Peschrath hatte seinen unehelichen Sohn einen russischen Lügner und Betrüger genannt. Und ihn zum Teufel geschickt.

Pauls Stirn ruhte immer noch an der kalten Scheibe, und er starrte in den bleiernen Himmel, während er an all das zurückdachte. Es kam ihm vor, als sei es erst einige wenige Minuten her, dass er Danil im Schutz der Dunkelheit ganz fest umarmt hatte, während ein einzelnes Glühwürmchen sich in das Holzhäuschen verirrte und dort wie ein winzig kleines Gespenst herumgeisterte. Noch immer spürte er den warmen Körper des Freundes und hörte dessen stoßweise gehenden Atem.

»Versprich mir, dass du zu mir hältst«, hatte Danil geflüstert, »und versprich mir, dass du keinem – auch nicht Kevin oder Jacky – erzählst, dass ich krank bin. Oder dass Peschrath mein Papa ist. Niemals!«

Natürlich hatte Paul es hoch und heilig versprochen. Gebrochen hatte er den Schwur erst gestern Nacht, als er unter dem Druck der Ereignisse der Rothaarigen und Kleinmeyer alles gestanden hatte. War das richtig gewesen? Er wusste es nicht. Er wusste nur, dass er sich schuldig und wie ein Verräter und Versager fühlte.

Es tat gut, durch die Kälte zu stapfen, den Schneeregen wie Nadelstiche im Gesicht zu spüren und den Blick auf die weite dunkle Wasserfläche des Kaarster Sees zu richten. Ella atmete tief durch und ließ sich vom Wind das feuchte Haar zausen. Sie war froh, dass Walter die Aufgabe übernommen hatte, mit Paul zur Kripo zu fahren.

»Kommissarin Küppers wird dir nicht den Kopf abreißen«, hatte sie dem Jungen noch mit auf den Weg gegeben, während Walter bekräftigend nickte. »Sie ist wirklich nett.«

Worauf Paul halb zweifelnd und halb hoffnungsvoll von einem

zum anderen geschaut und schließlich gesagt hatte: »Stimmt. Eigentlich war die bis jetzt ganz okay.«

Und dann waren sie gefahren. Gott sei Dank, denn Ella hatte es dringend nötig, allein zu sein, um über das nachdenken zu können, was sie letzte Nacht entdeckt hatte.

Leise war sie auf nackten Füßen quer durch das dunkle Schlafzimmer getappt, hatte eilig T-Shirt und Jogginghose übergestreift und schließlich sorgfältig die Tür hinter sich zugezogen. Oben auf dem Dachboden bewegte sie sich mit behutsamen Schritten, damit kein Knarren oder Knarzen sie unten verriet. Die Deckenlampe ließ sie aus. Das Licht des Monitors und das des Mondes, das blass durch die Dachfenster fiel, mussten genügen.

Etliche Klicks später hatte sie die Bestätigung, dass der Eindringling in ihrer Wohnung kein Hirngespinst gewesen war. Und sie wusste, was er gestohlen hatte: Alle Bilder des toten Jungen und die vom Tatort waren weg. Eine Weile suchte sie noch in ihren Dateien, um sicherzugehen, dass sie sich nicht vertan und die Fotos womöglich woanders abgespeichert hatte, jedoch vergeblich.

Nach einer Weile kam sie auf die Idee, im »Papierkorb« nachzuschauen, aber auch den hatte jemand fachmännisch geleert. Mit wild schlagendem Herzen konnte sie die Augen nicht vom Bildschirm lösen. Wer hatte sich an ihrem Computer zu schaffen gemacht? Wer hatte ein Interesse an den Bildern, oder wem war es wichtig, dass Ella sie nicht mehr besaß? Denn der Dieb konnte die Aufnahmen vom Tatort entweder einfach gelöscht oder erst kopiert und dann vernichtet haben. Jede Alternative setzte ein anderes Motiv voraus.

Es waren keinerlei Einbruchsspuren an Haus- oder Wohnungstür zu finden gewesen. Das legte die Annahme nahe, dass jemand mit einem Schlüssel oder aber einem professionellen Dietrich eingedrungen war. Beide Möglichkeiten führten wiederum in konträre Richtungen. Freund oder Feind? Bekannter oder Fremder? Amateur oder Profi? Widerstrebend ging sie im Geiste die Personen durch, die einen Wohnungsschlüssel besaßen: zum Ersten der Vermieter, der im Erdgeschoss wohnte, zum Zweiten Max, der ihn aber nie benutzte, wenn er zu Besuch kam. Und zum Dritten natürlich Bine. Sie hatte ihr Exemplar bekommen, nachdem Ellas

Mutter vor sieben Jahren an den Folgen eines Schlaganfalls gestorben war. Wenn Ella in den Urlaub fuhr, versorgte ihre Freundin die Blumen und holte die Post aus dem Briefkasten.

Wer von diesen Menschen hätte ein Interesse daran, die Fotos zu löschen oder zu stehlen?

Der Vermieter sicher nicht. Aber Max oder Bine? Keinem von beiden traute sie etwas Derartiges zu. Warum auch? Verwirrt schüttelte sie den Kopf. So kam sie nicht weiter. Was blieb, war das diffuse Gefühl, von jemandem, der ihr lieb und teuer war, verraten worden zu sein, obwohl auch immer noch die Möglichkeit bestand, dass der Dieb ein völlig Fremder war. Der Mörder der beiden Jungen? Hatte sie auf den Fotos etwas Wichtiges übersehen? Irgendein Detail, das auf ihn hinwies? Nun, zu spät, die Aufnahmen waren weg. Es brachte nichts, sich darüber den Kopf zu zerbrechen.

»Little Caretaker« – plötzlich fiel ihr der Chatverlauf wieder ein, den Denis ihr gezeigt hatte. Gestern hatte sie bloß einen kleinen Ausschnitt lesen können, weil dann Walter geklingelt hatte. Um sich von irritierenden Themen wie Verrat oder Vertrauensbruch abzulenken, rief sie die entsprechende Community auf und loggte sich mit dem Passwort »Freddy Mercury« in Danils Profil ein.

Sekunden später schaute sie in zwei übergroße tiefblaue, abgeklärte Augen. Als Begrüßungsbild hatte Danil nur diese Gesichtspartie ausgewählt, vermutlich, damit man nicht gleich merkte, dass man es mit einem Zwölfjährigen zu tun hatte.

Ansonsten gab Danil sehr wenig über sich preis. So hatte er zum Beispiel keine weiteren Fotos eingestellt. Bloß sein Begrüßungstext war eindeutig: Who wants to live forever?

Ella seufzte. Schnell klickte sie sich durch den Nachrichtenverlauf. Auch hier wurde deutlich, wie diskret Danil sich im Netz verhalten hatte, zumindest über diesen Account. Anfragen von Freunden oder Schulkameraden hatte er schlicht ignoriert. Tatsächlich war der Austausch mit »Little Caretaker« der einzig ausführliche und interessante.

»Es ist nicht wichtig, woher du kommst, sondern nur, wohin du gehst«, las sie wieder. Und dann: *»Ich geh dahin, wo alle sind, die es geschafft haben. Aber was nützt mir das, wenn ich nicht mal weiß, wer ich bin. Wer ist das, den ich im Spiegel seh? Bin ich nur ein Opfer, oder was?«*

Sie scrollte weiter zurück und stockte.

»Little Caretaker« hatte geschrieben: *»Dein Begrüßungstext hört sich traurig an. Keiner lebt ewig, aber manch einer lange und erfüllt. Vor allem, wenn man jung ist, liegt die Zukunft vor einem.«*

»Die Zukunft ist ein schwarzes Loch«, antwortete Danil.

»Freddy Mercury, dessen Songtext du benutzt, hat das, glaube ich, anders gesehen. Hätte er eine Chance gehabt, gesund zu werden, hätte er sie genutzt. Er liebte das Leben.«

»Ich bin nicht wie er. Bin ja auch keine Schwuchtel. Du musst wissen, wenn es Zeit ist, finde ich. Du machst eine große Show und dann einen Abgang!«

»Hör auf damit, bitte. Denk an die Menschen, die dich lieben oder lieben werden. Wenn ich in deine Augen schaue, sehe ich einen Jungen, der schön und klug ist.«

»Und ich seh bloß einen Fremden. Ohne Vergangenheit. Irgendwas Kaputtes, was nicht mehr heil wird. Es ist wie ein Riss durch mich durch. Keine Ahnung.«

Es war mehr als deutlich, dass hier ein Suizidgefährdeter sprach. Und »Little Caretaker« hatte versucht, den Jungen von seinem Vorhaben abzubringen. Aber wie edel und uneigennützig waren seine Absichten wirklich gewesen? *»Wenn ich in deine Augen schaue, sehe ich einen Jungen, der schön und klug ist«*, hatte er ihm geschmeichelt.

Ella wurde ganz flau dabei. Im Internet tummelten sich unzählige seltsame Gestalten mit mehr als zweifelhaften Motiven. Sie versuchte, das Profil von »Little Caretaker« aufzurufen, aber es ging nicht. Einen User mit diesem Nickname gab es nicht mehr. Auch das kam ihr reichlich suspekt vor.

Ella fragte sich, ob Danil ausschließlich virtuell mit »Little Caretaker« in Kontakt getreten war oder ob er ihn irgendwann persönlich kennengelernt hatte. Was das wohl für ein Typ sein mochte? Zweifellos ein Erwachsener und ein gebildeter Mensch noch dazu, seiner Schreibweise nach zu urteilen. Aber was sonst? Ein interessierter Internetnutzer, dem das Wohl anderer am Herzen lag? Ein Queenfan, der einen Gleichgesinnten witterte? Oder etwa ein Pädophiler, der ahnte, dass sich hinter Danils Profil ein einsames, angreifbares Kind verbarg?

Mit diesem Knäuel an Fragen im Kopf hatte Ella sich schließlich in ihr warmes Bett zurückgeschlichen, zurück an die Seite von Walter, der selig schlief.

Ella atmete tief durch und betrachtete die nackten Verästelungen der Bäume, die sich weit über das Wasser des Kaarster Sees beugten. Ein paar Enten dümpelten im Uferbereich herum. Wind peitschte auf und zwirbelte die Wasseroberfläche, während die schweren nassen Wolken weiterhin ihr Regen-Schnee-Gemisch ausspuckten. Die Stimmung war düster und gedrückt. Sie passte zur Gefühlslage eines Selbstmörders.

Dennoch hatte Danil seinem Leben keineswegs eigenhändig ein Ende bereitet. Stattdessen war er erst grausam gefoltert und anschließend erdrosselt worden. Aber an der Braunsmühle war tatsächlich einmal ein Suizid verübt worden. Vor dreißig Jahren. Kein Wunder, dass Ella nach dem Dachbodenbesuch davon geträumt hatte.

Der Traum war schrecklich gewesen und hatte alle Schuldgefühle, die sie seit 1981 mit sich herumschleppte, wieder an die Oberfläche getragen.

Im Traum hatte Antonia vor ihr gestanden, das Haar wirr und statisch aufgeladen. Ihre riesigen Augen waren voller Trauer, aber auch voller Vorwürfe gewesen.

»Ihr habt mich im Stich gelassen«, hatte sie anklagend ausgerufen und ihre Arme theatralisch in die Höhe gereckt. »Ihr wolltet mir nicht zuhören! Was mir geschehen ist, interessiert euch nicht. Jetzt gehe ich und lasse euch zurück. Aber denkt dran, ihr seid schon vergiftet. Der Verräter ist unter euch. Ich gehe, aber er bleibt!« Dann war sie gesprungen, obwohl Ella sie noch festhalten wollte, mit einem irren, scheppernden Lachen, das weithin hallte. Und als sie fiel, fiel Ella ebenfalls, immer weiter, immer tiefer, immer schneller. Bodenlos. Bis sie mit einem Ruck erwachte.

Noch jetzt, auf dem matschigen Rundweg um den großen See, spürte Ella die Schrecken des Alptraums. Antonias Vorwürfe ließen sich nicht so schnell abschütteln. Obwohl damals alles ganz anders gewesen war. Antonia hatte sich natürlich ohne Zuschauer oder Mitwisser aus der Dachluke der Mühle gestürzt. In einer gewittrigen Sommernacht, als sich keiner von der Clique auf dem Gelände aufhielt. Erst am Nachmittag des nächsten Tages hatte eine Spaziergängerin die zerschmetterte Leiche zwischen Disteln, Klatschmohn und Wildgräsern gefunden.

Aber Ellas Traum enthielt durchaus auch wahre Elemente. Zum Zeitpunkt von Antonias Freitod hörte ihr tatsächlich keines der Cliquenmitglieder mehr zu. Denn Antonia hatte sich durch ihr Verhalten in eine Außenseiterposition katapultiert. Indem sie ungeniert mit Max und Thomas flirtete, hatte sie gegen den ungeschriebenen Ehrenkodex der Mädchen verstoßen, der lautete: Mache dich nie an die Jungen heran, auf die schon die Freundinnen Ansprüche angemeldet haben. Außerdem war sie mit Bines Bruder Andi – mit ihrem eigenen Cousin! – ins Bett gegangen – das zumindest hatte Bine Ella damals empört berichtet.

Inzwischen glaubte Ella etwas anderes. Und genau das war der Grund, warum ihr Gewissen sie so quälte. Mehrmals hatte Antonia versucht, mit Ella zu sprechen. Immer erging sie sich dann auf ihre dramatische Art in Andeutungen, was ihr Schreckliches im Hause der Vossens passiert sei.

»Eines Nachts«, hatte sie mit in Tränen schwimmenden Augen gesagt, »kam er zu mir. Und jetzt ist alles anders. Was soll ich nur tun?«

Ella hatte sie Mal für Mal grob abgewürgt; sie hatte keine Lust, sich irgendwelche Bettgeschichten anzuhören, in denen es nahe Verwandte miteinander trieben. Außerdem war ihre Eifersucht auf die hübsche Südländerin inzwischen so stark angewachsen, dass sie deren Hilfsbedürftigkeit auf keinen Fall wahrhaben wollte. Ella hatte auf stur geschaltet.

Heute, wie gesagt, glaubte sie etwas völlig anderes. Denn längst hatte sich herausgestellt, dass Andis Sexualität sich ausschließlich auf Männer richtete. Er war so eindeutig schwul, dass Ella davon ausging, dass er nie in seinem Leben mit einem Mädchen geschlafen hatte, auch nicht in jungen Jahren in einer Art Experimentierphase.

Sie alle hatten Antonia Unrecht getan. Inzwischen stand für Ella fest, dass Antonia vergewaltigt worden war, und zwar von Sabines Vater. Theo Vossen war schließlich bekannt dafür, jeder Frau nachzusteigen, die nicht bei drei auf den Bäumen war. Und mit den Jahren wurden seine Affären immer jünger. Für Ella passte das alles gut ins Bild. Ebenso wie Antonias Vorgeschichte, ihre

Not, ihr Elend und die Ausweglosigkeit ihrer Situation. Zu sterben schien für sie die einzige Möglichkeit, aus der Falle zu entkommen. Also war sie gesprungen.

Das alles ließ sich nicht beweisen. Darüber sprechen konnte man schon mal gar nicht. Überhaupt hatte die Clique Antonias Tod, als sie davon erfuhr, kaum thematisiert. Zu groß waren Schock und schlechtes Gewissen gewesen. Man war sich deutlich bewusst, dass man die Freundin im Stich gelassen hatte und so mitschuldig an ihrer Verzweiflungstat war. Darüber konnte man nur schweigen. Und im Laufe dieses Prozesses hatten sich Abgründe zwischen ihnen aufgetan und den Freundeskreis für etliche Jahre auseinanderbrechen lassen. Als man dann endlich wieder zusammenfand, mied man es natürlich tunlichst, auf den Auslöser der Krise zu sprechen zu kommen. Dabei war es geblieben.

Ella fragte sich, ob auch die anderen – Max, Thomas, Markus, Bine oder Andi – manchmal noch an Antonia dachten oder gar von ihr träumten. Ob einer von ihnen schon mal auf denselben Gedanken wie sie gekommen war, dass Theo Vossen die eigene Nichte missbraucht hatte. Seltsam, dass Antonia im Traum von einem Verräter gesprochen hatte, der noch unter ihnen sei. Was mochte das heißen? Ella kannte sich mit Traumdeutung nicht aus. Was hatte ihr Unterbewusstsein ihr damit sagen wollen? Dass sie mehr wusste, als sie zugeben wollte? Dass es eine eng vertraute Person gab, die in die Geschehnisse von damals verstrickt war und sich auf besondere Weise am Tod Antonias schuldig gemacht hatte?

Ella blieb stehen und reckte die Stirn Wind und Wetter entgegen. Unwillkürlich dachte sie noch mal an den Sommer 1981 zurück, bevor das Schreckliche passiert war. So manches Mal waren sie mit der Clique hier am See zum Schwimmen gewesen, hatten auf ihren Handtüchern im vertrockneten Gras gelegen, den unendlichen azurblauen Himmel und die Flugzeuge mit ihren Kondensstreifen über sich, und Ella hatte neidisch auf Antonias gebräunte Haut in dem knappen Bikini geschielt und auf das dunkle Haar, das sich nass besonders niedlich ringelte.

Sie erinnerte sich daran, sich blass und hölzern gefühlt zu haben, und daran, wie Max Püllen sie mit einem Grashalm gekitzelt hatte oder sie beide quer über den See geschwommen waren, bis ans Nordufer, dorthin, wo Bäume und Büsche kleine Ufernischen bildeten. Dort hatte Max sie das erste Mal geküsst und sanft ihre Wange gestreichelt. Mehr war damals nicht geschehen, aber es hatte gereicht, um ihre unterdrückten pubertären Gefühle zum Explodieren zu bringen. Noch heute schlug ihr Herz bei dem Gedanken daran schneller. Albern. Aufhören, zwang sie sich.

Sie konzentrierte sich wieder auf die Gegenwart. Es war fast Winter, der erste Advent stand bevor, und statt heißer Sommersonne war die Witterung nasskalt und ungemütlich. Und der Mensch, der vor Kurzem an der Braunsmühle umgekommen war, hieß Danil Bodrow und nicht Antonia Santez.

Trotzdem merkwürdig, dass er offenbar genau wie die ehemalige Freundin von Selbstmordgedanken besessen gewesen war. Eine »große Show« hatte er noch abziehen wollen und dann sterben. Konnte es wirklich ein Zufall sein, dass man ihn im Garten der Mühle gefunden hatte, fast an der gleichen Stelle wie damals Antonia? Das Drama von 1981 war in die Geschichte Büttgens eingegangen. Jung und Alt im Dorf wussten um das Ereignis. Mit Sicherheit auch Danil. Hatte er diesen Ort für seinen Freitod ausgewählt, und sein Mörder hatte dazwischengefunkt?

Nun ja, das kam ihr doch allzu weit hergeholt vor. Sie machte kehrt und lief zum Parkplatz zurück. Am Auto schüttelte und klopfte sie den gröbsten Dreck von den Schuhen und setzte sich ans Steuer. Ein Blick in den Rückspiegel genügte, um sie die Haarbürste aus der Handtasche kramen zu lassen. Für ihr Vorhaben sollte sie zumindest einigermaßen gepflegt aussehen.

Wie jedes Mal, wenn sie herkam, war sie über die Ausmaße des Anwesens verblüfft und gleichzeitig davon befremdet. Beim Anblick des hohen, schier unüberwindlichen schmiedeeisernen Zauns fühlte sie sich beklommen. Das Zuhause der Peschraths war wenig einladend. Obwohl die Lage direkt im Vorster Wald natürlich traumhaft war. Sie ging zum Tor und klingelte. Fast augenblicklich schwangen die Flügeltüren auf. Sie sprang zurück in den Wagen und rollte auf das Grundstück.

Vanessa Peschrath stand schon in der offenen Haustür.

»Hallo, Elisabeth!«, rief sie. »Mit dir hätte ich nicht gerechnet.

Vor allem nicht nach gestern Nacht. Bist du denn schon wieder fit?«

Ella lächelte unverbindlich und gab der Hausherrin die Hand. »So einigermaßen. Ist Markus da?«

»Ja, sicher. Er liegt im Wohnzimmer auf der Couch und kuriert Kater und Brandwunde aus.«

Das hörte sich leicht genervt an.

»Oh. Darf ich ihn trotzdem stören?«

»Kein Problem. Geh einfach durch. Wenn etwas ist: Ich bin in der Küche. Gern mach ich uns einen Kaffee.«

»Super. Das wäre schön.«

Ella lächelte eine Spur herzlicher und steuerte schnurstracks den Wohnbereich an. Beim Anblick der Hirschgeweihe an den Wänden schauderte es sie wie immer. Na ja, die Geschmäcker sind eben verschieden, sagte sie sich. Jedem das Seine.

Markus richtete sich sofort auf, als sie hereinkam. Sein sonst so perfekt gestriegeltes Haar war leicht zerzaust. Er sah müde aus.

»Hallo, Ella! Was machst du denn hier?«

Sie zog die Windjacke aus, warf sie über einen Polsterhocker und beschloss, sofort zur Sache zu kommen.

»Walter ist mit Paul Franken zur Kripo gefahren«, eröffnete sie ihm, während sie sich in einen Sessel setzte und betont lässig die Beine übereinanderschlug.

»Paul Franken?« Markus schaute verwirrt. »Wer ist das denn?«

»Der beste Freund von Danil Bodrow, deinem unehelichen Sohn«, entgegnete sie kühl.

»Wie bitte?« Er blinkerte sie verdattert an, aber Ella hatte im Bruchteil einer Sekunde noch etwas anderes über sein Gesicht huschen sehen: nackte Angst.

»Du hast gehört, was ich gesagt habe, und du weißt, was ich meine. Aus Rücksicht auf Vanessa rede ich leise. Ich denke, sie weiß nichts, oder?«

Markus wich ihrem Blick aus und schwieg.

»Paul Franken wird bei der Polizei aussagen, dass du Danils Vater bist. Und auch, dass Kevin Bayer, der zweite tote Junge, dich mit dem Ergebnis des Vaterschaftstests erpressen wollte.«

»Willst du damit etwa andeuten, ich hätte etwas mit diesen Morden zu tun?«, zischte Markus plötzlich. »Bist du komplett verrückt geworden? Du bist ja genauso paranoid wie diese verwahrlosten Teenager, die mich völlig grundlos verdächtigt haben! Du weißt genauso wie ich, dass ich ein Alibi habe!«

»Nicht für den Mord an Danil.«

Markus zuckte zusammen. Inzwischen war er aschfahl im Gesicht.

»Der Mistkerl war nicht mein Sohn! Das hat sich dieser kleine dreckige Russe bloß ausgedacht, um mich auszunehmen wie eine Weihnachtgans.«

Ella sah ihn ruhig an und sagte nur zwei Worte: »Fallot'sche Tetralogie.«

Markus senkte den Blick. Mit zitternder Hand fuhr er sich durchs Haar.

Ella setzte nach: »Markus, der Junge hatte denselben Herzfehler wie Luca und Leander. Das wird die Autopsie längst bestätigt haben. Fallot ist erblich bedingt. Gib es zu, du hattest was mit Danils Mutter. Er war dein Sohn.«

»Er hat mir nichts von der Herzkrankheit gesagt«, behauptete Markus. »Ich hatte keine Ahnung. Ich dachte, da will sich so ein kleiner Asi ins gemachte Nest setzen, weil ihm jemand gesteckt hat, dass ich vor Urzeiten mal mit Galina im Bett war.« Zerknirscht sah er Ella an. »Es war bloß zwei Mal! Zwei lächerliche Dates. Ehrlich! Und mir hat sie gesagt, sie nimmt die Pille.«

»Wie hast du denn reagiert, als Danil dir den Vaterschaftstest präsentiert hat?«

»Hat er doch gar nicht! Ich hab nie so einen Wisch gesehen!« Markus wirkte ehrlich entrüstet.

»Ist alles in Ordnung?«, tönte plötzlich eine weibliche Stimme von hinten. »Ihr streitet doch nicht etwa, oder?«

Ella drehte sich um und sah Vanessa mit einem vollbepackten Tablett den Couchtisch ansteuern. Sie war eine der Frauen, die auch in den eigenen vier Wänden stets ausgehfertig gekleidet, geschminkt und mit Stöckelschuhen herumlaufen. Ella kam sich geradezu schäbig und abgewrackt neben ihr vor.

»Nichts Ernstes«, beschwichtigte sie Vanessa munter, »hat sich schon erledigt.«

»Dann ist ja gut.« Vanessa klang erleichtert. Ihr rosa Lippenstift glänzte feucht. »Dann können wir ja Kaffee trinken. Ein bisschen Kuchen ist auch noch da.« Mit spitzen Fingern deutete sie auf Apfelriemchen und Kirschstreusel. »Was darf ich wem auftun?«

Paul erzählte der molligen Kommissarin alles. Von vorn bis hinten. Dass Danil den alten Bodrow auf die Gleise gelockt hatte, nachdem er erfahren hatte, dass es sich bei dem Mann, der ihn all die Jahre wie Dreck behandelt hatte, gar nicht um seinen Vater handelte. Dass es vielmehr Peschrath, Vorsitzender des Büttger Vereins für Brauchtum und Tradition, war. Und er berichtete von Danils Herzerkrankung und wie dringend er das Geld für die lebensrettende Operation gebraucht hätte.

Frau Küppers nickte irgendwie befriedigt und schaute ihn mit wesentlich mehr Interesse als zuvor an. Als er an die Stelle kam, wie Jacky Kevin und ihm den Brief gezeigt hatte, den sie für Danil aufbewahren sollte, und wie Kevin sich in den Kopf gesetzt hatte, Peschrath mit dem Ergebnis des Vaterschaftstests zu erpressen, ging die Kommissarin sofort dazwischen: »Warum hast du mir das nicht schon erzählt, nachdem Kevin erschossen wurde?«

»Jacky und ich wollten ihn nicht schlechtmachen. Außerdem hatten wir Schiss, selber Ärger wegen der Erpressung zu kriegen.«

Wieder nickte die Kommissarin, diesmal verständnisvoll.

»Aber Jacqueline und du, ihr habt Peschrath in der Baumschule nicht wirklich erkannt, oder?«, vergewisserte sie sich.

»Nee, es war zu dunkel, der Typ trug ’ne Mütze und war zu weit von uns weg.«

Paul wand sich vor Verlegenheit. Währenddessen kehrte Frau Küppers zu einem anderen Punkt zurück.

»Danil hatte mit seinem angeblichen Erzeuger Kontakt aufgenommen und ihm erzählt, wer er war und dass er Unterstützung brauchte?«

»Ja. Danil hat das Arschloch angerufen«, brach es aus Paul heraus, »aber dem war scheißegal, dass sein Sohn krepierte. Hat ihn einen Lügner genannt. Bestimmt war er bloß voll in Panik, es könnte rauskommen, dass er mit Danils Mama fremdgegangen war. Da hat er Danil entführt und umgebracht.«

Britta Küppers schüttelte sanft den Kopf und sagte sehr bestimmt: »In dem Gartenhäuschen fanden sich keine DNA-Spuren von Markus Peschrath, nur fremde, nicht identifizierte. Genauso wenig wie von Schmittke. Trotzdem werden wir uns Peschrath noch einmal vornehmen. Ganz sicher sogar.« Sie lächelte aufmunternd. »Danke, dass du uns alles erzählt hast. Jetzt sind wir schon ein ganzes Stück weiter.« Auf einmal runzelte sie die Stirn. »Eine Frage habe ich noch.«

»Ja?« Paul wurde sofort misstrauisch.

»Wie kam Danil darauf, die Operation selbst zahlen zu müssen? Das macht doch üblicherweise die Krankenkasse. Und warum hat seine Mutter nichts diesbezüglich in die Wege geleitet?«

Paul entspannte sich und zuckte ratlos die Achseln.

»Keine Ahnung. Danil war manchmal seltsam. Sehr stolz, wissen Sie. Echt krass drauf. Und seit der Geschichte an den Bahngleisen war er komplett von der Rolle. Ich glaube, der hatte sich schon mit seinem Tod abgefunden. Vielleicht sah er die Krankheit irgendwie als gerechte Strafe. Oder vielleicht ging es ihm gar nicht ums Gesundwerden, sondern nur darum, von seinem echten Vater geliebt zu werden, oder so.«

Er erntete einen nachdenklichen Blick der Beamtin.

»Das hört sich plausibel an. Wer möchte nicht Anerkennung und Liebe von seinen Eltern bekommen? Vor allem, wenn man zwölf Jahre alt und todkrank ist.«

Sie schob ihren Bürostuhl zurück und stand auf.

»Noch mal danke, Paul. Wenn dir noch etwas einfällt, ruf mich einfach an.« Sie drückte ihm eine Visitenkarte in die Hand. »Dein Lehrer soll dich jetzt nach Hause bringen.«

Er atmete erleichtert auf und humpelte zur Tür. Sein verstauchter Knöchel war stark angeschwollen und schmerzte viel mehr als gestern.

»Ach, was ist eigentlich mit deinem Fuß passiert?«, fragte die Kommissarin teilnahmsvoll.

Paul spürte, wie sein Gesicht zu glühen begann.

»Nix. Bin nur umgeknickt. Beim Fußball«, log er und floh, so schnell er konnte.

Ella merkte, wie Ungeduld und Ärger in ihr hochstiegen. Hier mit Vanessa und Markus Small Talk zu halten, kam ihr geradezu absurd vor. Auch dass das Ehepaar immer wieder auf die gestrige Party und das tolle Feuerwerk zu sprechen kam, zerrte an ihren Nerven. Irgendwann konnte sie nicht mehr und würgte diese Farce von einem Gespräch kurzerhand ab.

»Entschuldige, Vanessa, aber ich muss los. Markus, bringst du mich bitte noch zum Auto?«

Der fügte sich in sein Schicksal und nickte ergeben.

Draußen schneite es inzwischen heftig. Ella fror, sobald sie beide aus der Haustür getreten waren und unter dem Vordach Schutz suchten.

»Ich glaube dir nicht, dass du nichts von Danils Herzfehler wusstest«, brach es aus ihr heraus. »Es macht einfach keinen Sinn. Der Junge hätte nie Kontakt mit dir aufgenommen, wenn er nicht krank gewesen wäre. Und du hast ihn abgewimmelt und im Stich gelassen. Wie konntest du so grausam sein?«

»Der Junge war ein Stalker, mehr nicht!«, schrie Markus plötzlich los. »Seit Wochen und Monaten hat der mich verfolgt, und ich wusste nicht, warum. Vor allem bei der Mühle hat er mir aufgelauert. Wenn ich sonntags meine Führungen gemacht habe, drückte er sich auf dem Grundstück rum. Mehrmals hab ich ihn im Mühlenturm erwischt – ganz oben auf dem Mehlboden –, ohne dass er Eintritt gezahlt hätte. Mit diesen harten blauen Murmelaugen hat er mich angeglotzt wie ein Irrer. Einmal hat er mich sogar auf der Büttger Kirmes belästigt und attackiert. Ich hatte keine Ahnung, was das sollte. Dann kam er nach den Sommerferien mit seiner Klasse her und stellte mir verrückte Fragen über Antonias Tod, bezeichnete ihn als ›ungeklärten Todesfall‹. Der Junge hat mich kirre gemacht. Und dann ruft er mich an – im Oktober muss das gewesen sein – und behauptet, mein Fleisch und Blut zu sein und Fallot zu haben wie die Zwillinge. Mensch, Ella! Das hab ich ihm einfach nicht abgenommen, dem kleinen Arschloch!«

»Es stimmte aber. Du warst seine letzte Hoffnung! Er hätte dich gebraucht, Markus. Und selbst wenn du ihn nicht eigenhändig umgebracht hast, hast du ihn trotzdem in den Tod getrieben. Er war zwölf Jahre alt, Markus. Ein kleiner, einsamer Junge mit einem kranken Herzen. Dein Junge.«

Es machte sie rasend wütend, in dieses bornierte, sture Gesicht zu schauen, das selbst jetzt weder Einsicht noch einen Anflug von Reue zeigte. Sie wollte schon ohne einen weiteren Kommentar zum Auto gehen, als sie ihr noch etwas einfiel.

Kalt sagte sie: »Ich rate dir, geh zur Polizei und mach eine Aussage. Noch heute. Paul Franken wird sowieso alles erzählen, was er weiß. Dann kommen sie dich holen, und Vanessa und die Kinder erfahren die Wahrheit sofort. Wenn du sie schützen willst, um es ihnen später schonend beizubringen, fahr selbst hin.«

Kalli war froh, die Nacht unbeschadet überstanden zu haben. Niemand hatte sich Einlass in sein Zimmer erzwungen. Niemand hatte verstohlen die Klinke heruntergedrückt. Trotzdem war er völlig gerädert; er hatte kaum ein Auge zugetan.

Nach einer notdürftigen Katzenwäsche und Rasur frühstückte er. Der Kaffee tat gut. Das Koffein machte ihn einigermaßen fit. Er freute sich, dass ihm Arme und Hände inzwischen wieder einwandfrei gehorchten.

Dann waren die ersten physiotherapeutischen Behandlungen dran. Eine resolute Krankenschwester schob ihn die Galerie entlang, bugsierte ihn in den Aufzug und brachte ihn zum Schwimmbad im Untergeschoss. Die Übungen, die anstanden, sollte er im Wasser absolvieren.

»Ist dieser Verband da um den Unterarm wirklich nötig? Der wird im Wasser aufweichen«, fragte die Krankenschwester, und an ihrem Tonfall hörte er, dass das Schlimme bereits eingetreten war. Prüfend schaute Kalli hoch, direkt in ihre Pupillen, und sah den Ekel darin.

»Sie wissen, wer ich bin?«, fragte er mit dünner Stimme.

»Alle hier, Herr Schmittke«, antwortete sie knapp, wobei sie die Anrede so betonte, dass für sie kein Zweifel daran bestand, es nicht mit einem »Herrn«, sondern mit einem Monster zu tun zu haben.

Abschaum – so hatten ihn einst die Zellengenossen genannt und ihn auch so behandelt. Schläge, Tritte, Demütigungen und

Vergewaltigung waren ihre Methode gewesen, ihm zu beweisen, dass sie es ernst meinten. Solcher Brutalität würde er hier in Zukunft nicht ausgesetzt sein, wohl aber der geballten Verachtung und Selbstgerechtigkeit der »Guten«. Als ob er nicht wüsste, wo sein Platz war!

»Nehmen Sie das Ding schon ab«, sagte er ergeben.

Die Schwester nickte knapp und machte sich an die Arbeit.

SIEBZEHN

Während der Fahrt zurück ließ Ella ihrer Wut freien Lauf. Sie schlug mit der Faust gegen Armaturenbrett und Lenkrad, schaltete die Gänge, als würde sie einen Knüppel schwingen, fuhr eng auf die Pkw vor ihr auf und schimpfte lauthals vor sich hin.

»Heuchlerisches Arschloch!«, schrie sie. »Verlogener Hurensohn! Feige Sau!«

Ihr war auch zum Heulen zumute, aber der Zorn überwog und tat gut.

Irgendwann, auf der Landstraße zwischen Driesch und Büttgen, beruhigte sie sich ein wenig. Trotzdem flimmerte Danils Gesicht vor ihr auf: seine toten, anklagenden Augen mit den langen dunklen Wimpern, die Porzellanhaut, die feinen Lippen. Der Junge hätte einen echten Vater gebraucht. Einen, der zu ihm hielt und ihn bedingungslos liebte. Stattdessen hatte er Ablehnung, Gewalt und Gleichgültigkeit erlebt.

Sie fragte sich, wie ein Mensch auf diese Weise gedeihen konnte, und unwillkürlich kam ihr Kalli Schmittke in den Sinn. »Ich hatte es verdient. Ich war ein böser Junge.«

»So geht es nicht«, sagte sie leise, »so kann man nur kaputtgehen.«

Und dann musste sie doch weinen. Sie weinte um Danil, um Kalli, um Kevin und um Paul. Sie dachte an Denis' kleine Brüder und daran, dass man sie in ein Kinderheim oder eine Pflegefamilie verfrachtet hatte, und weinte auch um sie. Und schlussendlich weinte sie um Antonia, die sich ebenso allein, abgewiesen und verlassen gefühlt haben musste wie all die anderen.

Als sie am Mietshaus der Bodrows ankam, war sie völlig verheult. Sie klappte die Blende über dem Fahrersitz herunter und begutachtete das Desaster im Spiegel: hektische Flecken, rote Nase, verquollene Augen. Notdürftig wischte sie die Kajalspuren von den Wangen und tupfte das Gesicht mit einem Tempo trocken. Dann atmete sie tief durch und schwang die Beine aus dem Wagen.

Die Haustür war angelehnt. Ohne sich die Mühe zu machen

anzuschellen, betrat sie das Treppenhaus. Oben vor der Wohnungstür holte sie noch einmal tief Luft. Jetzt nur nicht schlappmachen, mahnte sie sich und drückte auf den Klingelknopf.

Lange geschah nichts. Kein Lebenszeichen zu hören. Gerade wollte sie anklopfen, da tappten Schritte über das Laminat. Langsame, zögernde Schritte. Schließlich öffnete sich die Tür einen Spaltbreit, und ein fremdes Gesicht erschien: runde, rosige Pfirsichwangen, volle Lippen, wachsame Augen unter dichten Wimpern. Einen Moment lang war Ella irritiert, dann erinnerte sie sich. Das musste Nadja sein, Denis' jüngere beziehungsweise Danils ältere Schwester.

»Mama schläft«, verkündete das Mädchen mit gedämpfter Stimme und wollte die Tür schon wieder schließen.

»Halt!« Ella musste sich bremsen, um nicht einen Fuß in die Öffnung zu schieben. »Eigentlich wollte ich zu Denis. Elisabeth Berger ist mein Name.«

Nadja zögerte. Dann gab sie zu: »Er hat von Ihnen erzählt. Aber er ist nicht da.« Plötzlich schlich sich Furcht in ihre melodische weiche Stimme. »Seit gestern Abend nicht!«

»Oh. Da war er noch bei mir. Aber nicht lange.«

»Es ist nicht normal, dass er nicht Bescheid gibt«, sagte das Mädchen, »gerade jetzt, wo Konsti und Roman im Heim sind und Mama total fertig ist. Ich krieg das nicht allein hin.«

Der Spalt in der Tür wurde ein bisschen breiter. Ella konnte die rundlichen Schultern und den gut entwickelten Busen Nadjas sehen.

»Hast du es mal übers Handy versucht?«

»Schon oft. Geht nur die Mailbox dran.«

Ella nickte.

»Ja, mir ging's genauso. Bloß dachte ich, dass er meine Anrufe ignoriert, weil er noch sauer auf mich ist.«

Nadjas Augen weiteten sich verwundert. Wieder öffnete sie die Tür ein Stück mehr.

»Was wollten Sie denn von Denis?«, fragte sie neugierig.

»Mich entschuldigen«, Ella sah das Mädchen voll an, »und noch mal über Danil reden. Es gibt Neuigkeiten. Und ich habe Fragen.«

»Neuigkeiten? Danil ist tot. Was kann es da Neues geben?«

»Dein kleiner Bruder hatte viele Geheimnisse«, sagte Ella sanft. »Manche kommen erst jetzt ans Tageslicht.«

Worauf sich Nadjas Pfirsichhaut rötete wie die einer Tomate. Ella war so verblüfft, dass sie alle Zurückhaltung vergaß und sich einfach in die Wohnung schlängelte.

Erstaunlicherweise schien das dem Mädchen sogar recht zu sein. Wortlos führte es den Besuch in die Küche und schloss die Tür hinter ihnen beiden.

»Was für Geheimnisse?«, fragte Nadja und ließ sich auf einen der Küchenstühle plumpsen.

Ella setzte sich auf den zweiten. Sie versuchte ihr Entsetzen, das sie beim Betreten des Raumes befallen hatte, zu verbergen. War die Küche beim letzten Mal unordentlich und schmuddelig gewesen, so starrte sie jetzt vor Dreck. Volle, stinkende Abfalltüten lagen in allen Ecken; neben der Spüle und auf sämtlichen Ablageflächen stapelten sich schmutziges Geschirr und Pizzakartons; der Aschenbecher auf dem klebrigen, zugestellten Tisch quoll über. Die Luft roch verqualmt, abgestanden und nach Schimmel.

»Langsam«, sagte Ella, »ich weiß nicht, ob ich dir das alles erzählen soll. Es muss schrecklich sein, seinen kleinen Bruder auf so schlimme Art und Weise zu verlieren. Ich möchte nicht, dass du noch trauriger wirst.«

Unvermittelt rollten Tränen über die Wangen der Jugendlichen.

»Das geht gar nicht. Danilka ist tot. Er wird nie wieder kommen. Ich hab ihn so lieb gehabt. Er war wunderbar.«

Das kam aus vollem Herzen. Ella machte es traurig und froh zugleich. Endlich ein Familienmitglied, das Danil offenbar grenzenlos geliebt hatte.

»Er hat mir alles anvertraut«, sprach Nadja weiter, »die tiefsten Geheimnisse. Manchmal kam er nachts an mein Bett – ich bin das einzige von uns Kindern mit einem eigenen Zimmer –, und ich hab ihn ganz fest in den Arm genommen. Denis hat gesagt, Sie wollen herausfinden, warum Danilka sterben musste. Weil er Sie … berührt hat … in Ihrer …« Sie klopfte sich mit der flachen Hand auf die Brust. »… Seele.«

Ella nickte.

Plötzlich beugte sich Nadja vor und flüsterte: »Wussten Sie, dass er herzkrank war? Und dass er Angst hatte, daran zu sterben?« Ihr Blick fuhr nervös zur Tür.

»Ja. Paul Franken hat es mir erzählt.«

»Wussten Sie auch, dass er seine Operation unbedingt selbst bezahlen wollte, weil Mama so wenig Geld hat und weil Papa gar nicht sein richtiger Papa war?«

Ella war baff. Nadja musste tatsächlich eine enge Vertraute Danils gewesen sein. Hätte sie das doch schon vorher geahnt!

»Wer war denn sein richtiger Vater?«, fragte sie scheinheilig.

Nadja zuckte die Achseln.

»Keine Ahnung. Irgend so ein verheirateter Spießer. Danil wollte mir den Namen nicht nennen. Deshalb hab ich ihm die Geschichte auch erst nicht geglaubt.«

»Verstehe. Weißt du noch andere Dinge?«

»Wissen nicht direkt.« Sie zögerte und strich mit beiden Händen das lange, dicke dunkelblonde Haar vor und zurück, als wolle sie Zeit schinden. »Aber ich hab was, bei dem ich mich frage, ob ich es den Bullen geben soll.«

Ella war elektrisiert. Deshalb also ihr Erröten vorhin.

»Alles kann wichtig sein. Du möchtest doch auch, dass der, der deinem Bruder das angetan hat, gefunden wird, oder?«

»Ja, aber ich musste Danil versprechen, den Brief niemandem zu zeigen. Egal, was passiert!«

Ella dachte sofort an ein zweites Exemplar des Vaterschaftstests. Hier war vielleicht der endgültige Beweis, dass Markus Danils leiblicher Vater war. Es kribbelte in ihren Fingern.

»Danil hat bestimmt nicht damit gerechnet, ermordet zu werden. Ich meine, dass *das* passieren würde, konnte er nicht ahnen.«

Nadja schaute sie völlig verunsichert an. »Sie meinen, mein Versprechen wird dadurch … ungültig?«

»Ich denke, ja«, bekräftigte Ella.

»Okay. Dann …« Nachdenklich presste sie die Lippen zusammen. Schließlich gab sie sich einen Ruck. »Ich hole den Zettel. Aber ich weiß nicht, ob Sie was damit anfangen können. Ich meine, ich hab es nicht verstanden.«

»Du hast den Brief gelesen?«

Nadja schaute beschämt zu Boden.

»Ja, aber erst nach Danilkas Tod. Ich konnte nicht anders. Ich dachte, ich versteh dann, was passiert ist. Aber so war es nicht.«

Und schon war sie zur Tür raus.

Kalli spürte sämtliche Muskeln in seinem steifen Leib. Er war froh, endlich in sein Zimmer zu dürfen, um sich auszuruhen. Müde rollte er zur Tür hinein.

Schon von Weitem sah er die Zeitung, die ihm jemand auf den Tisch gelegt hatte.

»Kinderschänder genießt First-Class-Service in Kleinenbroicher Rehaklinik«, prangte ihm die Schlagzeile entgegen.

Mit zittrigen Fingern griff er nach der Lesebrille.

»Karl F. Schmittke (73) bekommt in der renommierten Kleinenbroicher Klinik die teuersten Behandlungen. Dabei müsste der Sexualstraftäter und Mörder eigentlich unter Mordverdacht stehen. Denn seine grausamen Taten, die er Mitte der achtziger Jahre an mehreren kleinen Jungen beging, ähneln in unheimlicher Weise dem Fall Danil B. Auch der zwölfjährige Kaarster wurde gefesselt, entführt und vor seinem Tod perfide gequält. Auch er wurde in einem Schuppen gefangen gehalten. Warum also handelt die Polizei nicht? Warum erfolgt keine Festnahme? …«

So ging es Zeile für Zeile weiter. Und das war nicht alles. Der reißerische Artikel wurde untermalt von einem aktuellen Foto Kallis, des Klinikgebäudes sowie von Ansichten des Gartenhäuschens an der Braunsmühle und dem Schuppen, in dem damals eins seiner Opfer erfroren war.

Kalli wäre am liebsten geflohen. Stattdessen ließ er die Zeitung fallen und schlug die Hände vor das Gesicht. Er bedauerte, je die sicheren Gefängnismauern verlassen zu haben. In diesem Moment wünschte er sich nichts mehr als eine Einzelzelle im Hochsicherheitstrakt. Isoliert von der Gesellschaft. Oder den Tod. Was fast dasselbe war.

Schon als Ella den Brief entgegennahm, begriff sie, dass er etwas ganz Besonderes war. Das Papier fühlte sich alt und brüchig an. Sie faltete es auseinander, wobei ihr die tiefen, verfärbten Knicke auffielen und ein seltsam steifer Widerstand des Materials, seine

Form zu ändern. Es knisterte, als sie das Schreiben, das nur aus einer einzigen Seite bestand, glatt strich.

Auf einmal störte es sie, dass Nadja – nein, dass überhaupt irgendjemand – anwesend war, während sie las. Nur am Rande nahm sie die runde, verblasste Schreibschrift, offensichtlich mit ehemals blauer Tinte verfasst, wahr. Denn der Inhalt fesselte sie sofort und schleuderte sie dreißig Jahre zurück in der Zeit.

»Nur hier oben kann ich klar denken«, begann der Brief, ohne Anrede oder Datum. Das war auch gar nicht nötig, *»aber was ich denke, ist immer nur das eine: fallen. Die Lösung heißt fallen, wie bei meiner Mama, nur höher runter. Dann wäre alles vorbei. Es würde nichts mehr wehtun. Darf ich das? Was sagt Gott dazu, wenn ich das Kleine und mich vernichte? Werde ich in die Hölle kommen?*
Es ist gleichgültig. So wie ich IHM gleichgültig bin. Denn ER will mich nicht. Das hat ER gesagt. Und das Kleine soll ich wegmachen. Aber das kann ich nicht! Niemals. Dann gehe ich besser ganz.
Es wird einfach sein. Ich muß doch nur fallen. Ich habe überlegt, zur Erinnerung meine und seine Initialen in den dicken Balken am Fenster zu ritzen: A. S. und M. P. Damit ER weiß, daß ich es ihm zuliebe getan habe. Aber das würde ER sowieso nicht verstehen, weil ich ihm einfach nicht wichtig bin. Warum können wir nicht Freunde bleiben, hat ER gefragt. Was für eine Frage???
Ich liebe ihn. Freundschaft würde nie, nie, nie reichen.
Ob ich den Mut habe, zu springen? Vielleicht bitte ich ihn, mich zu schubsen! Wie wäre das? Oder ich nerve ihn so lange, bis ER es tut. Dann müßte ER mit der Schuld leben, viele, viele, viele Jahre.
Nein, ich glaube, ich tu es allein. Man ist eigentlich immer allein. Man macht sich nur vor, Freunde zu haben. Es ist ein Spiel gegen die Einsamkeit, das man immer verliert.«

Hier endete der Brief. Aber Ella wusste auch so genug. Sie hatte verstanden.

»Und?«, fragte Nadja Bodrow atemlos. »Was hat das zu bedeuten? Von wem ist der Brief, und was hat er mit Danil zu tun?«

Ella fühlte sich, als ob sie aus einem langen, tiefen Dornröschenschlaf erwachen würde.

»Alles und nichts«, antwortete sie leise und sehr erschöpft.

Endlich war er wieder zu Hause. Paul griff zum Handy und wählte eine Nummer.

»Hallo, Jacky. Ja, danke, alles klar mit mir. Ich war bei den Bullen und hab denen alles gesagt. Ja, echt alles. Die Wahrheit eben. Die knöpfen sich den Peschrath noch mal vor. Obwohl sie immer noch behaupten, dass er es nicht war, von wegen Alibi und Spuren und so. Kann sein, dass du auch noch mal hinmusst.«

Sie stammelte, wie froh sie sei, dass jetzt endlich alles raus war, und ihre grenzenlose Erleichterung floss durch den Hörer in ihn hinein.

»Jacky?«, unterbrach er sie. »Tut mir leid, was ich letztens zu dir gesagt hab. Ich hab das nicht ernst gemeint. Ehrlich nicht. Du bist doch meine Freundin. Jacky?«

Er holte tief Luft und sprach die Worte aus, die Danil damals auf dem Spielplatz zu ihm gesagt hatte und die ihn so tief berührt hatten, dass er sein Leben lang davon zehren würde: »Ich hab dich lieb.«

ACHTZEHN

Ella fuhr zur Mühle. Inzwischen war es nach sechzehn Uhr, und die Schneeflocken vor der Windschutzscheibe wurden dicker und plustriger. Ein samtenes reinweißes Tuch lag auf den Dächern, in den Gärten und auf den Feldern.

Winter, dachte sie. Die Natur ruht. Morgen begann die Adventszeit und mit ihr die volle Hektik der Vorweihnachtstage. Von wegen Besinnlichkeit und Stille. Hin und her hetzen, Geschenke schleppen, die Wohnung schmücken, all das lag vor ihr. Und daneben natürlich das Aussortieren alter Klamotten, erstes Kistenpacken, Abschiednehmen. Die Trauer überkam sie und machte sich in ihrer Seele breit. Antonia, dachte sie. Hatte sie je von der Freundin Abschied genommen?

Nein, sicher nicht. Zu viel hatte sie davon abgehalten: ihr schlechtes Gewissen, die Scheu vor dem Unfassbaren und die Angst vor der Wahrheit.

Nun aber hatte sie Gewissheit. Nicht Bines Vater war der Verursacher von Antonias Leid gewesen, sondern Markus Peschrath. M. P. Markus, der wirklich ungeniert mit Antonia geflirtet hatte, war damals ein enger Freund von Andi Wimmer gewesen. Er hatte das Mädchen im Hause von Onkel und Tante geschwängert und es dann im Stich gelassen. Und weil sich Antonia niemandem hatte mitteilen können, sich sogar die Cousine und die engste Freundin gnadenlos von ihr abwandten, war sie in den Tod gesprungen.

Aber vorher hatte sie noch diesen Brief geschrieben. Er lag neben Ella auf dem Beifahrersitz. Nachdem sie ihn gelesen hatte, hatte er sich fast von allein an den alten Falzstellen zusammengefaltet. Wie eine verwunschene Schatzkarte.

Ella fühlte sich ausgelaugt. Eigentlich hätte sie dringend eine heiße Dusche gebraucht. Trotzdem konnte sie nicht anders, als den Schauplatz der Tragödie aufzusuchen.

Sie hatte verstanden, warum auch Danil letztendlich an der Mühle gestorben war und nirgendwo anders. Der Wunsch, dem leiblichen Vater nahe zu sein, hatte ihn immer wieder hergetrieben.

Markus identifizierte sich sehr mit dem Baudenkmal. Das musste auch Danil gespürt haben. Und so hatte er an diesem Ort Antonias Abschiedsbrief gefunden, der irgendwo im Mühlenturm versteckt gewesen war. Danil kannte die alte Geschichte und reimte sich sofort zusammen, um wen es sich bei M. P. handelte. Er war ja nicht dumm, nein, im Gegenteil. Und ihm wurde schnell klar, dass er ohne massiven Druck nichts von seinem Erzeuger zu erwarten hatte.

Ein Mann, der schon als Jugendlicher sein erstes Baby sterben lassen wollte, würde heute zweifellos dieselbe Kaltblütigkeit an den Tag legen. Und nun schwankte Danil zwischen Hoffnungslosigkeit und Hass. Schließlich entschied er sich für eine letzte Chance auf ein gesundes Leben: Er erpresste Markus. Mit dem Ergebnis des Vaterschaftstests und mit Antonias Brief. Beides hätte Peschrath zu Fall gebracht. Sein guter Ruf in Kaarst wäre dahin.

Ella bog links auf den Parkplatz ab. Sie atmete tief durch. Die makellose Architektur der Mühle erhob sich vor ihr. Ein schöner Ort zum Sterben, dachte sie noch und stieg aus.

Kalli weigerte sich, Kaffee und Kuchen in der Cafeteria einzunehmen. Die stämmige Schwester, die ihn abholen wollte, zuckte gleichmütig mit den Schultern und verließ das Zimmer.

Er lehnte den Kopf an die Sessellehne und schloss die Augen. Wenn man den Mörder der beiden Kinder nicht bald finden würde, wäre es endgültig aus mit ihm. Aber so oder so kriegte er nun die gerechte Strafe für seine Verbrechen.

Reue, Besserung, Therapien – alles nutzlos. Die Schuld blieb. Und Kalli konnte nicht einmal sicher wissen, ob er wirklich geheilt war. Beim Anblick der niedlichen Zwillinge zum Beispiel damals auf dem Rathausplatz hatte sich das typische warme Ziehen in seinem Bauch geregt. Und auch gegen Danils äußerliche Reize war er nicht ganz immun gewesen, klein und wunderhübsch, wie er ausgesehen hatte. Das Verkommene in ihm hatte man ja nicht sofort erkennen können.

Kalli seufzte ergeben. Sollten sie ihn ruhig fertigmachen, ihn doch endgültig zur Strecke bringen.

In dem Augenblick hörte er das Geräusch. Ein leises, verstohlenes Knarren von der Tür her. Er öffnete die Augen und beobachtete, wie sich die Klinke nach unten bewegte. Kalli krallte die Hände in die Armlehnen und wartete.

Das Gesicht, das sich in die Türöffnung drückte, erschreckte Kalli fast zu Tode. Er glaubte, einen Geist zu sehen.

»Danil …«, flüsterte er.

Doch der junge Mann, der sich nun mit kalter Miene ins Zimmer schob und die Tür sorgfältig hinter sich abschloss, war viel größer als Schneewittchen. Kalli erinnerte sich an die Begegnung mit den Bodrows auf der Büttger Kirmes.

Der große Bruder, dachte er und fragte bang: »Was willst du von mir?«

Der Besucher schwieg und kam näher. In jedem seiner Schritte steckte geballte Kraft. Kurz vor dem Sessel stoppte er und stierte auf Kalli herunter. Der regte sich nicht und hielt dem eisigen Blick stand. Plötzlich schnaubte Bodrow verächtlich und schob sich einen Stuhl heran.

»Du bist ja nur ein altes, vergammeltes Wrack«, höhnte er, »scheintot. Unglaublich, dass du das meinem kleinen Bruder angetan hast, perverse, kranke Sau! *Durak! Loch! Gyei!*«

Mit jedem weiteren russischen Schimpfwort redete er sich mehr in Rage. Kalli betrachtete die weißen Knöchel an den geballten Fäusten. Der Jungen stand kurz vor dem Explodieren.

»Ich habe Danil nicht getötet«, unterbrach er den Wortschwall. »Du darfst nicht glauben, was die Zeitungen schreiben.«

»Ach nein?«

Seine Stimme troff vor Verachtung. Aber die nächste Frage, die er stellte, klang wie ein verzweifelter Hilferuf: »Wer soll es denn sonst gewesen sein?«

Kalli atmete tief durch. Konnte er es wagen, die Wahrheit über Schneewittchen zu sagen? Würde er den Bruder damit erreichen, oder riskierte er bloß einen Wutausbruch?

»Das weiß ich auch nicht, aber vermutlich jemand, der genauso von ihm erpresst wurde wie ich.«

Kalli sah das Flackern in den Augen des anderen und wusste, dass er auf dem richtigen Weg war.

»Aber du hast kein Alibi für den Abend, als Danil verschwand.

Du stehst auf kleine Kinder und machst dich an sie ran«, versetzte Bodrow trotzig.

»Das ist lange her. Fünfundzwanzig Jahre«, beschwor Kalli ihn, »außerdem wurde dein Bruder nicht vergewaltigt. Und ich hab ein Alibi für die Tatzeit. Ich war es nicht. Glaub mir, bitte!«

»*Nikogda!* Niemals! Und wenn er dich erpresst hat – womit auch immer! –, hast du erst recht ein Motiv. Fest steht, dass Danil ermordet wurde. Von einem, der sich jetzt ein gutes Leben macht. So wie du!«

Kalli schnaubte nur.

»Gutes Leben. Von wegen! Es ist die Hölle, sage ich dir. Die Leute hassen und verachten mich. Nein, Danils Mörder musst du woanders suchen. Und vergiss nicht, dass noch ein zweiter Junge getötet wurde, ein Freund deines Bruders. Zu der Zeit lag ich längst im Krankenhaus. Weil man mich über den Haufen gefahren und mir so einen neumodischen Walkman untergejubelt hat.«

Der junge Mann wog seinen Kopf hin und her.

»Ja, den iPod, ich weiß. Es passt einfach alles nicht zusammen. Ich halt das bald nicht mehr aus. Aber dann ist da noch die Sache mit ›Little Caretaker‹, diesem perversen *Gyei* im Internet.« Er kniff die Augen zusammen und fixierte Kalli eindringlich. »Das kannst doch nur du sein. Als ›Little Caretaker‹ hast du Danil angebaggert. Einen auf verständnisvoll gemacht …«

Kalli lachte trocken.

»Du machst wohl Witze, Junge. Ich hab von Computern keinen Schimmer. Hab mich im Knast nie mit so was beschäftigt. Wie auch? Bei der elektrischen Schreibmaschine hört's bei mir auf. Nee, das kannst du vergessen.« Er hielt inne und fragte: »Was heißt das denn auf Deutsch: ›Little Caretaker‹? Irgendwas mit ›klein‹, oder? Vielleicht bringt dich die Übersetzung weiter.«

Sein Gegenüber blinzelte ihn verwirrt an.

»›Caretaker‹ bedeutet so was wie Verwalter«, sagte er. »Aber was soll das bringen?«

»Keine Ahnung, dachte ja nur.«

Plötzlich kam Kalli ein Gedanke.

»Moment«, überlegte er. »Vielleicht ist ja ein altes deutsches Wort für ›Verwalter‹ gemeint. Hat eventuell was mit Landwirtschaft zu tun. Da kenn ich mich aus.« Er lächelte freudlos und faltete die knotigen Finger vor dem Bauch. Inzwischen war er ruhiger geworden. Er glaubte nicht mehr, dass sein Besucher ihm etwas antun würde. »Die Verwalter auf den großen Höfen früher, die nannte man Meier, glaube ich. Könnte das ein Hinweis sein? Obwohl, Meiers gibt's ja leider wie Sand am Meer.«

Über das Gesicht des jungen Mannes ging so etwas wie Begreifen.

»Krass«, stammelte er, »ist ja der Hammer!«

Und ohne ein weiteres Wort stand er auf, drehte sich um und lief zur Tür hinaus.

Kalli blickte ihm verdattert nach. Dabei bemerkte er den Schaft eines großen Messers, der aus der Gesäßtasche seiner viel zu weiten Jeans herauslugte.

Das Handy klingelte, als sie gerade die dünne Schneedecke auf dem Mühlengrundstück betrat.

»Hallo, Ella«, hörte sie Max' aufgeregte Stimme, »wo bist du? Ich muss dich dringend sehen. Am besten jetzt gleich.«

»An der Braunsmühle bin ich«, antwortete sie perplex, worauf Max ein gehetztes »Ich komme zu dir!« ausstieß und auflegte.

Die Mühle lag verlassen da. Ella ging zu der Stelle, an der sie Danil gefunden hatte. Nichts hier deutete mehr auf den Mord hin. Zuckriges Weiß bedeckte die Wiese. Die Natur war zum Alltag zurückgekehrt. Leben und Sterben, Gedeihen und Vergehen, der Lauf der Dinge. Dass es einen kleinen Jungen weniger auf dieser Welt gab, kümmerte Mutter Natur nicht.

Falsch, mahnte sich Ella plötzlich. Es ist nicht nur einer weniger. Vergiss nicht, dass noch ein zweites Kind gestorben ist, in der Baumschule, nicht weit von hier.

Und zum ersten Mal wurde ihr bewusst, wie wenig sie sich bisher um diesen anderen Tod, der doch deutlich blutiger und grausamer geschehen sein musste, geschert hatte.

Sie fragte sich, warum. Okay, in erster Linie natürlich, weil sie nicht Kevin Bayers, sondern Danil Bodrows Leiche gefunden hatte. Dann war da noch die Frage nach dem Mordmotiv, das in Kevins Fall schnell festgestanden hatte, sich dagegen bei Danil nebulös und diffizil gestaltete. Es gab so viele Rätsel auf, dass es sie auf verquere Art neugierig gemacht hatte.

Trotz alledem könnte womöglich Kevins Tod – nicht Danils – der Schlüssel zum Mörder sein. Schließlich gab es Zeugen. Wäre es nicht sinnvoller, sich vorrangig damit zu beschäftigen?

Eine schmale, flinke Gestalt hatten Jacky und Paul am Tatort gesehen, wie Paul erzählt hatte. Wer mochte das gewesen sein? Markus konnte man zwar als schlank bezeichnen, aber als schmal? Wohl eher nicht. Groß gewachsen und breitschultrig: Die Beschreibung traf eher zu. Aber natürlich war ihr klar, dass es sich bei Kevins Mörder sowieso nicht um den alten Schulkameraden handeln konnte. Der hatte ein Alibi, das die Polizei längst überprüft hatte und für bombensicher hielt.

War Markus doch unschuldig? Vielleicht hatte er einen Komplizen, der die Schmutzarbeit für ihn erledigt hatte. Flüchtig kam ihr die Vision von einem Auftragsmörder in den Sinn, die sie sofort als abstrus abtat.

Sie trat ein paar Schritte zurück, legte den Kopf in den Nacken und spähte zu dem Fenster hoch, aus dem Antonia gesprungen war. So weit oben, dachte sie. Da dauert das Fallen schon eine ganze Weile. Ob man währenddessen Zeit genug hat zu hinterfragen, was man getan hat? Oder es womöglich zu bereuen? Wie schrecklich zu begreifen, dass eine Umkehr unmöglich ist.

Etwas berührte ihre Schulter. Erschrocken wirbelte sie herum und sah sich Auge in Auge mit Max.

»Ich wollte dich nicht erschrecken.«

Seine Stimme klang weich. Ellas Herz schlug wild. Sie betrachtete ihn genauer und wunderte sich, wie grau er aussah.

»Was ist los?«, fragte sie. »Dir geht's nicht gut, oder?«

Er lächelte schief.

»Wie man's nimmt. Vielleicht geht es mir ja sogar besser als in den gesamten letzten Jahren.«

Sie runzelte die Stirn. Was war los mit Max?

»Komm, wir gehen rein, ja?«

Seine Bitte erstaunte sie. Die Mühle war geschlossen. Aber Max grinste bloß spitzbübisch und lief zu dem Mühlstein, auf dem Ella damals gesessen hatte, bevor sie Danil entdeckte. Zielsicher griff er unterhalb eines tiefen Risses im Stein in eine Erdmulde und beförderte einen altmodischen verrosteten Schlüssel zu Tage.

»Der ist für die Hintertür«, sagte er mit einem verschwörerischen Funkeln in den Augen. »Markus hat mir mal das Versteck gezeigt.«

In dem Augenblick klingelte ihr Handy.

»Ja?«

»Hi, Denis hier. Denis Bodrow.«

Ella atmete tief durch. Denis ging es gut, Gott sei Dank.

»Kleinmeyer ist ›Little Caretaker‹«, stieß der Anrufer heftig aus. »Der Lehrer war's! Die alte Schwuchtel!«

Nach dem Telefonat taumelte Ella zur Seite und war froh, dass Max sie auffing. Was Denis ihr gerade im Schnelldurchlauf offenbart hatte, setzte ihr zu. Aber natürlich passte alles zusammen. Walter war von Danil geradezu besessen gewesen. Sie rief sich ins Gedächtnis, wie liebevoll er von seinem Schüler gesprochen hatte, während er gleichzeitig dessen Freunde zu bloßen Lakaien und Mitläufern deklassierte. Sie erinnerte sich an die Ablehnung in Pauls Augen, wann immer er seinen Klassenlehrer ansah.

Ella fand es absolut nicht abwegig, dass Walter versucht haben sollte, sich als »Little Caretaker« seinem Liebling zu nähern.

Aber was hatte er damit bezweckt? Genau wie Denis waren Ella seine Formulierungen im Netz sauer aufgestoßen. Hinter ihnen verbargen sich Distanzlosigkeit und Schwärmerei, die sie mehr als befremdeten. Denis interpretierte das Ganze als unsittlichen Annäherungsversuch. Konnte das sein? Oder waren Walters Motive ehrenwert insofern, dass er als »Little Caretaker« mehr Einfluss auf den Jungen geltend machen wollte, um ihn zu retten. Vor dem Selbstmord zum Beispiel. Wenn man »Caretaker« wörtlich übersetzte, meinte es doch: jemand, der Sorge trägt, oder?

Ella war verwirrt. Am meisten störte es sie, dass Walter ihr nie von der virtuellen Kontaktaufnahme mit seinem Schüler erzählt hatte. Sie musste ihn zur Rede stellen.

Sanft löste sie sich aus Max' Armen.

»Schließ schon mal auf«, bat sie. »Ich komme gleich.«

Mit fliegendem Finger schrieb sie Walter eine SMS.

»Hast du nachher Zeit für mich? So um sieben? Rufe dich an. LG«

Während sie hinter Max den Mühlenturm umrundete und dabei automatisch exakt in seine Fußspuren im frischen Schnee trat, hoffte sie, dass Denis die Ruhe behielt, so, wie sie es ihm am Telefon abverlangt hatte.

»Nur weil er mit Danil gechattet hat, heißt das noch lange nicht, dass er etwas mit dem Mord zu tun hat. Herrn Kleinmeyer hat es sehr mitgenommen, was deinem Bruder zugestoßen ist, bitte glaub mir das«, hatte sie ihn beschworen.

»Sie nehmen die Schwuchtel bloß in Schutz, weil Sie mit dem was am Laufen haben!«

»Denis, genau deshalb kann er keine Schwuchtel sein, wie du es so schön ausdrückst«, hatte Ella lakonisch geantwortet und schon Angst gehabt, der junge Mann würde auflegen.

»Ich werde mit ihm sprechen, Denis«, hatte sie deshalb eilig versprochen. »Dieser Fall ist komplexer, als du dir vorstellen kannst. Ich habe noch andere Dinge herausgefunden, die eher für Peschrath als Täter sprechen, deshalb bin ich gerade –«

»Das ist nicht irgendein Fall! Hier geht's um meine Familie, meinen kleinen Bruder, auf den ich hätte aufpassen sollen!«

Deutlich war ihm anzuhören gewesen, unter welchem immensen Druck er stand – kurz vor der Entladung.

»Mach keinen Mist! Wenn du verhaftet wirst, weil du durchgedreht bist, nützt das niemandem. Denk an deine Schwester, die dich braucht, an deine Mutter und an die beiden Kleinen. Du möchtest doch auch, dass sie bald zu euch nach Hause zurückkehren …«

In dem Moment war die S-Bahn vorbeigebraust und hatte eine weitere Kommunikation unmöglich gemacht.

Nach der Zwangspause hatte Denis verblüfft gefragt: »Was war das? Sind Sie in der Nähe der Schienen? An der Mühle etwa?«

»Ja, Denis, bin ich. Ich melde mich später. Dann weiß ich mehr, okay?«

»Okay.«

Max hielt ihr die schwere Holztür auf.

»Komm schnell rein. Drinnen ist es wärmer.«

In der Mühle sah es ganz anders aus als vor dreißig Jahren. Damals hatten Staub, Spinnweben und Dreck alle Flächen bedeckt, und der Boden war vollgepackt gewesen mit alten Brettern, kaputten Holzmöbeln, Farbeimern, Sackleinen und Haufen von Ziegelsteinen. Und überall hatte – wenig appetitlich – Mäusekot gelegen.

Jetzt war der Boden blank gefegt, an den runden, buckeligen Wänden hingen alte Schwarz-Weiß-Aufnahmen. Die Holzstiege in die nächste Ebene wirkte vertrauenerweckend und stabil, war nicht mehr bloß ein wackeliges Gefüge aus morschen, wurmstichigen Stufen.

»Komm«, bat Max, »lass uns nach oben gehen, bis unters Dach. Da ist es gemütlicher. Dort erzähle ich dir alles in Ruhe, ja?«

Ella war sofort einverstanden. Antonias Brief brannte ihr fast ein Loch in die Jackentasche. Natürlich wollte auch sie auf den Mehlboden hinauf. Dort hatte die Schulfreundin ihr Schreiben verfasst und offensichtlich auch versteckt. Vielleicht entdeckte sie ja die Stelle, an der der Brief unbeschadet drei Jahrzehnte überstanden hatte.

Also stieg sie Max hinterher, Stiege um Stiege, Treppe um Treppe. Bald war sie völlig außer Atem, Waden und Oberschenkel wurden heiß, und die Knie zitterten. Sie ließ Mehltrichter und Königswelle hinter sich und erreichte schließlich den Mehlboden, der bis auf den Sackaufzug völlig leer war.

Diese Etage war die letzte gemauerte. Drei Fensterluken verhießen eine ungehinderte Aussicht auf das flache Umland. Darüber befand sich bloß noch die schwarze drehbare Kappe oder Haube der Mühle, typisches Merkmal sogenannter Holländermühlen.

Denn anders als bei der ursprünglichen Bockmühle, die an dieser Stelle vor Jahrhunderten gestanden hatte, ist an der Holländermühle nur die Haube beweglich. Sie kann in jede Windrichtung ausgerichtet werden, sodass die mit Leinensegeln bespannten Flügel den Wind optimal einfangen und in die Drehbewegung übertragen.

Heutzutage, wo die Braunsmühle vornehmlich Museum war, nahm man die Mühle nur an den Sonntagen in den Frühlings- und Sommermonaten in Betrieb. Und dann ging es auch weniger ums Mehlmahlen, sondern mehr um den Effekt und die Demonstration der uralten Technik.

Ella sah sich staunend um. Sie schlenderte über den groben Dielenboden zu einem der Fenster hinüber und spähte hinaus. Fast wurde ihr schwindelig. Ihr Golf, der neben Max' BMW parkte, wirkte wie ein Spielzeugauto. Kilometerweit konnte sie über die weißen Felder bis nach Grefrath und zur Skihalle schauen.

Sie schauderte bei der Vorstellung, dass Antonia aus dieser Höhe gesprungen war. Ja, aus genau diesem Fenster heraus. Wenn man hier hinunterfiel, landete man unten im Mühlengarten ungefähr an der Stelle, wo man den zerschmetterten Leib des Mädchens gefunden hatte. Heute befanden sich in den Fensteröffnungen Scheiben, die fest verschlossen waren, damals nicht.

»Claudia hat mich verlassen«, hörte sie Max in ihrem Rücken sprechen.

Ella drehte sich um; die Zeit hatte sich verlangsamt, sie fühlte sich wie in Zeitlupe. Sie blickte in sein offenes Gesicht.

»Schon vor Tommis Party. Die Kinder hat sie mitgenommen.«

»Oh.« Mehr fiel Ella nicht ein.

Er sah sie flehend an, fuhr sich dann mit beiden Händen durch das störrische Haar. Zögernd ging sie auf ihn zu und umarmte ihn. Es fühlte sich gut und warm an und doch grundverkehrt.

»Warum?«, fragte Ella leise. »Hat sie das mit uns herausgefunden?«

»Nein.«

»Warum dann?«

»Sie sagt, sie liebt mich nicht mehr. Schon lange nicht mehr. Sie sagt, sie hasst die Politik und Kaarst und dass ich dauernd unterwegs bin. Sie sagt, sie hat keinen Respekt mehr vor mir. Ich sei ein Hampelmann, an dessen Strippen die Partei zieht. Ein Feigling ohne Eier in der Hose.«

Er zählte diese Vorwürfe völlig teilnahmslos auf. Das war es, was Ella besonders beunruhigte. Dass bei einer Trennung schmutzige Wäsche gewaschen und kein gutes Haar am anderen gelassen wurde, hielt sie für normal. Aber die Lethargie, mit der Max Claudias Worte wiedergab, sprach Bände. Plötzlich stieg eine Ahnung in ihr hoch, die sie seit vielen Jahren offenbar erfolgreich verdrängt hatte.

»Du liebst sie«, stellte sie fest und schob ihn ein Stück von sich.

»Du hast die Kinder, die du angeblich nicht verlassen wolltest, immer nur vorgeschoben. In Wirklichkeit ging es um Claudia, oder? Du liebst sie wirklich.«

»Dich liebe ich auch.«

In dem Moment brach ihre Welt zusammen. Mit dem kleinen Wörtchen »auch« hatte Max alles vernichtet, von dem sie jahrelang felsenfest geglaubt hatte, dass es sie verbunden hatte: die Exklusivität seiner Gefühle für sie, das Empfinden, ein Paar zu sein, das füreinander gemacht ist.

Plötzlich fühlte sie das Gleiche, was Danil gefühlt haben musste in jener Nacht, als Igor Bodrow ihm die Wahrheit gnadenlos ins Gesicht gespuckt hatte: Nie war er Danils Vater gewesen. Nie hatte er ihn wie einen Sohn geliebt. Und Ella dachte: Nie ist dieser Mann mein Mann gewesen. Nie war ich seine Frau.

»Aber … aber Claudia kommt ja nicht zurück. Jetzt könnten wir beide … ganz offiziell …«, stammelte Max und trat auf sie zu.

Ich bin sein Plan B, begriff Ella, nicht mehr als sein Plan B.

»Nicht.« Sie wehrte ihn mit einer Handbewegung ab. »So läuft das nicht.«

»Aber …«

Heftig schüttelte sie den Kopf.

»Ich will das nicht! Die Zweitbesetzung sein«, sagte sie.

»Das bist du nicht!«

Für Ella war seine Antwort viel zu schnell gekommen. Zu automatisch. Er hat panische Angst, allein zu sein, erkannte sie. Sein ganzes System bricht zusammen.

»Wenn Claudia zurückkäme, würdest du sie mit offenen Armen empfangen. Du hattest dich längst für sie entschieden, nicht für mich. Das hast du gerade selbst zugegeben«, sagte sie traurig. »Bitte, lass es gut sein.«

Erschöpft sank sie auf die Holzdielen und lehnte den Rücken an die gerundete Ziegelsteinmauer. Sie blickte hoch in sein verständnisloses Gesicht und ergänzte: »Ich liebe dich immer noch. Aber ich kann dir nur Freundschaft anbieten. Außerdem habe ich Walter.«

»Little Caretaker«, höhnte es gleichzeitig in ihr, und sie verzog unwillkürlich das Gesicht. Dann besann sie sich darauf, warum sie hergekommen war. Hier oben hatte Antonia den Brief verfasst, der in Ellas Jackentasche spröde knisterte. Hastig suchte sie danach, bekam erst ihr Handy, dann den Zettel zu fassen.

»Max«, bat sie, »du musst mir helfen. Stell dir vor, was ich gefunden habe.«

Behutsam entfaltete sie das Papier, hielt es in das fahle Nachmittagslicht, das durch das Fenster neben ihr in den Raum fiel, und begann zu lesen.

Erst als sie geendet hatte, sah sie Max an. Der war aschfahl im Gesicht geworden.

»Wo hast du das her?«, flüsterte er heiser. »Deshalb also willst du mich nicht mehr.« Er trat ein paar Schritte auf Ella zu. »Versteh doch, das ist so lange her, ich konnte doch nicht ... Ich meine, es hätte meine Karriere zerstört ... Und dass der Junge stirbt, wollte ich auch nicht ...«

Ella starrte ihn fassungslos an. Was faselte Max denn da? Langsam, sehr langsam sickerten die Informationen in ihr Hirn.

»Aber, ich dachte Markus ...«

Max redete einfach weiter wie eine aufgezogene Spieluhr: »Ich wollte doch bloß, dass sie abtreibt. Mehr nicht! Ich konnte wirklich nicht ahnen, dass sie sich gleich ...«

M. P., dachte Ella erschüttert. Max Püllen. Warum war sie nicht direkt darauf gekommen? Na klar, weil es bequemer war, Markus zu verdächtigen, den sie unsympathisch fand, und nicht den Mann, den sie von ganzem Herzen liebte. Dabei war alles so eindeutig: Max war derjenige gewesen, der Antonia geschwängert und anschließend im Stich gelassen hatte. Max hatte Danil erdrosselt, weil der ihn mit Antonias Brief erpresst hatte. Max hatte auch ihre Wohnung durchsucht und die Fotos von der Leiche und vom Tatort von ihrer Festplatte entfernt. Er besaß einen Schlüssel, er besaß ein Motiv. Als die Erkenntnis sie erreichte, wäre sie fast ohnmächtig geworden. Dann jedoch riss sie sich zusammen.

Bloß weg hier, befahl sie sich selbst, sprang auf und stieß aus: »Mörder!«

Sie sprang auf und rannte an Max vorbei, der sie noch festhalten wollte. Mit einem heftigen Ruck riss sie sich los, stürzte auf das Loch im Boden zu und kletterte, so schnell sie konnte, nach unten auf die nächste Etage. Von oben hörte sie sein Rufen, dann auch seine Schritte auf den Holztritten. Sie beeilte sich. Schon hatte sie festen Boden unter den Füßen. Sie hetzte zur nächsten Leiter und stieg hinab. Flüchtig warf sie einen Blick nach oben und sah Max mit verzerrtem Gesicht auf sie zusprinten.

Die Panik beflügelte sie. Er will mich töten! So wie er Danil getötet hat. Und obwohl ihr Tränen der Enttäuschung und der Angst in die Augen schossen und die Welt verschwimmen ließen, kletterte sie unbeirrt weiter. Ihr Abstand zu Max schien sich tatsächlich zu vergrößern. Erst als sie mit beiden Beinen auf dem nächsten Dielenboden stand, schwang Max sich auf die Stiege über ihr.

Ohne zu zögern, eilte sie zur Bodenöffnung. Schon hatte sie die ersten Stufen bewältigt, da hörte sie plötzlich einen schrecklichen Schrei über sich, gefolgt von Poltern und lautem Krachen. Sie schaute hoch, direkt in eine Wolke aus Staub hinein, der ihr in Augen und Hals stieg und sie zum Husten zwang.

Zu geschockt, um zu reagieren, bewegten sich ihre Arme und Beine automatisch weiter bis zur nächsten Ebene. Jetzt hatte sie noch eine Treppe vor sich. Auch die kraxelte sie hinunter, schwer atmend inzwischen und mit einem Kratzen im Hals.

Bald hatte sie festen Steinboden unter den Füßen. Sie war im Erdgeschoss angelangt. Sie japste nach Luft und lauschte dann nach oben.

Stille.

Das ließ sie innehalten. Zur Besinnung kommen.

Wo war Max?

Gestürzt, beantwortete sie sich die Frage selbst. Wahrscheinlich lag er dort oben mit gebrochenen Gliedern. Tot oder zumindest schwer verletzt. Sollte sie nicht besser nachschauen? Vielleicht brauchte er Hilfe?

Inzwischen zitterte sie am ganzen Körper. Ihre rechte Hand krampfte sich immer noch um Antonias Brief. Auf ihrer Flucht durch den Mühlenturm hatte sie ihn nicht losgelassen. Jetzt glättete sie das geknüllte Papier und schob es zurück in die Jackentasche.

Max war ein Mörder. Ihr Max war ein Mörder und in Wirklichkeit nie *ihr* Max gewesen. Schon damals nicht, als sie noch Teenager waren und sich hier an der Mühle getroffen hatten. Hinter ihrem Rücken war er mit Antonia ins Bett gestiegen. Zu einer Zeit, in der Bine, sie und all die anderen Klassenkameradinnen noch weit entfernt davon gewesen waren, an Sex zu denken, geschweige denn ihn zu praktizieren.

Sie starrte erneut nach oben. Max war ein Verräter, einer, der die Grundfeste der Clique mit Füßen getreten hatte. Einer, der gewissenlos, untreu und triebgesteuert war.

Dem sollte sie nun helfen?

Sie war wie versteinert.

Im selben Moment wummerte es an der Haupttür. Sie hörte Rufe.

»Ella!«

»Frau Berger!«

Dann rüttelte jemand heftig am Türblatt.

»Ella, bist du da drin?«

»Little Caretaker«! Das hatte noch gefehlt! Noch ein Verräter! Andererseits würde sie sich jetzt gern in seine Arme werfen, ein bisschen ihrer Last bei ihm loswerden. Aber ging das überhaupt? Walter war nicht ehrlich zu ihr gewesen, und seine Gefühle waren es wahrscheinlich ebenso wenig.

»Kommen Sie! Vielleicht gibt es eine Hintertür. Sie muss da drinnen sein!«, hörte sie Denis Bodrow schreien.

Im nächsten Augenblick waren sie bei ihr. Zuerst Denis. Er lief auf sie zu und stoppte erst unmittelbar vor ihr.

»Alles in Ordnung?«, stammelte er und streckte zögernd eine Hand nach ihr aus. »Ihr Handy, es hat automatisch Kleinmeyers Nummer angewählt, als ich bei ihm in der Wohnung war. Wir haben alles mitangehört!«

Dann war Walter bei ihr. Er rannte sie fast um, als er sie an sich drückte und ausstieß: »Ich hab noch mitgekriegt, wie du ›Mörder‹ gerufen hast, dann sind wir los.«

»Wo ist er?«, fragte Denis und drehte sich suchend einmal um die eigene Achse.

»Wer ist es?«, wollte Walter wissen und schob sie ein Stück von sich. »Ist es doch Peschrath?«

Heftig schüttelte sie den Kopf.

»Nein, es ist Max.« Sie atmete tief durch. »Max Püllen.«

Verwirrung breitete sich in Denis' Gesicht aus. Auch Walter sah sie mehr als erstaunt an.

Schließlich stiegen sie gemeinsam auf die zweite Ebene hinauf. Max lag mit verdrehten Gliedern rücklings auf den Dielen und regte sich nicht. Seine Augen waren geschlossen, von seinem Hinterkopf ausgehend breitete sich eine dunkle glänzende Pfütze über das Holz aus.

»Scheiße!«, flüsterte Denis. »Wer ist das? Der Typ kommt mir bekannt vor.«

»Du kennst ihn wahrscheinlich von den Wahlplakaten der letzten Kommunalwahl. Er war einer der Kandidaten«, erklärte Ella. Dann sank sie auf den Boden neben Max und fühlte seinen Puls. »Er lebt. Wir müssen den Notarzt verständigen.«

Walter reagierte sofort und zückte sein Handy.

»Was ist mit den Bullen?«, fragte Denis. »Die müssen wir auch anrufen, oder?«

Es war nach dreiundzwanzig Uhr, als Walter Ella endlich hinauf in ihre Wohnung brachte. Stundenlang hatte sie sich auf der Polizeiwache mit einer sehr ungehaltenen Britta Küppers herumschlagen müssen. Es war schrecklich gewesen. Die Kommissarin hatte sie gnadenlos und unerbittlich in die Mangel genommen. Und es hatte Vorwürfe gehagelt.

Was sie sich dabei gedacht hatte, eigenmächtig Ermittlungen anzustellen?

Wie sie auf die Idee verfallen war, gemeinsam mit einem potenziellen Mörder in die Braunsmühle einzudringen?

Warum sie wichtige Informationen zurückgehalten hatte? Und, und, und.

Ella hatte versucht, alles zu erklären, obwohl sie noch sehr aufgewühlt und trotz allem in furchtbarer Sorge um Max gewesen war.

Bei einem Anruf im Krankenhaus hatte sie erfahren, dass sein Zustand lebensbedrohlich war, er hatte eine Schädelfraktur und mehrere Knochenbrüche erlitten. Sicherheitshalber hatte man ihn ins künstliche Koma versetzt. Nun musste die Nacht abgewartet werden.

Das hörte sich nicht gerade beruhigend an.

Jetzt wandte sie sich zu Walter um, der genauso müde und erschöpft aussah, wie sie sich fühlte.

»Trinkst du ein Glas Wein mit mir?«, fragte sie.

»Gerne.«

Kurze Zeit später hockten sie im gedämpften Kerzenlicht auf dem Sofa.

Ella drehte ihr leeres Rotweinglas zwischen den Fingern und schaute nachdenklich zu Walter hinüber. »Little Caretaker«, überlegte sie. Was soll ich davon halten? Es blockierte sie, im Dunkeln zu tappen und nicht zu wissen, wen sie eigentlich vor sich hatte.

Auch Walter schien unsicher, wie er sich verhalten sollte. Offensichtlich traute er sich nicht einmal mehr, sie zu berühren. In ungefähr einem halben Meter Abstand saß er da und betrachtete sie.

Schließlich räusperte er sich und fragte vorsichtig: »Ist zweifelsfrei erwiesen, dass Püllen die beiden Jungen getötet hat?«

»Ich denke schon. Ich meine, sein Motiv, Danil auszuschalten, ist klar. Max hätte sich den Skandal, am Tod eines von ihm geschwängerten Mädchens schuld zu sein – egal, wie lange die Sache her ist –, einfach nicht leisten können. Seine politische Karriere wäre sofort beendet gewesen.«

Walter nickte langsam.

»Ja, das glaube ich auch. Aber was ist mit Kevin? Warum hat er Kevin erschossen? Der hatte doch keine Ahnung von dem Abschiedsbrief dieses Mädchens und wusste nur von dem Vaterschaftstest, stimmt's?«

»Ja.« Ella war ratlos. »Ich verstehe das auch nicht.«

»Wenn es nach Denis Bodrow ginge, wäre jetzt ich anstatt Püllen hinter Schloss und Riegel«, platzte Walter plötzlich heraus.

Ella zuckte zusammen. Dann ergriff sie die Chance beim Schopf. »Ich weiß. Weil er herausgefunden hat, dass du ›Little Caretaker‹ bist.«

»Ja, stell dir vor: Er hat mich als Homosexuellen beschimpft und mir unterstellt, mich an seinen kleinen Bruder rangemacht zu haben«, sagte Walter entrüstet.

»Was war dann dein Motiv? Ich meine, unter einem Pseudonym

mit deinem Schüler zu chatten? Und warum hast du mir nie davon erzählt?«

Walter seufzte.

»Ich weiß es selbst nicht so genau«, gestand er. »Vielleicht, weil ich selbst ein komisches Gefühl dabei hatte und wusste, dass es nicht ganz sauber war. Aber Danil war es mir wert. Ich war so in Sorge um ihn. Denis hat das auch begriffen, nachdem ich es ihm groß und breit erklärt habe.« Er holte tief Luft und blickte sie skeptisch aus seinen goldgelben Bernsteinaugen an. »Und ich hoffe, du glaubst mir auch. Das wäre mir sehr wichtig.«

Ella konnte nicht antworten. Stattdessen nahm sie einen großen Schluck Wein.

»Es ist viel passiert.« Sie vermied es, ihn anzusehen. »Ich brauche Zeit, um das alles zu verarbeiten. Was wahr ist oder nicht, kann ich im Moment nicht unterscheiden. Tut mir leid.«

»Okay. Versteh ich irgendwie. Aber es verletzt mich auch. Ich stehe nicht auf kleine Jungs, sondern auf dich!« Seine Stimme war hart geworden. Er stellte sein halb volles Glas auf dem Couchtisch ab und erhob sich. »Und ich dachte, du weißt das!« Dann ging er ein paar Schritte über den Teppich. Von ihr weg. »Ich geh dann mal besser. Ruf mich an, wenn du so weit bist.«

Und schon klappte die Wohnungstür.

NEUNZEHN

Es war Sonntagmorgen, der erste Advent, und Ella lag noch im Bett. Der grinsende Smiley über ihr beobachtete sie.

»Jetzt bist du ganz allein«, höhnte er. »Max ist weg, Walter ist weg, und weil du Markus grundlos eines Verbrechens bezichtigt hast, bist du wahrscheinlich gleich deinen ganzen Freundeskreis los. Bine und Thomas zum Beispiel. Das hast du ja super hingekriegt.«

Völlig gerädert wälzte sie sich auf den Bauch, um das hämische Gesicht nicht mehr ansehen zu müssen. Sie hatte kaum geschlafen letzte Nacht. Zu viel war ihr im Kopf herumgegeistert, zu vieles gab ihr Rätsel auf. Vor allem eins: Aus welchem Grund hatte Max Kevin Bayer getötet? Das ergab – wie Walter messerscharf geschlussfolgert hatte – überhaupt keinen Sinn.

Moment mal, was wäre, wenn Max und Markus gemeinsam gehandelt hätten? Beide hatten ein Motiv, die kleinen Quälgeister loszuwerden. Und sie waren seit Jugendzeiten eng befreundet.

Fast gleichzeitig tat sie die Idee als äußerst abwegig ab. Die beiden waren doch keine abgebrühten Mörder, die aus Kalkül und im Team zwei Kinder töteten, das eine sogar vorher folterten!

Blödsinn, es musste eine andere Erklärung geben. Dass Max Danil erdrosselt hatte, glaubte sie immer noch. In Panik vor dem Aus seiner Karriere und der gesellschaftlichen Ächtung an einem Kabel zu reißen, das der kleine Erpresser sowieso um den Hals trug, konnte sie sich bei ihrem Exliebhaber absolut vorstellen. Aber alles andere? Die grausame Quälerei zuvor? Der kaltblütige Mord an Kevin?

Sie stöhnte auf und kroch aus dem Bett. Erst mal duschen, befahl sie sich. Einen klaren Kopf kriegen.

Kalli Schmittke saß komplett angezogen in seinem Rollstuhl in Zimmer 223 und dachte nach. Was mochte Denis Bodrow mit der Information angefangen haben, die er ihm gestern mit auf den Weg gegeben hatte? Würde sie zur Ergreifung des Täters führen? Oder würde sie nur noch mehr Verwirrung stiften? Egal. Kalli war über Nacht zu einer Entscheidung gelangt. Für Martha hatte er ein paar Zeilen geschrieben, ebenso für die Kripo, und beide Zettel auf dem Kopfkissen hinterlegt.

Er würde nicht mehr abwarten, dass sie ihn rehabilitierten. Das hatte sowieso niemand ernsthaft vor. Die Chance darauf, wirklich frei zu sein, gab es für ihn nicht. Das war ihm in den letzten Tagen klar geworden. Die Leute würden immer einen Grund finden, ihn zu verfolgen und zu verdammen. Das war kein Leben. Es blieb nur ein Ausweg.

Kalli war froh, dass sich sein Zimmer in der zweiten Etage befand. Er atmete tief durch und rollte zur Tür. Mühsam zog er sie auf und verkantete die Räder in der Öffnung. Dann schob er sich die paar Meter zu dem Stahlgeländer, das die Galerie umrahmte. Es war gar nicht so schwer, sich daran hoch in den Stand zu ziehen. Er schloss die Augen, während er bäuchlings über der Brüstung hing und sich vornüber fallen ließ.

Vor einer knappen Stunde hatte Ella mit Kommissarin Küppers telefoniert, die ihr versprach, sich sofort zu melden, wenn es Neuigkeiten gab. Bis jetzt hatte sie nicht angerufen.

Um sich abzulenken, malte Ella oben auf dem Dachboden an dem Mühlenbild. Gerade modellierte sie den Himmel – Nebel und Wolken. Nicht einfach. Sie fuhr zusammen, als direkt neben ihr das Telefon klingelte. Eilig wischte sie sich die farbbeschmierten Hände an einem Tuch ab und griff nach dem Hörer.

»Schmittke hat sich umgebracht!«, gellte ihr Bines Stimme schrill ins Ohr. »Stell dir vor, er hat sich von der Galerie gestürzt. Er war sofort tot. Und wie es aussieht, bin ich mit schuld daran!«

Eine halbe Stunde später saßen die beiden Frauen in Ellas Wohnzimmer und tranken Kaffee und Killepitsch.

Erst hatte Bine aufgeregt von Schmittkes Suizid erzählt und von den Vorwürfen, die sie sich machte, weil sie seine Identität preisgegeben hatte; dann war Ella an der Reihe gewesen.

Bine hörte gespannt und mit wachsender Entrüstung zu. Ihre Selbstzweifel schien sie schon vergessen zu haben. Ellas Geschichte versah sie mit für sie typischen Kommentaren. So fand sie es »skandalös und verabscheuungswürdig«, dass Markus Peschrath sein uneheliches Kind verleugnet hatte, »ungeheuerlich«, dass Antonia Max heimlich geliebt und von ihm geschwängert worden war, und sah »ausgleichende Gerechtigkeit« darin, dass Max die Vergangenheit in Gestalt eines zwölfjährigen Erpressers schließlich doch noch eingeholt hatte.

Dass er nun mit einer Schädelfraktur auf der Intensivstation des Lukaskrankenhauses lag, tat ihr trotz allem leid.

»Ich bin ja kein Unmensch, und Max war Thomas und mir immer ein guter Freund«, stellte sie klar. »Und überhaupt: Meinst du wirklich, dass er, als er dich im Mühlenturm verfolgte, tatsächlich die Absicht hatte, dir etwas anzutun? Ich glaube das nicht! Außerdem kann ich mir nicht vorstellen, dass Max jemanden ermordet haben soll.« Die Freundin schüttelte den Kopf. »Es passt nicht zu ihm.«

»Zu wem passt so etwas schon? Er fühlte sich halt in die Enge getrieben. Es war eine Kurzschlusshandlung.«

»Und das Foltern? Nein«, sagte Bine fest. »Ich glaub das einfach nicht.«

»Aber er hat es praktisch zugegeben. Da oben auf dem Mehlboden.«

»Wirklich?« Die Freundin blickte skeptisch. »Guck mal, ich hab auch die ganze Zeit gedacht, dieser Schmittke steckt hundertprozentig hinter den Morden. Weil alles gegen ihn sprach. Seine perversen Neigungen, die Vorstrafen und so weiter. Aber dass er es nicht war, steht ja jetzt wohl fest. In den Abschiedsbriefen, die Schwester Beate gefunden hat, beteuert er seine Unschuld ziemlich glaubhaft. Der Junge hat ihn wegen seiner Vergangenheit erpresst, trotzdem hat Schmittke ihm nichts zuleide getan. Aber für mich war alles sonnenklar.«

Hatte Bine recht? War es bei ihr etwa genauso? Urteilte sie vorschnell? Krampfhaft versuchte Ella, sich an den genauen Wortlaut zu erinnern, mit dem Max auf Antonias Brief reagiert hatte. Es gelang ihr nicht.

»Ich wollte es nicht …«, hörte sie ihn stammeln. Alles andere blieb diffus.

»Ich weiß nicht. Vielleicht hast du recht, und alles ist komplizierter. Fest steht jedenfalls, dass Danil Max wegen der alten

Geschichte erpresst hat. Irgendwo da oben in der Mühle hat er Antonias Abschiedsbrief gefunden und herausbekommen, wer M. P. ist. Wahrscheinlich hat er Recherchen angestellt und die alten Zeitungsberichte im Netz gelesen. Ich weiß noch, dass wir alle namentlich erwähnt wurden. Mein Vater hat sich damals total darüber aufgeregt. Von wegen Privatsphäre und so.«

Bine nickte.

»Ich fand das auch schrecklich. Und ich hab mich so geschämt, weil es dadurch öffentlich wurde, dass wir Antonia im Stich gelassen hatten. Aber dass Max mit ihr im Bett war, davon hatte ich echt keine Ahnung. So was hätte ich ihm niemals zugetraut. Ich meine, es war doch offensichtlich, dass er total in dich verschossen war.«

Ella entgegnete trocken: »Was offensichtlich ist, muss nicht wahr sein. Ich dachte auch all die Jahre, dass er nur mich liebt und bei Claudia bloß wegen der Kinder und der Karriere bleibt. In Wirklichkeit war sie die Nummer eins in seinem Leben und ich eine spannende Abwechslung vom grauen Alltag.«

Bine runzelte die Stirn, setzte an, um etwas zu antworten, klappte dann den Mund aber zu. Es entstand eine lange Pause, bis sie schließlich resigniert ausstieß: »Ich versteh die Männer einfach nicht. Vielleicht sollte ich aufhören, es zu versuchen.«

Paul fuhr mit Jacky im Bus zum Kaarster Weihnachtsmarkt. Er fühlte sich komisch. Irgendetwas war passiert, seit er den Bullen alles erzählt und sich mit Jacky versöhnt hatte. Sein Herz war leicht. Hier saß er Schulter an Schulter neben der Freundin auf dem muffigen Sitzpolster und schaute seelenruhig durch die beschlagenen Scheiben raus in eine weiße Welt. Die dabei war, wieder in Ordnung zu kommen. Ohne Danil und Kevin weiterzuleben, war zwar immer noch schlimm, aber nicht mehr undenkbar.

Es gab eine Zukunft, das spürte er.

»Lass uns ein paar Weihnachtsgeschenke kaufen und einen heißen Kakao trinken«, hatte Jacky am Telefon vorgeschlagen, und Paul war sofort einverstanden gewesen. Und nicht nur das, er hatte sich gefreut. Freude! Wieder etwas Neues für ihn.

Das gleichförmige Motorenbrummen und das sanfte Schaukeln des Busses versetzten Paul in eine Art Dämmerzustand.

Eben hatten sie das winzige Dorf Driesch durchquert, jetzt fuhren sie auf Vorst zu. Paul lehnte den Kopf an das kühle Glas und genoss Jackys Wärme neben sich. Auf der Antoniusstraße stiegen ein paar Leute ein. Träge beobachtete er sie. Sie schleppten mehrere Gitarrenkoffer und eine große Holzbox. Er sah, wie sie unter lautstarkem Lamentieren die schweren Gerätschaften hinten in den Bus hievten.

»Du hattest versprochen, dass wir das Auto von deinem Alten kriegen, Flori!«, schimpfte einer.

Der Angesprochene war blass und wirkte in sich gekehrt.

»Es ging halt nicht«, antwortete er müde und postierte sich und seine Gitarre direkt neben der Tür. »Papa musste dringend weg, und Mamas Wagen ist zu klein für uns alle und das Equipment.«

Schlagartig war Paul hellwach. Der da vorn war Florian Peschrath. Die anderen vier gehörten zu seiner Band.

»Ich finde es eh 'ne Schwachsinnsidee, auf der Bühne vom Weihnachtsmarkt zu spielen. Unsere Songs passen doch gar nicht dahin«, beschwerte sich ein kräftiger Blonder. Es war der, der das Holzding trug. »Außerdem ist da nix los. Der Kaarster Weihnachtsmarkt ist der ödeste und mickrigste, den ich kenne. Und die Feuchtigkeit ist voll Scheiße für mein Cajón!«

Florian strich sich das lange Haar aus der Stirn.

»Scheiß auf dein Cajón«, sagte er, drehte sich weg und begegnete dabei zufällig Pauls Blick.

In dem Augenblick passierte etwas, das Paul nie vergessen würde. Florian sah ihn an und checkte sofort, wen er vor sich hatte. Das spürte Paul so deutlich, als hätte dieser ihn mit Namen angesprochen. Dabei kannte Paul den anderen bloß flüchtig und nur, weil er mit Denis mal im selben Tischtennisverein gewesen war.

Florians Miene aber erstarrte buchstäblich zu Stein. Und er wurde noch blasser. Dann wandte er sich ab; der Moment war vorüber.

Paul stieß einen Stoßseufzer der Erleichterung aus. Denn natürlich fühlte er sich ertappt. Schließlich war er bei den Peschraths eingebrochen, hatte eine Pistole und eine Kamera geklaut, sich am Schnaps bedient und in Florians Proberaum herumgeschnüffelt.

Bald wurde ihm aber klar, dass seine Sorge völlig unbegründet war. Kein Mensch hatte ihn beobachtet, und weder Kleinmeyer noch die Apothekentussi hatten die Geschichte an die Bullen weitergegeben.

Florians panikartige Reaktion musste einen anderen Grund haben. Er erinnerte sich an den Zeitungsartikel über die Morde, der in Peschraths Keller gelegen hatte, und an die Fotos, die die Band vor der Mühle geschossen hatte.

Und plötzlich bekam er eine Ahnung davon, wie es sich wirklich abgespielt haben musste. Er vergegenwärtigte sich das Alibi Markus Peschraths und stellte sich Kevin vor, wie er ganz allein auf dem Rad zu dem Haus im Vorster Wald fuhr, um seinen bescheuerten Drohbrief in den Briefkasten zu schmeißen.

Es machte klick in seinem Kopf, und er musste sich zwingen, ruhig sitzen zu bleiben. Nervös knabberte er am Nagel des Zeigefingers herum. Jacky bemerkte sofort, dass etwas nicht in Ordnung war.

»Was ist los?«

»Sag ich dir später«, raunte er zurück, »auf dem Weihnachtsmarkt.«

Der erlösende Anruf von Britta Küppers kam gegen fünfzehn Uhr. Max war außer Lebensgefahr. Sein Zustand hatte sich stabilisiert.

»Sobald er transportfähig ist, kommt er vor den Haftrichter. Es besteht tatsächlich dringender Tatverdacht. Einige Fingerabdrücke an der Tür des Gerätehäuschens hinter der Braunsmühle sind zweifelsfrei seine«, berichtete die Kommissarin. »Machen Sie sich also keine Vorwürfe. Wir haben den richtigen Mann erwischt.«

Das half Ella auch nicht viel. Ihr schlechtes Gewissen blieb. Bine reagierte pragmatischer auf die Neuigkeiten.

»Immerhin geht es Max besser«, sagte sie, »es nützt niemandem, wenn wir hier Trübsal blasen. Was wir brauchen, ist Ablenkung. Ich hab den Kindern sowieso versprochen, mit ihnen auf den Kaarster Weihnachtsmarkt zu gehen. Weißt du was? Du kommst einfach mit.«

Nach dem dritten Becher Glühwein, den Paul trotz seines Alters problemlos an einer der wenigen Verkaufsbuden bekommen hatte, fühlte er sich mutig genug, es mit Florian Peschrath aufzunehmen. Dessen Band mühte sich derweil mit langsamen Rockballaden ab, um der überschaubaren Menge an Weihnachtsmarktbesuchern eine Reaktion zu entlocken. Die meisten aber schlenderten uninteressiert an der Bühne vorbei. Bloß eine Handvoll hartnäckiger jugendlicher Fans klatschte und grölte mit.

Es hatte wieder angefangen zu schneien. Schon ganz schummerig im Kopf, starrte Paul nach vorn zu dem schlaksigen Sänger am Mikrofon.

»Ich hasse den Typ«, nuschelte er. »Wenn die aufhören zu spielen, greif ich ihn mir.«

Jacky, die sich an Kakao und nicht an Glühwein gehalten hatte, versuchte, den Freund zu beschwichtigen.

»Du weißt doch gar nicht, ob er es wirklich war«, beschwor sie ihn. »Lass uns damit zu den Bullen gehen. Bitte!«

Aber Paul blieb stur:

»Nix! Die kriegen eh nix auf die Reihe.«

Marie und Felix waren nicht vom Karussell herunterzukriegen. Runde um Runde drehten sie, Felix im knallroten Feuerwehrauto und Marie auf einem wippenden weißen Holzpferd. Bine hatte alkoholfreien Punsch besorgt, und so standen die Freundinnen nebeneinander im Schneegestöber, wärmten sich die Hände an den dampfenden Bechern und schauten den Kindern zu, während Klänge von Rockmusik und Düfte von Bratwürstchen und Reibekuchen über den kleinen Platz zwischen Boutiquen, Lebensmittelladen und Cafés wehten.

Es war nicht viel los hier. Wie immer. Der Kaarster Weihnachtsmarkt war klein. Und jetzt am Abend, kurz vor Schluss, hatten sich die meisten Leute schon auf den Heimweg gemacht.

Ella dachte wehmütig daran zurück, wie Max und sie einmal den Aachener Weihnachtsmarkt besucht hatten. Hand in Hand waren sie in der Anonymität der Masse untergetaucht, hatten sich von Bude zu Bude treiben lassen, Glühwein getrunken, Printen gekauft und das Besondere ihrer Zweisamkeit genossen. Heute war ihr schmerzlich bewusst, dass es diese Zweisamkeit nie gegeben hatte. Nicht eine Sekunde lang. Nur in ihrer Einbildung hatte sie bestanden, so viele Jahre.

Die Welt verschwamm vor ihren Augen. Was für eine Zeitverschwendung! Mit dem Stich des schlechten Gewissens dachte sie an Walters ins Gesicht geschriebene Enttäuschung zurück, als er ihr Misstrauen realisiert hatte. Warum bloß war sie nicht skeptischer in Bezug auf Max' Gefühle gewesen?

In dem Moment hörte die Musik auf zu spielen, und die Kinder kamen die Eisenstufen des Karussells heruntergerannt.

»Mama, ich will Pommes!«, rief Felix. Und Marie stimmte ein: »Und ich ein Würstchen!«

Während Bine mit den Kindern zum Frittenwagen schlenderte, stellte Ella sich am Grillstand an. Von hier aus hatte sie einen ungehinderten Blick auf die Bühne. Gerade packten die Musiker dort oben ihre Instrumente zusammen. Dann ging auf einmal alles ganz schnell. Ein dünner Junge bewegte sich auf den Bandleader zu, der vom Podest gesprungen war und einen Gitarrenkoffer wegtragen wollte.

Erst jetzt erkannte sie die beiden: Florian Peschrath und Paul Franken. Von ihrem Wortwechsel bekam sie nichts mit, aber das Geschubse, das nun einsetzte, war unübersehbar. Ella las blanken Hass in Pauls Gesicht und Abwehr in Florians Bewegungen. Plötzlich ließ Florian den Koffer fallen und holte weit mit der Faust aus. Sie traf Paul am Kinn; der taumelte zurück. Gleichzeitig umringten Florians Freunde die beiden. Dann drängte die gesamte Gruppe hinter die Bühne.

Ohne groß zu überlegen, rannte Ella los. Sie umrundete die Instrumente der Band, die verwaist im zertrampelten Schnee lagen. Plötzlich wurde sie mitten im Lauf umgerissen. Sie stürzte zu Boden, direkt auf Knie und Hände, und kippte zur Seite. Ein anderer Körper lag unter ihr. Und erst, als sie sich mühsam aufrappelte, erkannte sie Pauls mollige Freundin.

»Wo ist er?«, schrie Jacky gellend. Blut tropfte aus einer Wunde an ihrem Kinn. Ella hatte sich bloß das linke Knie gestoßen. Gemeinsam mit dem Mädchen humpelte sie an der Bühne vorbei, umrundete ein mit hohen Büschen zugewachsenes Beet und kam zum Parkplatz. Nur wenige Autos standen dort. Und weder Paul noch Florian oder die Band waren zu sehen.

»Scheiße!«, brüllte Jacky. »Wir müssen ihn finden!«

Paul hatte abgewartet, bis die Band aufhörte zu spielen. Obwohl Jacky ständig versuchte, ihn zu beruhigen und von der Bühne wegzuschaffen, hatte Paul nicht lockergelassen. Er beobachtete Florians arrogantes, angeberisches Gehabe und erkannte mit einem Mal Danils Züge in seinem Gesicht. Das erschreckte ihn total. Florian war Danils Halbbruder gewesen, machte er sich klar. Dieser steinreiche Wichser, der am Bühnenrand während einer Liedpause völlig selbstverständlich mit dem teuersten und geilsten Smartphone herumtelefonierte, das man zurzeit auf dem Markt bekommen konnte, war Danils Bruder!

Er erinnerte sich, wie ihm sein bester Freund von seiner Herzkrankheit erzählt hatte und von der Angst, bald sterben zu müssen. Weil er kein Geld für die Operation hatte. Weil er diesem arroganten Arschloch da vorn und seiner gesamten verschissenen Familie scheißegal gewesen war! Nein, mehr noch. Es war denen sogar gelegen gekommen, dass Danil verrecken musste. Und als er am Ende in höchster Verzweiflung Kontakt mit dieser Familie aufgenommen hatte, die ihn nicht haben wollte, hatte Florian ihn ausgelöscht, an der Mühle, die er in- und auswendig kannte.

Paul war kurz vor dem Durchdrehen gewesen, und als der Auftritt der Band endlich endete, hielt er es gerade mal so lange aus, bis Florian von der Bühne gesprungen war.

»Du hast meinen besten Freund umgebracht!«, hatte er ihn angeschrien und grob weggestoßen. Der Faustschlag des Sängers traf ihn völlig unvorbereitet. Danach verlor sich alles in grauem Nebel.

Erst auf dem Parkplatz hinter dem Weihnachtsmarkt kam er wieder zu sich. Zwei von Florians Kumpels schleppten ihn mit eisernem Griff weiter. Sein Blickfeld blieb verschwommen, doch auf einmal sah er so etwas wie einen blonden Engel mit wehendem Haar durch das Schneegestöber auf sich zulaufen.

Florian rief: »Mama, das ist dieser Paul, der andere Freund von dem kleinen Russen. Hilf mir …«

»Keine Sorge, Jungs. Ich regle das mit Flori allein. Alles in Ordnung«, säuselte der Engel.

Im nächsten Augenblick wurde Paul auf die Rückbank eines silbernen Kleinwagens geschubst. Ihm wurde schlecht. Der Faustschlag und die vielen Becher Glühwein ließen gallige Übelkeit in ihm hochsteigen. Würgend erbrach er sich auf die Sitzbank.

»So eine Schweinerei!«, schrie die Frau von vorn, die jetzt rein gar nichts mehr von einem Engel an sich hatte. »Flori, wisch das mit dem Lappen da weg!«

»Mama, was machen wir mit ihm? Er sagt, er weiß das mit dem Russenjungen!«

Flori kletterte ebenfalls auf die Rückbank und schrubbte mit einem Handtuch den Sitz sauber. Paul hörte den Motor aufheulen. Mit einem Ruck fuhr der Wagen an, und er wurde nach hinten geschleudert. Wieder war ihm kotzübel.

»Fessle ihn mit dem Gurt von meiner Handtasche. Den kann man abmachen«, befahl die Frau kalt. »Wir müssen ihn verschwinden lassen.«

Paul konnte sich nicht wehren. Und er war einfach zu benebelt, um zu erfassen, was mit ihm geschah. Florian schnürte ihm die Hände dicht vor dem Leib zusammen.

»Jetzt stülpe ihm den Stoffbeutel über den Kopf«, kommandierte die Frau weiter, »der liegt direkt neben dir. Und verknote die Enden unter dem Kinn. Ich will nicht in dieses Gesicht schauen, und ich habe keine Lust, dass er die Polster noch weiter versaut.«

Florian gehorchte, und Pauls Welt wurde dunkel. Angst stieg in ihm hoch. Trotzdem bemühte er sich, der Auseinandersetzung von Mutter und Sohn zu folgen.

»Mama, das kannst du nicht tun«, flehte Florian laut. Es erzeugte ein Brummen in Pauls Kopf. »Nicht noch ein Toter!«

Aber die Frau erwiderte schneidend: »Ich tue nur, was getan werden muss. Und denk dran: Du hast angefangen. Indem du den Ivan ins Gartenhäuschen an der Mühle gesperrt und versucht hast, das Versteck von dem Vaterschaftstest aus ihm rauszupressen …«

»Ich hab ihn da nicht eingesperrt!«, rief Florian. »Das hab ich dir doch schon gesagt: Es war Püllen! Der hat auf unseren Anrufbeantworter gesprochen, dass da ein Junge in die Mühle eingebrochen ist, den er im Gartenhaus festgesetzt hat. Ich hab mir bloß zusammengereimt, dass das der Russe sein muss, und bin hingefahren.«

»Wie auch immer! Du hast ihm diese Verletzungen zugefügt, als Papa und ich in der Oper waren. Mit Blumendraht und mit einem Feuerzeug! Was dumm genug war!«, fuhr die Frau scharf dazwischen.

»Er hatte dein Gesicht gesehen! Was sollte ich denn machen? Zulassen, dass mein Sohn wegen Nötigung und Körperverletzung ins Gefängnis wandert? Nur weil der sich nicht im Griff hat?«

»Nein … aber, Mama, du wärst an meiner Stelle auch ausgerastet! Er hatte mir doch schon zigmal aufgelauert und behauptet, mein Bruder zu sein. Total irre! Und als ich den Riegel an der Tür löste, fiel er mir mit blauen Lippen und nach Luft schnappend entgegen. Genau wie Luca und Leander, wenn ihnen das Herz Probleme macht. Da wusste ich doch, dass er nicht gelogen hatte! Das hat mich so sauer gemacht, auch auf Papa …«

»Halt Papa da raus! Ich will davon nichts hören!«, fauchte Frau Peschrath.

Paul hatte gebannt und mit wachsendem Schrecken zugehört, daher war er gar nicht darauf gefasst, als Florian ihm einen groben Stoß in die Rippen verpasste und ihn anfuhr: »Warum hat mir der kleine Bastard nicht direkt verraten, wo er den Vaterschaftstest versteckt hatte, hey? War der immer so stur?«

Paul versuchte, etwas zu antworten, aber mit dem Tuch über dem Mund kam nur ein Stöhnen heraus, während Florian aufgebracht einfach weiterredete.

»Egal, was ich mit dem gemacht habe … Er hat dichtgehalten und mir sogar noch ins Gesicht gerotzt! Wie hätte ich da aufhören können? Außerdem …«

Wieder rammte er Paul einen Ellbogen in die Seite.

»Außerdem hatte Leander mir an dem Nachmittag gesteckt, wie ihr, diese unterbemittelte *Hauptschulgang* – allen voran der kleine Russe –, ihn und Luca monatelang fertiggemacht habt. Leander konnte es einfach nicht mehr für sich behalten! Er war total am Ende. Dein Freund hatte also jede Strafe verdient!«

Paul wollte etwas erwidern, doch der Stoff saugte sich an seinem Mund fest, sodass er husten musste.

»Ich versteh nicht, warum Leander damit ausgerechnet zu dir kommen musste! Warum nicht zu mir?«, schaltete sich die Mutter von vorn wieder ein.

Florian stöhnte auf. »Keine Ahnung! Ich war gerade da und du beim Einkaufen … Und dann hat er mich beschworen, dass ich es Papa und dir nicht weitersage. Leander hat sich so geschämt dafür, dass sie beide mal wieder zu schwach waren, um sich zu wehren …«

»Wie dem auch sei! Es führt kein Weg daran vorbei, dass wir die Sache jetzt ein für alle Mal zu Ende bringen! Dabei dachte ich, alles längst geregelt zu haben.«

»Mama! Ich wollte nicht, dass du den Russenjungen umbringst!«

Die Frau fiel ihm kühl ins Wort: »Der war sowieso schon halb tot. Dank dir! Und er war es nicht wert, am Leben zu bleiben, der kleine Ivan. Ein mieser Erpresser und ein widerlicher Sadist ist der gewesen. Genau wie der dahinten!«

Sie trat abrupt aufs Gas, und Paul wurde an den Rücksitz gepresst.

»Mama, wo fährst du eigentlich hin?«

Keine Antwort, stattdessen schleuderte der Wagen um eine scharfe Linkskurve. Pauls Stirn knallte gegen die Scheibe.

»Flori, bitte sorge dafür, dass man von draußen nichts sieht.«

Worauf Paul an den Schultern nach vorn gezerrt und sein Kopf tief hinter den Fahrersitz gedrückt wurde.

»Mama, sag mir, wo du hinwillst!«

Panik hatte sich in Florians Stimme geschlichen.

»Erst mal nach Hause. Wir verstauen ihn im Abstellraum hinten in der Garage. Heute Nacht schaffen wir ihn dann zur Mühle. Es wird wie Selbstmord aussehen. Ich stelle mir einen Sturz in die Tiefe vor. Vorher lassen wir ihn einen Abschiedsbrief schreiben. Depressionen wegen seiner toten Freunde, völlig logisch.«

»Das wird niemals funktionieren!«, rief Florian entsetzt. »Da war noch dieses dicke Mädchen auf dem Weihnachtsmarkt. Wer weiß, was die mitgekriegt hat? Und dann die Jungs von der Band …«

Paul hatte den Eindruck, dass Florian erst jetzt wach wurde. Er schöpfte schon Hoffnung, leider umsonst, denn Frau Peschrath ließ sich auf nichts ein.

»Was für ein Mädchen? Habe ich nicht gesehen. Und deine Freunde wirst du wohl im Griff haben. Irgendeine plausible Erklärung fällt dir sicher ein! Nein, Schatz, wir haben gar keine andere Möglichkeit. Lass mich nur machen. Der kleine Nichtsnutz ist ein Zeuge und muss sterben. Aber dann, Flori, verspreche ich dir, ist alles vorbei. Endlich.«

»Ich weiß nicht.«

Das war nur mehr ein Flüstern.

»Flori, es muss sein. Und denk dran, das da neben dir ist Abschaum, mehr nicht. Unterste Schiene, wertlos, so wie die anderen zwei. Keiner von denen hätte es im Leben zu etwas gebracht. Uns Steuerzahlern auf der Tasche liegen, was anderes kann dieses Geschmeiß nicht.«

Ihr Sohn schwieg. Paul aber begriff, dass er von keinem der beiden Gnade zu erwarten hatte. Die Alte war komplett durchgedreht und Florian Wachs in ihren Händen.

Ella rannte und schlitterte zum Parkplatz hinüber, immer den Flocken entgegen, dicht gefolgt von einer keuchenden Jacky.

In aller Seelenruhe schlenderten ihnen Florians Bandkollegen entgegen.

Jacky lief auf sie zu: »Was habt ihr mit Paul gemacht? Wo ist er?«

»Wer?« Ein großer Blonder zuckte gleichmütig mit den Achseln. Die anderen schauten gelangweilt weg. »Meinst du den kleinen Spinner, der sich mit Flo anlegen wollte? Hat sich verpisst natürlich. Irgendwo dorthin.« Er zeigte vage hinter sich.

»Wo ist Florian Peschrath?«, wollte Ella wissen. Um ihrer Frage Nachdruck zu verleihen, gab sie ihrer Stimme einen gebieterischen Klang. Der Blonde zeigte sich allerdings ziemlich unbeeindruckt.

»Seine Mum hat ihn abgeholt. Er hat sie vorhin in der Pause angerufen. Los, kommt, Jungs. Wir packen unseren Kram zusammen. Die Show ist vorbei.«

Und schon waren sie weg. Frustriert drehte Ella sich um die eigene Achse. Der Parkplatz lag verlassen da. Nur hinten vor einem Mehrfamilienhaus parkten einige Fahrzeuge. Aber auch dort war niemand zu sehen.

»Er würde nie ohne mich gehen«, jammerte das Mädchen neben ihr. »Wo ist er denn hin?«

»Keine Ahnung. Versuch es doch mal über sein Handy.«

Wenige Sekunden später ertönte ein blecherner Klingelton ganz in ihrer Nähe.

»Da vorn!« Jacky stürzte vor. Und tatsächlich, mitten im zerwühlten Schnee, zwischen Fuß- und Reifenspuren, lag ein kleines graues Mobiltelefon.

»Ich rufe jetzt die Polizei an«, beschloss Ella mit einem besorgten Seitenblick zu dem Mädchen, das verstört stammelte: »Er hat gesagt, dieser Florian ist der wahre Mörder, und ich hab ihm nicht geglaubt.«

Ella verstand zwar nicht, was Paul auf diese unglaubliche Idee gebracht haben mochte, aber plötzlich flackerte die Erinnerung an den anonymen Anrufer in ihr auf, der sie dermaßen in Angst und Schrecken versetzt hatte, dass sie Hals über Kopf nach Münster geflüchtet war.

Konnte das vielleicht Florian gewesen sein? Sie erinnerte sich an die heisere, verstellte Stimme, die sie zwingen wollte, ihre privaten Ermittlungen einzustellen. Sehr erwachsen hatte der Anrufer nicht geklungen, überlegte sie. Ja, es war denkbar. Florian hatte, falls er tatsächlich der Mörder war, allen Grund gehabt, Ella einzuschüchtern. Denn Bine hatte bestimmt überall im Freundeskreis herumerzählt, dass sich ihre beste Freundin in dem Mordfall als »Schnüfflerin« betätigte.

Eilig wählte Ella die Nummer, die Kommissarin Küppers ihr gegeben hatte, und während sie sprach, sah sie, wie ihr Bine, an jeder Hand ein weizenblondes Kind, mit fragendem Blick durch die Dämmerung entgegenkam.

In dem Raum herrschte Grabeskälte. Sie drang durch den rohen Betonboden in Pauls Glieder und ließ ihn erstarren. Immer noch trug er den Stoffbeutel über dem Kopf. Der war inzwischen an den Stellen, die Mund und Nase berührten, von Tränen, Speichel und Rotze total durchnässt. Florian und seine Mutter hatten ihm, nachdem er aus dem Auto gezerrt und hier hineingestoßen worden war, die Hände auf dem Rücken zusammengebunden und die Beine an den Knöcheln eng gefesselt. Das dünne Seil schnitt scharf in die Haut.

Bevor sie seinen Kerker verließen, hatte er noch versucht, um sein Leben zu betteln, aber es war nur ein unverständliches Blubbern herausgekommen. Jetzt war er allein, allein mit seiner Angst und der Wahrheit.

Florian hatte Danil halb tot gefoltert und am nächsten Morgen seine Mutter zu Hilfe gerufen. Und die hatte nicht lange gefackelt und Danil eiskalt erwürgt. Und alles war eigentlich nur passiert, weil Danil zur Familie gehören wollte. Er stöhnte auf. Aber die Peschraths hatten keinen Bock auf einen wie Danil gehabt. Wie hatte die Mutter ihn genannt? Einen widerlichen Sadisten?

Dabei waren die Peschraths doch allesamt nicht besser.

Familie, immer ging es um die Familie. Paul dachte an seine eigene. Würde einer von denen ihn vermissen, wenn er tot war? Die Mama vielleicht. Aber würde sie so um ihn kämpfen, wie Florians Mutter es getan hatte? Er glaubte es nicht, und das machte ihn traurig. Nein, seine Mama riss sich kein Bein für ihn aus. Jürgen und die Kleinen und die Putzjobs waren viel wichtiger als er.

Florians Mutter dagegen, die würde für die heile Familie alles tun. Für jeden Einzelnen von denen. Die bog sich die Wahrheit zurecht, wie es ihr passte, zog die Kinder aus jeder Scheiße, und Störenfriede wurden ausgeschaltet. Knallhart, ohne schlechtes Gewissen. Denn wer nicht zur Familie gehörte, zählte nicht. Ziemlich gruselig. Paul schauderte es.

Dann fiel ihm noch etwas anderes Schreckliches ein.

Florians Mutter hatte auch Kevin getötet!

Von den »anderen zwei« hatte sie gesprochen, die genauso wertlos wie er, Paul, gewesen seien. Also war sie es gewesen – und nicht Markus Peschrath – in der Baumschule. Wie hatten er und Jacky diese schmale kleine Frau mit ihrem großen Ehemann verwechseln können? Die sahen doch wirklich ganz verschieden aus. Aber na gut, es war dunkel gewesen, die Gestalt ganz in Schwarz, und Jacky und er waren felsenfest überzeugt gewesen, dass es nur Markus Peschrath sein konnte. Er allein.

Und jetzt hatte Paul den Eindruck, dass der Typ – Danils Vater! – mit den Morden am allerwenigsten zu tun hatte. Wahrscheinlich war er sogar nicht mal eingeweiht in das, was sein ältester Sohn und seine Frau verbrochen hatten. Krass. Aber wenn das so war, bedeutete das nicht ein Fünkchen Hoffnung für ihn? Wenn er sich bemerkbar machen würde und Peschrath das mitkriegte, würde der nicht dem Wahnsinn ein Ende machen?

Paul dachte daran zurück, wie arrogant, verächtlich und kalt sich der Mann Danil gegenüber verhalten hatte, und seine Hoffnung schwand. Nein, Peschrath war keiner, der sich für einen wie ihn einsetzen würde.

Verzweifelt riss er an seinen Fesseln. Nichts zu machen. Sie saßen viel zu stramm. Die verrückte Alte würde ihn töten, das war so sicher wie das Amen in der Kirche.

Ihm kam Jacky in den Sinn, die ihn bestimmt verzweifelt gesucht hatte auf dem Weihnachtsmarkt. Hatte sie wenigstens die Bullen verständigt? Würden die raffen, was passiert war und wohin man ihn verschleppt hatte?

Er hoffte es, glaubte aber nicht wirklich daran. Erst Danil, dann Kevin, dann er. So lautete die Reihenfolge. Und das bedeutete, dass auch er sterben musste.

Ella stieg zu Britta Küppers in den Wagen. Währenddessen brachte eine Polizeistreife die völlig verstörte Jacky zur Wache, und Bine machte sich zusammen mit Felix und Marie auf den Weg nach Hause.

»Bitte melde dich später bei mir«, drängte sie Ella noch.

»Paul Franken behauptet also, Florian Peschrath sei der Mörder seiner beiden Freunde.« Die Kommissarin starrte grimmig durch die Windschutzscheibe in Dunkelheit und Schneetreiben. »Wenn Florian aber von seiner Mutter auf dem Parkplatz abgeholt wurde und Paul seitdem spurlos verschwunden ist, hängt sie höchstwahrscheinlich mit in der Geschichte drin. Zumindest deckt sie ihren Sohn. Die Situation kann sehr gefährlich für Paul werden.« Nachdenklich schürzte sie die Lippen. »Frau Berger, denken Sie nach. Wohin könnten die Peschraths den Jungen gebracht haben? Sie sind doch mit Florians Eltern gut bekannt. Wie handelt die Frau in einer solchen Lage?«

»Ich weiß nicht. Ich kenne Vanessa eigentlich nicht sonderlich gut. Was in ihrem Kopf vor sich geht, ist mir schleierhaft. Für mich war sie immer eine von diesen konservativen Übermüttern. Wissen Sie, so eine, die sich nicht mit alleinstehenden Frauen abgeben möchte, weil die eine latente Bedrohung darstellen für die eheliche Treue und die Familie.« Ella schaute kurz zu Britta Küppers hinüber, die verstehend nickte, und zog dann zweifelnd die Schultern hoch. »Ehrlich gesagt kann ich mir Vanessa nirgendwo anders vorstellen als zu Hause. Dort sucht sie Schutz. Dort ist ihre Burg.«

»Okay, dann nichts wie hin.« Britta Küppers startete den Motor. »Markus Peschrath wird sich wundern, was wir schon wieder von ihm wollen. Nachdem er uns doch angeblich alles gestanden hat. Die Vaterschaft, den Erpressungsversuch Danils und so weiter. Schrecklich, diese bigotte Art.« Sie ließ die Seitenscheibe herunter und rief einem uniformierten Kollegen, der bisher geduldig neben seinem Streifenwagen gewartet hatte, zu: »Zum Anwesen der Peschraths, Vorster Wald! Folgen Sie mir!«

Vanessa Peschrath wirkte völlig gelassen, als sie die Tür öffnete und Britta Küppers' Dienstausweis präsentiert bekam. Auch über Ellas Anwesenheit schien sie sich nicht weiter zu wundern. Ein distanziertes, höfliches Lächeln lag auf ihren perfekt geschminkten rosa Lippen. Aus dem Hintergrund näherte sich eilig Markus.

»Was wollen Sie denn hier?«, fragte er die Kommissarin verdattert und glättete mit einer Hand seine Frisur. Sein Ehering blitzte golden im Licht einer Tiffanylampe auf. »Ich dachte, es sei alles geklärt.«

Alles geklärt, schoss es Ella zynisch durch den Kopf. Du glaubtest wohl, du bist fein raus, weil sie Max verhaftet haben. Was bist du nur für ein Opportunist, und ich dachte, Max sei dein Freund.

»Ein paar elementare Fragen sind noch offen«, erläuterte Britta Küppers kühl, »zum Beispiel möchten wir wissen, wo Ihr Sohn ist und was Sie mit Paul Franken gemacht haben.«

Markus runzelte verwirrt die Stirn, sein Blick flog fragend zu Ella. Vanessas Lächeln wurde noch eine Spur breiter.

»Flori ist natürlich daheim«, flötete sie. »Aber diesen anderen Namen habe ich noch nie gehört. Handelt es sich um einen

Schulkameraden von meinem Ältesten?« Sie legte den Kopf zurück und rief: »Flori, kommst du bitte mal runter. Die Polizei benötigt einige Auskünfte!« Mit übertrieben heftigem Schwung riss sie die Haustür bis zum Anschlag auf. »Treten Sie doch bitte ein. Es ist entsetzlich unwirtlich draußen.«

Ella musterte sie stirnrunzelnd und folgte Britta Küppers ins Haus. Sie hatte das Gefühl, mitten in einer schlechten Theatervorstellung zu stecken. Dann, während die Hausherrin die Tür sorgfältig hinter ihnen schloss, fiel Ellas Blick auf ihre Hand an der Türklinke. Der Zeigefingernagel war seitlich tief bis in die Haut eingerissen und die Nagellackschicht heftig zerkratzt. Das Rosa blätterte ab und zerstörte den Gesamteindruck von Perfektion.

»Schauen Sie«, wisperte Ella der Kommissarin zu und deutete auf den Finger. Die nickte bestätigend.

»Okay, Schluss mit den Spielchen. Wo ist Paul Franken.«

Sie zog ihre Dienstwaffe.

In dem Moment kam Florian Peschrath die Treppe herunter. Er wurde leichenblass, als er Ella und Kommissarin Küppers mit der Pistole in der Hand sah.

»Florian, wo ist Paul Franken?«, fragte Ella ihn. »Wir wissen, dass ihr ihn verschleppt habt. Ich hoffe für dich, dass er noch lebt!«

Florians Blick fuhr zu seiner Mutter, die ihn nur beschwörend ansah, die Lippen fest zusammenpresste und leicht den Kopf schüttelte.

»Mama, wir haben verloren«, flüsterte er, »sag denen die Wahrheit!«

Aber Vanessa schloss nur kurz die Augen. Dann schaute sie weg.

Florian holte tief Luft. »Er lebt. Er ist in der Garage«, gestand er.

Kaum hatte er das herausgebracht, fing er am ganzen Körper an zu zittern. Markus lief zu ihm und nahm ihn in die Arme.

»Aber Mama hat es nur für mich getan. Alles hat sie nur für mich getan!«, beschwor Florian die Kommissarin. »Sie wollte die Familie schützen, mehr nicht. Sie ist kein böser Mensch.«

Zwei Polizisten befreiten Paul aus seiner Zelle. Sein Körper war unterkühlt, die Haut an Hand- und Fußgelenken rot und aufgeschürft, ansonsten aber wirkte er fit und schien absolut Herr seiner Sinne, als er ins Haus geleitet wurde.

Trotzdem bestellte Britta Küppers sofort einen Notarzt. Paul blieb so lange in der Obhut eines Beamten, der ihm in der Küche einen Tee kochte. Dort hockten auch Luca und Leander mit großen Augen, unfähig zu begreifen, was überhaupt geschehen war.

»Die Auswirkungen des Schocks werden sich später erst bemerkbar machen, sowohl bei Paul wie auch bei den Zwillingen. Deshalb habe ich einen Kinderpsychologen hergeordert«, erklärte Britta Küppers der Runde. Dann wandte sie sich erneut an Vanessa Peschrath, die ihr in Handschellen gegenübersaß.

»Was sagen Sie zu den Vorwürfen Ihres ältesten Sohnes?«, fragte sie erstaunlich sanft.

»Die kleinen Kröten hatten es nicht anders verdient.« Vanessa lächelte böse. »Sie wollten die Familie zerstören, waren Blutsauger ohne Bildung und Gewissen. Da musste ein Riegel vorgeschoben werden. Ich entsinne mich noch, wie dieser pickelige dummdreiste Junge mit dem Rad vorgefahren kam und seinen lächerlichen Erpresserbrief voller Rechtschreib- und Grammatikfehler in unseren Briefkasten geworfen hat. Er dachte wirklich, er könne uns um unser hart verdientes Geld bringen. Mit dem Wissen um einen erbärmlichen Bastard, der längst unter der Erde lag. Er wollte Markus mit diesem Mist belästigen. Das konnte ich nicht zulassen, Sie verstehen das sicher.«

Britta Küppers nickte. Auch Ella verstand. Aus Vanessas Weltsicht heraus war absolut schlüssig, was sie getan hatte.

»Ich habe mir dann überlegt, ihn möglichst brutal und blutig aus dem Weg zu räumen, auf eine Art, die man niemals mit Leuten unseresgleichen in Verbindung bringen würde. Der Schuss aus der Schrotflinte war eine ziemliche Schweinerei, aber effektiv.«

»Und Danil hast du mit seinem eigenen iPod-Kabel erdrosselt, ja?«, vergewisserte Ella sich.

Vanessa fixierte sie durchdringend. »Natürlich. Es bot sich an. Der kleine Ivan war ziemlich geschwächt von der Nacht da draußen im Schuppen. Er hat sich kaum gewehrt. Allerdings hat er vorher noch etwas von einem Abschiedsbrief gefaselt, den er irgendwo deponiert habe. Ich habe das nicht weiter ernst genommen. Für mich war klar, wie die Sache weiterzugehen hatte. Ich würde einen echten Verbrecher, ein perverses Stück Dreck, für diese … Notwehr … büßen lassen. Einen, der es nicht anders verdient hatte, den man entweder bis zum Tode wegschließen oder qualvoll sterben lassen sollte.«

»Kalli Schmittke.« Ella musterte ihr Gegenüber nachdenklich. »Vanessa, woher kommt dein extremer Hass auf den alten Mann?«

Die Kommissarin wollte schon dazwischenfunken, klappte dann aber den Mund wieder zu.

Vanessa Peschraths Gesicht verschloss sich.

»Was hat er dir angetan?«, flüsterte Ella.

Eine einzelne Träne rollte über die dicke Make-up-Schicht auf Vanessas Wange.

»Er hat meinen Cousin auf dem Gewissen, den besten und einzigen, den ich hatte. Wie ein Bruder war er für mich und gerade acht Jahre alt, als Schmittke ihn damals in Krefeld vergewaltigt und weggeworfen hat wie Müll. Peter hat sich nie davon erholt, wurde still und depressiv. Mit achtzehn hat er sich dann das Leben genommen. Seine Seele war zerstört, weißt du? Da war nichts mehr zu kitten.« Jetzt schaute sie mit leerem Blick in die Ferne. »Damals habe ich mir vorgenommen, dass ich meine Kinder später immer schützen würde vor … Feinden und Übergriffen jeder Art.«

Sie nickte bestätigend. »Und das habe ich, nicht wahr?«

ZWANZIG

Es wurde Mittwoch, bis Max erstmals Besuch bekommen durfte. Ella saß an seinem Bett und hielt seine Hand. Draußen auf dem Korridor hörte man die eiligen Schritte des Personals und gedämpfte Stimmen. Hier drinnen war alles ruhig und friedlich. Die Wintersonne drang hell durchs Fenster und streichelte Max' erschöpftes Gesicht unter dem Kopfverband. Zaghaft lächelte er Ella an.

»Schön, dass du da bist«, sagte er matt und streifte sie mit verlegenem Blick. Dann holte er tief Luft und stotterte:

»Ich hoffe, du verzeihst mir irgendwann. Die Sache mit Antonia damals, meine ich. Glaub mir bitte, eigentlich war ich nur in dich verliebt. Aber du warst so scheu …«

Sag ruhig prüde. Prüde, schüchtern und weltfremd. Und so verliebt, dass es mich fast um den Verstand gebracht hat.

»… und Antonia, die hatte dieses südländische Temperament, war heftig und dramatisch in allem, was sie tat. So etwas kannte ich bis dato nicht. Das hat mich irgendwie überrumpelt. Glaub mir, es war eine rein körperliche Sache.«

Ella schnaubte und zog ihre Hand fort.

»Das stimmt nicht«, stellte sie klar. Mit jedem Wort, das sie sprach, wurde sie wütender. Dabei war sie eigentlich hergekommen, um Max wegen ihres unerhörten Mordverdachts um Verzeihung zu bitten. »Antonia hat dich geliebt. Das stand jedenfalls in ihrem Abschiedsbrief. Sie wollte mit dir zusammen sein. Auch das Kind wollte sie behalten. Für dich, ja, für dich ging es vielleicht nur um Sex. Für sie ging es um Liebe.«

Plötzlich konnte sie seinen Anblick nicht mehr ertragen. Es erschien ihr unmöglich, Frieden zwischen ihnen herzustellen. Zornig sprang sie auf.

»Du hast sie im Stich gelassen, Max. Du bist schuld an ihrem Tod!«

»Meinst du, ich weiß das nicht?« Auf einmal glitzerte es feucht in seinen Augenwinkeln. »Ella, die Sache quält mich seit dreißig

Jahren. Aber Schatz, du weißt, wie sie war. Ich konnte mich nicht gegen sie wehren. Sie hat mir keine Ruhe gelassen, bis sie mich im Bett hatte. Hat beteuert, dass sie die Pille nimmt. Mein Gott, ich war doch auch erst fünfzehn und noch grün hinter den Ohren. Als sie mir dann eröffnete, dass sie schwanger sei, war das der reinste Alptraum für mich. Ich hab versucht, mit ihr zu reden, irgendwie zu ihr vorzudringen, an ihre Vernunft zu appellieren. Aber es war absolut zwecklos, ich hatte keine Chance.«

Erschöpft hielt er inne und schaute flehend zu Ella hoch.

»Ich weiß, dass ich ein Feigling war. Aber ich hätte nie gedacht, dass sie ernst macht mit ihren Drohungen. Ihre melodramatische Art hat mich irgendwann nur noch abgestoßen. Es war ein Schock, als ich von dem Sprung erfuhr. Der reinste Horror! Ella, egal, welche Fehler ich gemacht habe: Antonia war schwer psychisch gestört, und das hatte nichts mit mir zu tun.«

Ella war versucht zu sagen, dass er es sich mal wieder ziemlich leicht machte. Aber sie konnte nicht. Denn mit voller Wucht überwältigte sie die Erkenntnis, dass sich ihre Liebe zu Max Püllen gerade eben in Luft aufgelöst hatte, verpufft war wie nach einer Gasexplosion.

Fassungslos stand sie da, das Echo des Knalls noch in den Ohren. Der Mann vor ihr war ihr plötzlich fremd, nein, mehr: gleichgültig. Ihre Knie gaben nach, und sie ließ sich zurück auf die Bettkante sinken.

»Liebste, bitte! Gib zu, dass Antonia schwierig und jeder mit ihr überfordert war, auch du, auch ich.«

Sie nickte stumm wie in Trance. Hauptsache, er hört auf zu reden, dachte sie nur. Sie bemerkte seine Erleichterung. Absolution hatte er gewollt, Absolution hatte er bekommen. Plötzlich fand sie das alles nicht mehr wichtig. Am liebsten wäre sie geflohen, geflohen vor der Wahrheit, dass Max für sie ab heute endgültig entzaubert war.

»Bitte.« Er griff nach ihrer Hand. »Auch alles andere tut mir leid. Dass ich dir solche Angst eingejagt habe, zum Beispiel, indem ich heimlich bei dir übernachtet habe, als du in Münster warst, und du glaubtest, jemand sei bei dir eingebrochen. Ich hatte einen schrecklichen Streit mit Claudia, weißt du, und musste einfach raus. Und dann kam ich in Versuchung und hab mir die Fotos vom Tatort und dem toten Jungen auf deinem Rechner angeschaut. Die haben mich so erschüttert, dass ich sie direkt gelöscht habe. Bitte entschuldige.«

Ella kam zu sich.

»So war das also. Ja, das ergibt einen Sinn. Die verdrehte Bettdecke, klar.« Sie musterte ihn kühl. »Aber die Bilder von Danil hast du nicht gelöscht, weil sie dich betroffen gemacht haben.« Sie schüttelte den Kopf und entzog ihm erneut ihre Hand. »Das kannst du mir nicht weismachen. Panik hast du gekriegt, dein schlechtes Gewissen wolltest du auslöschen mit dem Vernichten der Datei. Denn hättest du Danil nicht im Gartenhaus eingesperrt und Markus verständigt, hätte er nicht sterben müssen.«

»Aber ich wollte das doch nicht! Klar, heute weiß ich, mein Anruf bei Markus war ein schrecklicher Fehler. Aber damals, da erschien er mir einfach logisch. Markus sorgt an der Braunsmühle für Ordnung, mehr habe ich nicht gedacht. Der wird dem kleinen Erpresser schon einen gehörigen Schreck einjagen. Hausfriedensbruch, Einbruch und so weiter wird er ihm vorwerfen und sein verdrehtes Gerede nicht weiter ernst nehmen. Dass Markus mit Vanessa in die Oper wollte, hatte ich total vergessen.«

Schweißtropfen bildeten sich direkt unter dem Verband auf seiner Stirn. Max kämpfte, das war deutlich zu erkennen. Sie schwieg und wartete gespannt ab, wie er jetzt versuchen würde, die Verantwortung für Danils Tod abzuschütteln.

»Ella, ich bin einfach nicht mit den Anschuldigungen des Jungen klargekommen. Diese abgezockte Art, das war zu viel für mich. Seine Augen, die guckten so hart, als er mich erpressen wollte, wegen dieser Sache, die dreißig Jahre zurückliegt. Ich konnte das nicht ertragen.« Er schluckte. Schweißtropfen liefen nun seine Wangen hinunter. »Der Junge war eine harte Nuss, glaub mir. Der hätte mir, ohne mit der Wimper zu zucken, alles genommen, was mir lieb und teuer ist.«

»Danil ist so hart gemacht worden«, sagte Ella müde. »Er hat sich das nicht selbst ausgesucht.«

»Ja, das weiß ich jetzt auch. Und es tut mir in der Seele weh, dass er sterben musste. Ich hätte nie gedacht, dass Vanessa … Auf den Gedanken bin ich einfach gar nicht gekommen. Ich nahm automatisch an, dieser vorbestrafte Triebtäter hätte seine Chance genutzt. Armer Junge.«

»Ja, armer Danil. Alles, was er wollte, war, endlich Klarheit darüber zu bekommen, wohin er gehörte. Echte Geborgenheit zu spüren.« Sie holte tief Luft. »Zu spät, leider. Und du hast dazu beigetragen, dass er solche Erfahrungen nie machen wird, indem du ihn eingesperrt und seinem Schicksal überlassen hast. Er ist einsam gestorben, einsam und verlassen. Weil er dir lästig war. Max, das werde ich dir nicht verzeihen.« Entschlossen richtete sie sich auf. »Ich hab dich des Mordes beschuldigt, oben in der Mühle, bevor du gestürzt bist. Das tut mir leid, denn so ist es nicht gewesen. Aber trotzdem trägst du einen Teil der Schuld. Und versuchst selbst jetzt noch, den zu leugnen. Max, das ist erbärmlich. Ich werde jetzt gehen.«

Sie drehte sich weg und hatte schon die Türklinke in der Hand, da fiel ihr noch etwas ein. Ein letztes Mal schaute sie ihm offen in sein schönes Gesicht.

»Ich werde übrigens nicht nach Münster ziehen«, verkündete sie kühl.

Überrascht zog Max die Augenbrauen hoch.

»Das … das ist toll«, stammelte er. »Vielleicht können wir es dann doch noch einmal miteinander versuchen, wenn etwas Gras über die Sache …«

Unwirsch schüttelte sie den Kopf.

»Nein.« Es klang härter als beabsichtigt. »Das mit uns ist endgültig vorbei! Ich dachte, das sei klar.«

»Aber …«

»Nichts aber. Schmink es dir ab.« Sie holte Luft und rasselte die Fakten herunter: »Ich werde die Schwanenapotheke erst mal wie geplant eröffnen, mich aber direkt nach einer Geschäftsleitung umschauen. Verkaufen kann ich später immer noch. In der Zwischenzeit arbeite ich in Holzbüttgen. Ist alles schon geklärt. Als Nächstes steht an, mich bei Walter zu entschuldigen. Wenn er mich noch will, werden wir zusammen sein. Wenn nicht, komme ich auch damit zurecht. Außerdem möchte ich gern irgendetwas tun, das benachteiligten Kindern hilft. Danil ist zwar tot und verloren, aber Paul und Jacky zum Beispiel, die leben. Genau wie Danils Geschwister. Und es gibt ja noch unzählige andere, die Unterstützung brauchen, um stark durchs Leben zu gehen. Wenn ich schon keine eigenen Kinder haben kann, werde ich eben für andere da sein. Ein paar Ideen habe ich schon.«

Sie räusperte sich. »Ich muss nach vorn schauen, Max, nicht zurück. Das habe ich schon viel zu lange getan. Leb wohl.«

EPILOG

22. Dezember. Weihnachten nahte mit Riesenschritten.

Ella parkte den Wagen im festgetrampelten Schnee auf dem Parkplatz. Der Himmel wölbte sich azurblau über dem Mühlenturm; die Eiskristalle auf den Ästen und Zweigen von Büschen und Bäumen funkelten wie Diamanten im Sonnenlicht. Es war ein wunderschöner, eiskalter Wintertag. Sie stapfte hinüber zum Gartentor und freute sich über jedes Knirschen, das ihre Stiefel im harschen Schnee erzeugten. Schnell lief sie zum Mühlstein, der eine dicke weiße Haube trug, zupfte sich die Handschuhe von den Fingern, bückte sich, griff in die Erdmulde unter dem Stein und förderte den Schlüssel für die Hintertür zutage.

Das Mühleninnere empfing sie mit feierlicher Stille. Jede Stufe brachte sie dem Himmel ein Stückchen näher. Endlich erreichte sie den Mehlboden – atemlos und mit schwachen Beinen – und spähte aus einem der Fenster nach draußen in die Winterlandschaft. Von hier oben sah alles leicht und klein und zart aus. Eine Spielzeugwelt, wie aus der Hand eines Modelleisenbahnfans liebevoll geformt. Schnurgerade spannte sich das S-Bahn-Gleis zwischen Neuss und Büttgen über das glitzernde Weiß.

Ella besann sich auf das, was zu tun war, und trat zu dem Fenster, aus dem sich Antonia damals gestürzt hatte. Nachdenklich betrachtete sie das mächtig dicke Mauerwerk, in das die Glasscheibe, die es früher nicht gegeben hatte, eingepasst war. Sie setzte sich auf den Boden unter die Öffnung und schaute sich um. Ziegelstein an Ziegelstein, Fugen wie Adern. Sie legte den Kopf in den Nacken und spähte nach oben. Steine und Fugen, wie gehabt, mehr nicht.

Und dann sah sie ihn, den Riss in einem der roten Steine, schmal und doch tief, direkt über sich. Ihr Herz schlug schnell, als sie den Zeigefinger hob und ihn hineinschob. Vorsichtig bewegte sie ihn hin und her. Gesteinsbrösel rieselten ihr ins Gesicht. Plötzlich fühlte sie es, etwas Sperriges, scharf und doch nachgiebig. Aufgeregt nestelte sie den Autoschlüssel aus der Tasche und pulte mit ihm in dem Spalt herum. Und endlich bekam sie das Ding zu fassen, das jemand dort hineingesteckt hatte. An einer Ecke zog sie es hervor.

Der Zettel war mehrfach gefaltet, das Papier fühlte sich klamm, aber frisch an, nicht brüchig wie Antonias Brief, der dreißig Jahre überstehen musste, bis Danil ihn hier fand.

»Risse«, entzifferte sie mühevoll die krakeligen, engen Druckbuchstaben. *»Ich besteh nur noch aus Rissen. Nichts ist mehr fest. Alles bricht auseinander. Und ich bin nichts. Das weiß ich jetzt. Es ist ein krasses, hammerhartes Gefühl.*
Ich mach noch einen letzten Versuch, klarzukommen. Wenn der Typ, der das Mädchen damals verrecken lassen hat, zahlt, dann ist das Rache und Rettung in einem. Dann lass ich mich operieren, und ein Riss ist vielleicht weg. Wenn es nicht klappt, auch egal. Dann spring ich eben und kürze die Scheiße ab.
Paul, Kevin, Jacky, es tut mir leid. Ihr seid meine besten Freunde, die besten, die man haben kann, aber ich hab euch was vorgemacht.
Ich bin nicht so hart und stark, wie ihr glaubt. Klar, ich versuch es immer auf die coole Art … Danil, der Chef, der Boss, der Checker … In echt fühl ich mich wie ein kleines mieses Opfer, das nichts checkt und nichts draufhat.
Die Risse machen das, wisst ihr. Kaputtgehen, weil einen keiner mehr heil machen kann. Und weil es keinen interessiert. Egal, was ich versuche. Sogar mein echter Vater sähe mich am liebsten tot. Das hab ich inzwischen gerafft. Und auch wenn der Vaterschaftstest, den ich dir, Jacky, gegeben hab, ein Fake ist, den ich am Computer zusammengebastelt habe, steht fest, dass Peschrath mein Erzeuger ist.
Aber was nützt es? Es hilft mir nicht weiter. Nichts hilft mehr. Nur eins kann ich tun: mir einen krassen Abgang verschaffen, so oder so.
Einfach aus den Rissen rausspringen. Und mal ehrlich:
Who wants to live forever?«

Der Stein

Wenn die Schwärze der Nacht
Sich niedersenkt auf meine Seele,
Der Rest der Welt dagegen scherzt und lacht,
Es ignoriert, wie ich mich quäle,
Bin ich allein …
Bloß ein Stein,
Aus Schwere und Kälte gemacht.

Wenn meine Stimme verweht,
Weil niemand mich hört;
Und mir mein Schreien vergeht,
Damit es die Ruhe nicht stört,
Bin ich allein …
Bloß ein Stein,
Der aus Schweigen und Härte besteht.

Trifft Dich was an der Stirn
Und macht Dir eine dicke Beule,
Zerbrich Dir nicht Dein Hirn
Mit Zetern und Geheule,
Denn glatt könnt ich's gewesen sein
Mit meinem schweren,
Kalten,
Harten,
Schweigenden
Seelenstein.

Christian Wünsche